文化／文學的理論與實踐

陳鵬翔——著

目次

第三輯
當代文學理論的應用與操作舉例

第一輯

申論中西比較文學的發展與中國
學派在理論上的建立步驟

建立比較文學中國學派的理論和步驟

　　比較文學有法國學派和美國學派之爭，這是任何稍微對比較文學有點認識的人都知道的事實。這兩派之爭並非純為國別或面子而爭意氣，而是為理念、為研究方法重點而爭。說得具體一點，法國學派由於發軔於科學主義興盛實證論主宰學術研究市場的十九世紀末，因此認為比較文學應以研究具有「事實聯繫關係」（rapports de fait）的互相影響和接受為職責，排除任何沒有事實根據為基礎的研究；相反地，美國學派認為法國學派的研究方法和觀念相當狹隘，法國學派重視的只是表層現象，卻忽視了任何文學研究都不可忽略的美學層面的剖析，因此認為沒有事實聯繫的類同和對比研究才應是研究的重心。由於強調文化根源和事實聯繫，法國學派有歐洲文化中心論的偏執，而美國學派卻朝跨越文化藩籬，甚至科際整合的方向前進。

　　我上面簡短的說明只在提供一點點知識背景，以做為後邊論證的基礎。做為一個東方人，如果要徹底遵照法國學派所立下的框框，一步不能踰越文化根源的藩籬，那麼我們所能研究的只有印度文化對中國的影響以及中國文化對日本、韓國和越南等國家的影響這樣的範疇，以及隨之而來的如何確認關係的建立的種種驗證方法。問題是，中國人，甚或推廣而言，東方人要研究比較文學必須把自己套在這些「先驗的」認知的意理框框嗎？法國學派所倡言的這些理念如果確真是先驗的，那也倒可不必去為它們爭辯了。問題是，文學研究又不是科學試驗，A和B兩個作品表

面上狹義的類同，這除了能證明這兩件作品的某種關係之外，深一層的美學層面的探討、價值的判斷等等，這些都有賴於比較文學者的透闢分析和研究，那裡只是空泛、表面地指證其類同就夠的。在這裡，我想還是找一兩個例子來簡略說明。今年元月廿四日早上，我受師大青年寫作協會負責同學之邀，到新店和烏來半路的燕之湖山莊，給一群參加文藝營的青年作了一個有關中西比較文學的講演。在講演中，我就提到瘂弦的一首叫做〈山神〉的詩。這首詩瘂弦第一次收入他的處女詩集《苦苓林的一夜》（一九五九年）時並未列出寫作日期，他第二次收入《深淵》（一九七〇年）時加列了創作時間為「民國四十六年元月十五日」。有一次我遇到他，他說他創作這首詩係受到何其芳和濟慈的影響，而且指明說是受到何的〈秋天〉和濟慈的〈致秋天〉（To Autumn），聽他這麼一說後，我就把他所有的著作翻了一遍，發現他也把這首詩收入後來出版的《瘂弦詩集》（一九八一年）中，詩後邊並註明「讀濟慈、何其芳後臨摹作」。在這裡，瘂弦這首〈山神〉受何其芳和濟慈的影響，確立其關係的中間媒介（intermediaries）不是他的日記或書信等等，而是詩人親筆註明並加上口頭說明。在這種A影響到B的關係證實後，我就把濟慈的〈致秋天〉、何其芳的〈秋天〉和瘂弦自己的〈山神〉擺在一起研究了半天。這三首詩主題寫的都是秋天，瘂弦詩中提到的「松果」、「牧童」、「新鐮」、「春天」、「苦蘋果」、「夏天」、「紅葉」、「漁漢」、「斧子」和「北風」這些套語詞彙（topical words and phrases）[1]，其中除了「春天」和「北風」外，其他都在何詩中見到；另一方面，其中除了「漁漢」和「北風」之外，其他也都在濟慈詩中見到，這種表面的實證，在其他

---

[1]　這個詞是我根據topos研究而創用的，"topical"一詞兼有「題旨」（topics）和「套語（topos）之意，見本人的博士論文《中英古典詩裡的秋天：主題學研究》第四頁。

類型的詩中也許還有一點證明的功用，但是在秋天詩中，幾乎每一首詩多少都包括了這些詞彙和意象，表面的實證能證實的幾乎等於零。如果我是一位影響研究的堅決捍衛者，我對瘂弦的接受影響大概只能做到這裡就停止了，而這樣的影響和接受研究對促進讀者瞭解濟慈、何其芳和瘂弦這三首詩，實在可說一無價值。由於我一直都在做主題學的研究，因此，當一位作家用了文學裡常出現的主題時，我本能地就要問，這一位作家用這個主題的意圖是甚麼？這個主題跟他以及跟這個時代的關係是甚麼？我相信做為一個詮釋者，我個人期盼的視域（horizon of expectation）是跟作者的意圖是契合的。

　　現在還是落實到上提的例證來。由於我很早就知覺到法國學派研究方法大有缺漏，因此在探討濟慈、何其芳和瘂弦上提這三首秋天詩時，我在挑出表面的類似點後，即進一步從美學分析和探索著手。瘂弦寫秋天而不直題其詩為「秋天」而用了「山神」，山神為一無所不在，高高在上的見證者，他能穿越時空，就像秋天會消逝而再蒞臨，他就像濟慈〈致秋天〉第二節中出現的那個狄米德（Demeter），是一原型人物，不僅僅見證而且更蘊括了生死再生此一神話原型（mythical pattern）[2]。余光中在對比何其芳的〈秋天〉和戴望舒的〈秋〉時曾說：「何詩是無我之境，感覺的焦點全在秋天本身」（二二〇頁）。余先生說的一點都不錯，何詩用相當圓潤的文字來抒寫秋天「棲息在農家裡」、「遊戲在漁船上」和「夢寐在牧羊女的眼裡」的種種情境；但是，我們何嘗不可以說，何詩中的秋天為一見證者，他消

---

[2]　我在上提之博士論文裡，把濟慈〈致秋天〉第二節中那個能變形的見證者追溯到狄奧克里塔（Theocritus）所寫的《牧歌》（Idyll VII）第七首中所描述的「打穀場的狄彌德」，參見上提第二三一至二三三頁。

逝而再蒞臨[3]。

我們上面提到這個例子，是要用來解構法國學派所建立的一些「迷思」，同時彰顯美國學派所倡導的對作品本身作美學層面的探索和分析。這樣一來，讀者一定會揣測，我在比較文學上的態度是一個折衷主義者，我和古添洪所要建立的比較文學中國學派是一折衷派、闡發派或中庸派[4]。如果比較文學界有這樣的想法，那可能是誤解了當初我和古添供提倡建立比較文學中國學派的真正用意，以及有些曲解了當初我們共同最早提倡此一學派的一些文字。

我今天才來寫這篇文章，並不是為了開啟爭議，而是想給中國學派作一些澄清，但最重要的是想提出我對建立此一學派的一些具體步驟和理論基礎。民國六十五年，在比較文學在中國大陸停頓中斷了將近四十年後，我和古添洪給臺北東大圖書公司合編了《比較文學的墾拓在臺灣》這本「國內第一本比較文學論文集」（封頁簡介語），並在序文裡首次正式提出了建立比較文學中國學派的宣言，其有關文字是這樣的：

> 我國文學，豐富含蓄；但對於研究文學的方法，郤缺乏系
> 統性，缺乏既能深探本源又能平實可辨的理論；故晚近受
> 西方文學訓練的中國學者，回頭研究中國古典或晚近文學
> 時，即援用西方的理論與方法，以闡發中國文學的寶藏。

---

[3] 本人想另寫一篇有關影響研究和對比研究的輔成關係文章，這裡暫且不談。

[4] 由於我和古添洪在《比較文學的墾拓在臺灣》序文中提到援用西方文學理論和方法來「闡發」中國文學的必然性和重要性，又由於古添洪在〈中西比較文學：範疇、方法、精神的初探〉反覆闡述「闡發法」之用（第八一、八三、八五和八六頁等），故有人把我們所提倡的「中國派」稱為「闡發派」或「闡發式研究」（例如陳惇和劉象愚，第一四四至一五四頁；盧康華和孫景堯，第三〇一頁）；「中庸學派」是李達三給他所提倡的「中國派」所按上的一個標籤（《新方向》第二六五頁）。

由於這援用西方的理論與方法，即涉及西方文學，而其援用亦往往加以調整，即對原理論與方法作一考驗、作一修正，故此種文學研究亦可目之為比較文學。我們不妨大膽宣言說，這援用西方文學理論與方法並加以考驗、調整以用之於中國文學的研究，是比較文學中的中國派。（序，i-ii頁）

在對建立中國學派的理論和做法加以闡釋之前，我想我有責任在此（也只有我和古添洪對建立此一學派的來龍去脈知道得最清楚）解構一下蘊藏在這些文字背後的「歷史真相」。在編輯這本「國內第一本比較文學論文集」的同時，我們也一起蒐集資料編輯另一本「國內第一本神話文學的評論文集」（《從比較神話到文學》扉頁簡介語），由於當時我們兩位都在臺大比較文學博士班攻讀，生活非常繁忙，為了分工合作，遂說定《墾拓》一書的序文由古兄撰寫，《比較神話》一書的序文由我起稿，寫完後大家再過目一下才拿去排版，所以我們分別寫成的序文都有一些「共識」基礎。我在此做這簡短的說明是希望還歷史以「真相」，因為我們兩位都覺得做為一個中國學者甚至做為一個東方人，我們在比較文學的墾拓上（也就是在方法學和理論的開拓上）應該可以做出一些貢獻來，因此就初步提出了建立「中國學派」的主張來。翌年我們在臺大的一位老師李達三教授也寫了一篇宣言式的短文〈比較文學中國學派〉發表在《中外文學》上，對建立此一學派的目標有所陳述[5]。而正如大陸比較文學專家盧康華和孫景堯所說的，李教授「提出了五個目標，但也只是揭櫫目標與方針，仍未提出這一「學派」卓有創見的理論與方法」（第三〇五頁）。我們曾是李教授的學生，對於他的某些信念，我們

---

[5] 李達三教授後來把這短文收入其《比較文學研究之新方向》，為此書的〈結語〉，見第二六五至二七〇頁。

都滿能同意的；但是對於建立比文中國學派的步驟和理論，我們並不盡然相同，因為這些都是在上過他的課好幾年後[6]的思索與考察所得，應該談不上受到老師多少「影響」了。

　　前面提到，我寫這篇文章的主要目的並不是要肇啟爭端，而是想澄清環繞著建立中國學派的一些疑點，更重要的可是給建立中國學派提供一些具體步驟和理論基礎。比較文學的研究和教學在中國大陸停頓了三四十年後，八十年代初又重新納入教育體制內，而比較文學中國學派自一九八四、五年起即受到大陸學者熱烈的討論和支持[7]，看到這種熱烈狀況，我就一直想撇開身邊的瑣事雜務，坐下來把我的思考所得寫出來，但卻都因種種原因而未果。現在在拜讀和研究過更多的迴響後來提供我的一些看法，我想沒有比這個時候更恰當的了。

　　做為一個比較文學者，尤其是一個東方比較文學者，我們很能接受美國學派所倡導跨越文化源流的類比和對比研究；但我們更覺得，類似點的羅列、差異點的劃陳都還未能切入文學研究的核心，把文學作品繫聯作者的意圖和時代精神風貌都還嫌不足。我們更希望，中西比較文學的研究能驗證、擴充西方理論模子的validity和applicability，並進一步找出文學創作的共同規律和法則來，儘管目前還有一些學者對建立文學研究的共同詩學

---

[6] 本人於一九七二年九月至一九七三年六月上過李教授的「比較文學方法，」他在課堂上並未提到甚麼「中國學派」的問題，至於我和古添洪提出「中國學派」那可是一九七六年六月的事。

[7] 中國大陸的「中國比較文學學會」於一九八五年十月二九日成立，在這之前，大陸學者已於一九八四年出版了《中國比較文學》創刊號，創刊號上頭刊登了方重、范存忠和楊周翰等十四位學者專家的筆談，熱列表達了他們「建立比較文學陣地，開展比較文學研究」的期望（括弧內的文字為該欄的標題，第四至三一頁）；至於他們先後在各地成立分會，在教育機構成立比文研究室，所以及籌辦國內、國際性會議、出版《中國比較文學》和《文貝》（Cowrie）等專刊熱烈情形，可參考露橋撰寫的〈中國比較文學紀事（一九七八至一九八五）〉，《中國比較文學年鑑》（一九八六年）第四五〇至四五五頁。

（common poetics）和普遍規律（universals）抱持猶豫的態度[8]。這些容後我還會再加申論，現在先回頭來檢視一下五六年來國內外學者對建立中國學派的爭論。

在推動建立中國學派這一事業上，李達三教授顯得比我和古添洪都更積極和熱心。做為一位居住在東方的美國人，早幾年他比我們有一些強勢條件來配合他推動此一學派之建立；自從他於七十年代末年從臺大轉住香港中大英文系任教後，他更經常以比較文學中國學派的發言人自居[9]，經常進出大陸去鼓吹。除了上提〈比較文學中國學派〉那篇宣言式的短文外，他還編撰中西比較文學書目和寫論文來為此一學派催生、宣傳，這是學術界有目共睹的事實。但是，李教授跟大陸的盧康華、孫景堯和溫儒敏等一樣，對我們的說法是有些斷章取義的，不過大陸多數學者都還能明察事實，承認我和古添洪為「中國學派」此一詞的創始人[10]，而李教授不僅從未提到這一點，還在最近發表的一篇專文裡批評我們，說我們所理解的「中國學派」，為大規模地（wholesale）把西方理論和方法來套中國文學，這個我在後頭

---

[8] 例如，奧德立治（A. Owen Aldridge）在最近出版的一本論著《世界文學的重現》中對有人企圖綜合中西美學觀就抱持懷疑的態度（第六二和七三頁）；他贊成劉若愚所主催的「比較詩學」（七四頁）但是反對「共同詩學」（第六二和七三頁）；他在第七三頁說得很堅決：「環球性文學，可以；共同詩學，不可以。」

[9] 例如，他在致《中國比較文學》第二期（一九八五年）的信上提到他「以第一個提出『比較文學的中國學派』一詞而自詡」（第四一〇頁）；在〈臺、港、大陸比較文學發展史（謝惠英譯）〉第二個注裡又說「比較文學『中國學派』一詞相信是由我首先創用」（第五七頁）。

[10] 例如，盧康華和孫景堯在他們的《比較文學導論》上說：「中國學派」是國內的一些學者首先提出的，最早見諸文字約在一九七六年，即我們在前面已引用的古添洪、陳慧樺合編《比較文學之墾拓在臺灣》的序（第三〇四至三〇五頁）；溫儒敏和盧康華在〈臺港的比較文學研究〉一文也認可「中國派」此一名稱是由我和古添洪最先用到（第四六一頁）。臺灣的李漢亭也能正確指出此派的文字源頭（第五一和五二頁），只有葉慶炳和康士林在〈比較文學中國化〉（座談）上的發言不太準確（第五五和六二頁）。

回覆大陸學者的疑惑時會一併加以廓清的[11]。

　我在前面提到，《墾拓》一書的序文是由古添洪起草的，古兄寫完後，我記得當時曾對我們提出中國學派的宣言那一段加以潤飾，對西方的文學理論和研究方法加以「考驗」、「調整」，甚至「修正」這幾個關鍵性詞彙，其中有一兩個是我特別補上去的，因為我認為這是中國比較文學者最能貢獻心智、發揚比較文學的地方。很可惜的是，我當時忘了再上一句，我們研究比較文學是希望能「找出文學創作的共同規律和法則來」。中國大陸的學者對上提這幾個關鍵性詞彙沒有深加體會，因此常有不太正確的推論和批評。一九八四年，盧康華和孫景堯在黑龍江人民出版社出版的《比較文學導論》在引述前引「我國文學……是比較文學中的中國派。」這段文字時，卻略去底下這個非常重要的句子：

　　由於這援用西方的理論與方法，即涉及西方文學，而其援用亦往往加以調整，即對原理論與方法作一考驗、作一修正，故此種文學研究亦可目之為比較文學。

　援用西方的理論與方法以跟中國的（甚至東方的）理論與方法做對比研究，以推衍出現今所謂的文學共同規律和法則（common poetics或universals），這是現今比較詩學的重心

---

[11] 李達三教授為「中華民國第五屆國際比較文學會議」（一九八七年八月十至十四日）〈中西比較文學研究現代的發展：「中國學派」的黃金年代（一九七七至一九八七）〉上有如下這一句："For some in Taiwan, the 'Chinese School' of comparative literature means the wholesale application of Western theories and methods to Chinese literature.9"他註九直指我和古添洪為《比較文學的墾拓在臺灣》寫的序文以及古兄的〈中西比較文學：範疇、方法、精神的初探〉，很明顯地，他有意指我們為「套用派」的代表，開會記錄於《淡江評論》刊出時，李教授雖然取掉了註九，並加引了我們序文中的一句話（第五二頁），但並沒有提到我們要修正、擴展西方理論模子和方法的努力方向，當然也沒有提到我們為啟用此一名稱的人。

所在，盧、孫的省略是非常不幸的，因為他們在引完「是比較文學中的中國派」這些文字後評論，說我們「這種主張是對中國源遠流長、自成體系、自有特色的文論與方法論的一種否定，」更且推斷說「這種研究勢必使中國文學成為西方文論的『中國注腳本』」（三〇二頁）。我們覺得這種批評和論斷對我們是極為不公平和冤枉的，因為我們何嘗（而且那裡膽敢）否定中國「自成體系、自有特色的文論與方法論」！另一方面，我們認為，作為一個中國人，不論我們研究的是西方文學或其他東方文學，我們都會把我們的觀照加到作品上，任何偉大的作品如果不加上中國人的觀點或驗證而自以為「偉大」都是有缺失的。我們考驗、修正並且擴展西方文學理論和方法的適用性，這是主動性的作為，對文學研究有絕對大的貢獻，怎麼會「使中國文學『變』成西方文論的『中國注腳本』」？

　　盧、孫二氏的疑慮我們是可以理解的。一來當時我們對建立中國學派的做法說明得不夠仔細或周延；另一方面，我們確也拜讀過不少生吞活剝、胡亂套用艱深怪異的行家術語的比較文學論文，這種論文套用術語由於套得太繁複太浮濫，最後當然把中國文學的固有特色都淹沒了。我不認為我們所要建立的中國學派只是「中庸學派」或「闡釋學派」而已；中國學派在方法學、在理論上、在範疇上的「兼容並蓄」[12]只是過程中的具體做法，其目的應是上提之修正、擴大以及發掘文學的一般法則和普遍規律。比較文學研究的最終目的應是朝向建立歌德所提倡的世界文學觀，在這個最終境界裡，世界各國文學的特性特色都能受到重視，眾聲喧嘩，共發異彩。中國大陸的學者由於太過強調「民族

---

[12] 對於西方理論和方法的「兼容並蓄」是古添洪的用語，當然也是我認可的一種做法；該詞見〈中西比較文學：範疇、方法、精神的初探〉，第七九和八六頁。

特色」或「功利主義」[13]，往往把過程當作目的來看待。例如，溫儒敏和盧康華發表在《中國比較文學年鑑》上的一篇報導兼評論文章就曾指出，要建立中國學派「根本的問題在於如何以中國特有的觀點去找出新方法，使比較文學植根於本國土壤，兼收並蓄西方的理論方法經驗，並化為己有」（四六一頁）。「中國特有的觀點」和「找出新方向」全都是李達三的用語（見《新方向》自序，第ii頁），至於要如何找出新方向、如何把西方的理論和方法經驗化為己用，他們並未提供任何具體可行的陳述，反而是充斥在這個長句中的「西學西理中用」的味道非常強烈。

　　我們認為，中西比較文學的研究將來真的要對（比較）文學研究有真正的貢獻，那必然必須是它已提出了非常堅實的理論和研究方法。中國大陸有些學者認為，我們所推行的比較文學應該完全與眾不同，我們的理論應該完全從我國的古典文學推衍出來；他們這種維護固有文化「誓不與共」的精神固然可嘉，問題是，任何有用可行的研究必然是本土的也同時是普遍的，任何理論的進展都逃脫不了對比、結合和發揮。中西比較文學研究必能突顯中國文學中的「民族特色」，但這絕不是它的最終目標[14]。記得七十年代初期，臺灣的中外文系學者如朱立民、顏元叔、胡耀恒和葉慶炳等在提倡開拓中西比較文學研究的同時，曾提到（一）整理中國歷代交評資料，（二）根據前述資料，把個別的術語加以釐清其意義，擴大其在現代的使用範圍。十幾年來，第

---

[13] 例如，陳挺很有代表性地說：「既然我國學術界一再提出應該創建具有民族特色的『中國學派』，以與中國文學的悠久歷史和世界文學中的地位相稱，那麼，在我國大學裡比較文學的課程設置與教學也應具有民族特色，提倡適合中國國情的教學方法」（第三二八頁），我們現今仍無法確定大陸學者是否受到李達三強調民族性的認同的影響（李的見解見《新方向》第二六六頁）；季羨林認為「中國學派」應強調一點「功利主義」（第五頁）。

[14] 楊周翰在《中國比較文學》創刊號（一九八四）上說：「我們可以通過比較發揚中國文學的特點來充實和豐富世界文學」（第九頁）。

一項大工程是完成了[15]，至於把中國文論文評中的術語抽出來，並把這些術語的語意變遷和適用性釐清，我們很驚喜地看到有學者在六《文訊》雙月刊（十六期起至三十期止，一九八五至八七年）上界說「諷刺」、「本色」、「風骨」、「活法」、「氣韻」、「氣象」、「句眼」、「物色」、「興趣」、「境界」、「正宗」、「體勢」、「氣格」、「通變」、「起承轉合」和「韻外之致」等幾十個術語，問題是寫這些術語的先生都是中文系出身，他們無從對比、結合西方類似的觀念和理論，因此，他們的努力並未發揮多少效用；我也看到報導說大陸學者樂黛雲和孫景堯等正在編寫大型文學術語辭典，目前尚無機緣拜讀這本辭典，不過依據過去的經驗，除非編纂這種辭典的人能上下古今中外，引申綜合對比，否則，對於推廣應用這些術語的努力仍舊要大打折扣的。任何觀念或理論一定要不斷釐清、發展，使其適用性歷久而彌新，否則這些觀念或理論必然會被淘汰。

我認為，建立比較文學中的中國學派大約應歷經底下這三個步驟或階段：

（一）模倣和套用西方的理論和方法；

（二）考驗、調整、修正以及擴大西方的術語、理論模子（model）；

（三）發掘新的文學理論模子，找出文學創作的一般法則和共同規律（univelsal或common poetics）。

目前充斥在各種刊物雜誌學報和會議紀錄上的中西比較文學論文大都屬於第一類。模倣和套用是無可厚非的，就像一個人作畫必須經過臨摩一樣，但是，真正有價值成熟的比較文學論文應

15　見由曾永義和葉慶炳等編輯完成的十一冊《中國文學批評資料彙編》（臺北：成文，一九七八至一九七九）。

該從這種嬰兒期、訓練期之中躍出，否則，頂多只能證明說，西方文學的某些文類、理論，甚至創作技巧，我們可以在中國文學某處某一作家某一時期找到，那倒真的會成了盧康華和孫景堯所說的把中國文學淪為西方文學的「中國注腳本」（三〇二頁）。李達三教授的夫人孫筑瑾在最近發表於《中外文學》（一九八九）上的一篇論文裡，把我和古添洪所合作提倡的「中國學派」列在上提應用套用西方文學理論和方法的第一階段[16]，那是因為她並沒有把我們宣言中所強調的「考驗」、「調整」和「修正」這些詞彙的語意弄清楚所致，那是情有可原的。不過在她的透視裡，這種援用、套用西方理論和方法的比較文學研究仍是一種疾病：遠視（hypermetropic）（六七和七四頁），因為「這種不完全的『遠視』觀點有兩方面的問題：一、將問題的中心從比較文學轉移到運用文學理論；二、幾乎完全期望運用西方的批評工具來研究探討中國文學」（六七頁）。「遠視」雖較「近視」為佳，但是她所認為的兩個問題在我所倡言的系統裡根本不是什麼大不了的問題，因為這只是起步階段的操練，以為最後的收穫作準備。事實上，在我看來，中西比較文學當然包括作品和理論等的對比探討，怎麼會有可能「將問題的中心從比較文學轉移到運用文學理論」上？我也不認為，「運用西方的批評工具來研究探討中國文學」就會變成「遠視」，因為批評工具只有適應性的問題，過時不過時的問題，「運用」也只有嫺熟不嫺熟，恰當與否的問題，那根本扯不上是一種疾病的問題。

　　我和古添洪在上提一九七六年寫的序文就提到要考驗、調

---

[16]　孫筑瑾的論文原為英文，由劉介民譯成中文，發表在第十八卷第七期的《中外文學》上，內中有不少小錯誤，例如把C. T. Hsia（夏志清）譯成「何塞」，"Shih Ching"（詩經）譯成《聖經》，沈德潛的《古詩源》譯不出來，*SPPY*（四部備要）和MA（麻省）等等逐譯不出來，大體上，內容還無大缺陷。

整、修正以及擴大西方的術語和理論模子，這一重點一直被專家學者忽略了，其實我覺得這一做法應是當今中西比較文學研究的重點工作之一，我從開始寫〈中西文學裡的雄偉觀念〉和〈莊子的詞章與雄偉風格〉（一五九至二一二頁和一四一至一五八頁）時就體認到，中西比文研究必須做到的一件工作（而且這也是非常有意義的一件工作），那就是在比較的過程中，隨時得注意到西方文學術語和理論的適應性，並隨時把它們加以調整、修正以擴大其應用範圍。因此在我應用西方的雄偉觀念來討論莊子的詞章時就指出，「西方理論模子不能全然套住《莊子》」（一五四頁），因為：

> 我們可以用朗氏論雄偉之五來源、修辭雄偉和自然雄偉的觀念來討論它，也可以用康德的定義和丹氏的雄偉三種來源來研討，但卻無從說莊子探討的是雄偉之起因或效果，因為他根本未作探討。此外，我們也很難應用康德之「數理雄偉」，因為《莊子》裡有許多寓言裡所提到的外物之體積很難作邏輯的估計。「動力雄偉」是較可應用的。不管我們看外物或《莊子》對外物之描寫，我們主觀地直覺到這些外物並無控制我們的力量在，否則我們就無從作美學鑑賞了。（一五五頁）

儘管如此，但是我們應用西方觀念和理論來探討中國文學文論等仍舊可以豐富它們的內涵，提昇它們在世界文學之林中的地位。

我和古添洪在做中西比較文學研究時企圖修正、擴大中西理論、概念等模子的使用範圍，這多多少少都受到葉維廉教授〈中西比較文學中模子的應用〉這一論文的啟發，因為一九七五年春天葉教授首次在我們班上（「中國文學專題比較研究」這門課

上）發表這一篇涉及「對模子的直覺」（前言第三頁）的論文；但是比這個還早一些，王靖獻已在《美國東方學會學報》上發表了〈論一種英雄主義〉論文[17]，為他建立「周文史詩」搶下灘頭陣地[18]。王靖獻完全從中西史詩的支柱——精神——來做文章，認為周文史詩呈現的現實觀係抑武揚文，而西方的史詩卻是尚武抑文。很明顯地，他實際上係從廓清突破西方觀念模子來討論中國式的英雄主義，來建立他所謂的「周文史詩」傳統。葉、王二位的努力顯示，突破西方模子的壟斷性、擴大西方模子的適用性以及（我緊跟著要討論的）發掘建立新的理論、觀念等模子是中西比文學者的共同職責所在。在這同一個脈絡下，我覺得姚一葦對中國悲劇觀的澄清、周英雄對「興」的闡釋、奚密和余寶琳（Pauline Yu）對「比」和metaphor的探討，張隆溪對「道」與Logos的對比闡發和王建元從現象詮釋學來強化對雄渾此一美學觀的瞭解等等都是在修正，擴大西方的批評和理論模子[19]。

---

[17] 王靖獻（楊牧）原英文標題是 "Towards Defining a Chinese Heroism," *Journal of the American Oriental Society*, 95, no. 1 (1975)，25-35，這文章由單德興譯成中文〈論一種英雄主義〉發表在《中外文學》卷四第十一期（一九七六年），第二八至四五頁，後收入葉維廉編《中國古典文學比較研究》（臺北：黎明，一九七七年），第二五至四六頁。

[18] 所謂「搶下灘頭陣地」是指王靖獻後來又再寫了一篇有關「周文史詩」的論文 "The Weniad: A Chinese Epic in *Shih Ching*," *Essays in Commemoration of the Golden Jubilee of the Fung Ping-shan Library* (1932-1982), ed. Chan Ping-leung et al (Hong Kong: Hong Kong UP), 105-142.

[19] 這幾位學者的論文出處，見姚一葦，〈元雜劇中之悲劇觀初探〉《中外文學》，第四卷四期（一九七五），五二至六五頁；周英雄（Ying-hsiung chou）〈賦比興的語言結構——兼論早期樂府以鳥起興之象徵意義〉《香港中大中國文化研究所學報》第十卷下冊（一九七九年），第二七九至三〇六頁和 "The Linguistic and Mytyhical Structure of *Hsing* as a Combinational Model," *Chinese-Western Comparatiue Literature: Theory and Strategy*, ed. John J. Deeney (Hong Kong: Chinese UP, 1980), 51-78; 奚密（Michelle Yeh），"Metaphor and *Bi*: Western and Chinese Poetics," *Comparative Literature*, 39, no. 3 (1987), 237-54. 余寶琳（Pauline Yü），"Metaphor and Chinese Poetry," *CLEAR*, 3(1981), 205-24; 張隆溪（Zhang Longxi），"The *Tao* and the *Logos*: Notes on Derrida's Critique of Logocentrism," *Critical Inquiry*, 11 (March 1985), 385-398；王建元，《現象詮釋學與中西雄渾觀》（臺北：東大，一九八八。）

在修正和擴展西方文學概念和理論的模子的同時,其實也是在介紹、發掘中國的文學理論模子,看看是否可以兩者結合起來,使其適用範圍擴大,成為文學創作、文學研究的一般法則和共同規律。例如,上提王靖獻那篇論中國式甚至一種更崇高的英雄主義論文,它在指出西方頌讚尚武和中國周文史詩抑武揚文這兩條支撐東西方英雄主義的鐵律後,更論證指出,真正的「英雄主義還包括悔憾之勇,承認兵乃不祥之器,『聖人不得已而用之。』這種英雄是真英雄」(三二頁)。很明顯的,他的指證應是大家都可以接受的看法。在此同時,王靖獻也幫大家解決了中國有沒有史詩的問題。假使大家仍舊要套用歸納自西方史詩作品的觀念來談論,那麼我們可以說中國沒有那種頌讚尚武、詳細敘述戰情的「史詩」;但是西方古典的史詩框框就是鐵律嗎?這種帶有歐洲中心論的觀念模子就不能和中國周文史詩的模子結合嗎?我想未必。除了王靖獻之外,這些年來,葉維廉孜孜不息寫了好幾篇闡發以建立道家美學觀的宏論[20],這就是發掘(至少是發揚)新的文學理論模子的最佳例證。道家在魏晉時代跟佛教禪宗思想結合,蓬勃發展開來;道家強調陰柔,強調弱勢,認為直覺即表達(《莊子》〈寓言〉曰:言無言,終身言,未嘗不言;終身不言,未嘗不言。),即使應用文字,主要仍在「得意而忘言」(〈外物〉)。道家認為多言不如無言、即著即塗銷的觀念,很可以跟現今仍如火如荼展開的德希達破除理性主心論相互闡發,在這一方面,奚密和張隆溪等學者所寫的論文即很值得我們重視[21]。

---

[20] 例如,〈無言獨化:道家美學論要〉,收入《飲之太和》(臺北:時報,一九八〇),二三五至二六一頁和〈言無言:道家知識論〉《文學評論》第九期(一九八七年),一至三六頁。

[21] 奚密,〈解結構之道──德希達與莊子比較研究〉《中外文學》第十一卷六期(一九八二),第四至三一頁;張文如"The *Tao* and the *Logos*: Notes on Derrida's

正當我不斷在尋思有關文學研究的一般法則和共同規律時，我讀到了張隆溪發表在《中國比較文學》創刊號（一九八四）上的筆談文字，他認為中西文論在基本概念和表達方法上都有很大的差異，「中西文論的比較不僅可以幫助我們認識中國古典文論的特點……而且可以在比較的基礎上得出世界文學範圍內的普遍規律」（第一八頁）。在同一筆談欄中，賈植芳也有認為我們應在此較研究中「認識世界文學現象中的共同規律以及民族特色」的話（第三一頁）。戈傑克（Wlad Godzich）在〈新興文學與比較文學〉一文中，也提出擴大比較視野研究新興文學以探求文學的普遍規律（universals）是為打破歐洲中心論的唯一途徑（第二二至二三頁）。正如卡爾伯和諾克斯在他們編輯的《從比較的視野論文學》一書的序文中所說的：

> 環球性（也作「普遍性」解）為一不可原宥的概念：例如它不會讓我們在「整個歐洲傳統」上停止下來，甚或讓我們在「所有重要文學」上打住。正如戈傑克在給這本書寫的論文中指出，它要我們考慮探索幾年前還未存在或者我們不知道其已存在的「文學」。（第九頁）

我們不僅要比較研究大大小小的文學，而且希望經由這種開放的、不執著的研究，發掘蘊藏其中的一般性過程（general process）（戈傑克第二〇頁）和共同規律。中國學派把發掘探求新的文學理論模子、找出文學創作的一般法則和共同規律為其最高指標是為了打破文學的色盲、偏執和狹隘的國家主義。

　　我寫這篇論文並非僅僅在為比較文學的中國學派催生而已，

Critique of Logocentrism,"*Critical Inquiry* 11 (March 1985)，頁385-98.

主要還是在理論建設上提建議以鞏固其基礎。我相信大家都會認可盧康華和孫景堯在《比較文學導論》末尾所說的這些話：

> 我們應當以我國優秀（的）傳統與民族特色為立足點與出
> 發點，汲取古今中外一切有用的營養，去努力發展中國的
> 比較文學研究。在這個過程中不斷努力創新，總結出自己
> 的一套理論和方法來，最後「中國學派」必然會水到渠成
> 地產生。（三〇五頁）

王靖獻、葉維廉和張隆溪等等的論文多多少少已為中國學派的理論和方法奠下基礎。中西比較文學的研究可以「中國化」[22]，但是「中國化」不可以成為比較文學的最高指標。循序漸進建立中國學派的理論是可行的，而且也一定會成功。

一九九〇·三·二九 臺北

---

[22] 蘇其康、彭鏡禧和古添洪在註十提及的那個《文訊》座談會上對「中國化」此一詞所蘊含的排他性和畫地自限，都有所疑慮，參見第六三、六五、六七和七四頁；胡耀恒建議「中國化」之後應「再世界化」（第七五頁）。威斯坦因對「中國化」和「印度化」等等趨勢頗為憂慮（第一七八頁）。

引用書目

中文部分

1 〈比較文學中國化〉（座談）《文訊》第十七期（一九八五、四），五四至七六頁。

2 王靖獻（楊牧），〈論一種英雄主義〉《中國古典文學比較研究》（臺北：黎明，一九七七），二五至四六頁。

3 古添洪和陳慧樺編，《比較文學的墾拓在臺灣》，臺北：東大，一九七六年。

4 古添洪，〈中西比較文學：範疇、方法、精神的初探〉《中外文學》第十卷十期（一九七九年），七四至九四頁。

5 李漢亭，〈臺灣比較文學發展與西方理論的歷史觀察〉《當代》第二九期（一九八八、九），四八至五九頁。

6 何其芳，〈秋天〉，收入何其芳、李廣田和卞之琳著《漢園集》（香港：大學生活社重印，未列日期），一二至一三頁。

7 余光中，〈評戴望舒的詩〉，收入瘂弦編《戴望舒卷》（臺北：洪範，一九七七），一九七至二二七頁。

8 李達三，《比較文學研究新方向》，臺北：聯經，一九七八年。

9 李達三，〈給編輯部的信〉《中國比較文學》第二期（一九八五），四〇九至四一〇頁。

10 李達三著、謝惠英譯，〈臺、港、大陸比較文學發展史〉《中外文學》十七卷十一期（一九八九年），三八至六〇頁。

11 季羨林，〈前言〉《中國比較文學年鑑（一九八六）》（北京：北大出版社，一九八七），四至五頁。

12 孫筑瑾作、劉介民譯，〈中西比較文學研究中的「近視」與「遠視」〉《中外文學》一八卷七期（一九八九），六五至八二頁「原文」"Problems of Perspective in Chinese-Western Comparative Literature Studies," *Canadian Review of Comparative Literature*, 13, no. 4（1986），頁531-47.

13 陳挺，〈開設比較文學課程，培養比較分析能力〉《中國比較文學》創刊號（一九八四），三〇二至三〇七以及三二八頁。

14 陳惇和劉象愚，《比較文學概論》，北京：北師大出版社，一九八八年。

15 張隆溪，〈應當開展比較詩學研究〉（筆談會）《中國比較文學》創刊號，第一七至一九頁。

16 陳慧樺，〈莊子的詞章與雄偉風格〉和〈中西文學裡的雄偉觀〉《文學創作與神思》（臺北：國家，一九七六），一四一至一五八頁和一五九

至二一二頁。

17 郭慶藩輯、王孝魚校，《莊子集釋》，臺北：河洛影印，一九七四年。

18 曾永義和葉慶炳等，《中國文學批評資料彙編》十一冊，臺北：成文，
一九七八至一九七九年。

19 溫儒敏和盧康華，〈港臺的比較文學研究〉《中國比較文學年鑑》（一
九八六年），第四五六至四六八頁。

20 瘂弦，《苦笭林的一夜》，香港：國際，一九五九年。

21 瘂弦，《深淵》，臺北：晨鐘，一九七〇年。

22 瘂弦《瘂弦詩集》，臺北：洪範，一九八一年。

23 葉維廉，《前言》和〈中西比較文學中模子的應用〉，收入葉編《中國古
典文學比較研究》（臺北：黎明，一九七七年），一至五和一至二三頁。

24 楊周翰，〈不妨先有成立中國學派的設想〉，《中國比較文學》創刊號
（一九八四），第八至一〇頁。

25 賈植芳，〈富有歷史意義的創舉〉《中國比較文學》創刊號，第二九至
三一頁。

26 盧康華和孫景堯，《比較文學導論》，臺北：蒲公英打字本，一九八六年。

英文部分

(1) A. Owen Aldridge. The *Reemergence of World Literature*. Newark:
University of Delaware P, 1986.

(2) Chen Peng-hsiang, "Autumn in Classical Chinese and English
Poetry: A Thematological Study," Taiwan U. dissertation 1979.

(3) Clayton Koelb & Susan Noakes, "Introduction: Comparative
Perspective," *The Comparative Perspective on Literature*(Ithaca:
Cornell UP, 1988), 3-17.

(4) John J. Deeney, "Modern Developments in Chinese-Western
Comparative Literature Studies: A Golden Decade(1977-1987)
for the 'Chinese School'," *Tamkang Review* 18, nos. 1-4(Autumn
1987-Summer 1988), 39-64.

(5) Wlad Godzich, "Emergent Literature and the Field of Comparative
Literature," *The Comparative Perspective on Literature*, 18-36.

(6) Urich Weisstein, "D'où venons-nous? Que sommes-nous? Où allons-
nous?: The Permanent Crisis of Comparative Literature." *Canadian
Review of Comparative Literature*, 11, no. 2(1984), 167-92.

從理論與實踐看中西比較文學的發展

　　我這篇論文有兩個重點：第一是，我們是否可從學者給比較文學這學科下定義中看到它的進展？第二，我們在實際做中西文學比較時該如何克服因模子差異、概念的不完全吻合等所造成的困難？我在探索的過程中發覺，比較文學這門學問是在不斷擴展之中，其前景是樂觀的。

　　要給比較文學下定義，說不困難好像一點都不困難；可是要說困難也相當困難。一般都認為，比較文學工作者的任務就是給兩個或兩個以上國家的文學作品作比較，這樣說起來，似乎一切問題都解決了，而實際上並沒這麼單純，因為比較文學一定得牽扯及兩種或兩種以上的語文，如果一個國家有好種語文如瑞士和印度等，它們國內不同語文的作品的比較算不算比較文學？另一方面，英語系或拉丁語系國家之間文學作品的比較算不算？上面這兩個問題，一旦一提出來，紛爭就恐怕不可避免。印度學者為瞭解決這種源於同一國家境內不同族群所創造出來的文學作品的比較，他們因此就創制了「比較印度文學」（comparative Indian literature）這個術語來稱呼這種跨越語言界限的文學比較研究（遠浩一，一○二頁；倪培耕，第一一二頁）。同樣地，中國大陸境內包括漢族在內共有五十六個民族，漢族文學跟蒙、藏、納西、閃、壯和維吾爾族文學的對等對比研究已越來越多，這種比較研究成果，大陸學者已把它們納入比較文學的範疇內，這種研究算不算比較文學？還是我們也得像印度學者，把這種屬

於中國境內各族群之間文學的比較研究叫做「比較中國文學」（Comparative Chinese literature）？事實上，中國大陸的學者早已經把這些種研究稱為比較文學，我們只要看一看中國境內出版的比較文學刊物以及書目就都可以瞭解。威斯坦因（Ulrich Weisstein）在其一九七三年出版的《比較文學與文學理論》就把這種比較研究視為比較文學的（第一四頁）。

說到這裡，我們似乎已可以給比較文學下個定義了，那就是，比較文學是跨越語言界限的對比或影響研究。就這樣簡單嗎？文學與其他學科如藝術、音樂、哲學、歷史與心理學等相關聯研究算不算？這樣一問，我們就不得不考慮到比較文學早期的歷史。現今國內學者出版的比較文學教科書都善於把歐美的比較文學「史前史」（盧和孫語，第二〇頁）推溯到亞里斯多德的《詩學》、中國的比較文學源頭則推溯至「孔子和荀子等人」（盧和孫的《導論》，第一九二和二〇三頁）。《詩學》中無論討論的是史詩還是悲劇，據以建立這兩種文類的典範是希臘詩人荷馬以及三大悲劇作家的作品，我們見不到拿這些作品跟其他「蠻夷之邦」的作家作品的對比或影響研究；荀子在〈勸學〉中倒是把《詩》《書》跟音樂、歷史等作了非常簡略的比較[1]。可是，這種學科之精神特色的對比並非美國學派所謂的文學與其他學科的比較[2]。

---

[1] 荀子這段話是：「禮之敬文也，樂之中和也，詩書之博也，春秋之微也，在天地之間者畢矣。」見《荀子集解》，楊家駱編本（臺北：世界，一九六七年），第七頁。亞里斯多德在《詩學》裡也曾把詩跟歷史作了對比，認為詩比歷史處理個別已經發生的事件更具有哲理性和普遍性，有關片斷見 *Poetics*，收在 *Critical Theory Since Plato*, ed. Hazard Adams (1971):53-54.

[2] 美國學派強調的是文學作品中所表現有關某一學科的問題，對於這一問題的探討必須是系統的，而這種探討反過來必能彰顯文學作品。比較文學是一人文學科，其獨特點在強調「文學性」（literariness），如果忽略了作品的「文學性」或者把作品當作文獻來大談社會學或經濟學等等，那就不是所謂的跨學科研究了。

一般來說，論者在討論到比較文學在歐洲的興起都會提到德國的施萊格爾兄弟（Schlegel brothers,兄名August 1767-1845,弟叫Friedrich 1722-1829）以及法國的斯太爾夫人（Mme de Staël 1766-1817），然後才會提到歌德（Goethe 1749-1832）在《對話錄》（一八三六年）中宣稱「世界文學的時代已快來臨了。現在每個人都應該出力促使它早日來臨」（朱譯《歌德對話集》，第一一三頁）的話的重要性。關於比較文學此段萌芽與形成的歷史，中英文資料已非常之多。中文方面，讀者可找袁鶴翔先生一九七四至七五年發表在《中外文學》上頭那兩篇文章[3]拿來參考。我在這裡所要特別強調的是，法國其實自伏爾泰（Voltaire 1694-1778）開始就異常積極地提倡比較文學，到了二十世紀初期的一九一〇年，巴當斯佩哲（Baldensperger 1871-1958）執教於巴黎大學並創立了現代文學與比較文學研究所，從此，巴黎大學逐漸成為歐洲比較文學研究的重鎮。一九二一年，他跟哈札（Paul Hazard 1978-1944）一起創辦了具有國際影響的季刊《比較文學評論》，並出版《叢書》（最初十年共出版了七十二部）。他在《歌德在法國》（一九〇四年）、《文學史研究》（一九〇七至一九一〇年）裡以及為《比較文學評論》所寫的發刊詞〈比較文學的名與實〉中，都一再強調以實證來求證歐洲各國文學間的淵源和影響的存在。他的學生遍佈歐美各國。一九三〇年，十八個國家的六十二位學者合作編寫了一本《一般文學與比較文學史雜著》獻給他，書中論文基本上是影響研究以及其理論和方法的運用。這書也同時表明，二十世紀初葉，以法國為中心的並以影響研究為主的比較文學，它顯然已成

---

[3]　所提兩文是〈略談比較文學〉《中外文學》二卷九期（一九七四），第六二至七〇頁，以及〈中西比較文學定義的探討〉《中外文學》四卷三期（一九七五），第二四至五一頁。

為國際性的一門新興學科了（參見盧和孫，第二七六至二七七頁）。

　　上面這段介紹主要在說明，比較文學法國學派的確立是在巴當斯佩哲手中完成，這一派的研究理念是考察作家與作家、作品與作品的影響痕跡。除了巴氏和哈札，法國學派的健將還有梵·第根（Paul van Tieghem, 1871-1948）、卡雷（Carré 1887-1958）和基亞（Guyard 1921- ）等人，他們對比較文學的理解和實踐主要可由梵·第根和卡雷等對這一學科所下的定義展現出來。梵·第根的《比較文學理》（一九三一年）是第一本以影響研究為基石寫成的比較文學著作，他給比較文學下的定義是這樣的：

　　　　真正的「比較文學」的特質，正如一切歷史科學的特質一
　　　　樣，是把儘可能多的來源不同的事實採納在一起，以便充
　　　　分地把每一個事實加以解釋；是擴大認識的基礎，以便找
　　　　到儘可能多的種種結果的原因。總之，「比較」這兩個字
　　　　應該擺脫了全部美學的涵義，而取得一個科學的涵義。而
　　　　那對於用不相同的語言文字寫的兩種或許多種書籍、場
　　　　面、主題或文章等所有的同點和異點的考察，只是那使我
　　　　們可以發現一種影響、一種假借以及其他等等，並因而使
　　　　我們可以局部地用一個作品解釋另一個作品的必然的出發
　　　　點而已。（戴望舒譯，一七至一八頁）。

　　梵·第根深受孔德的實證主義和泰納的文學三要素（種族、環境和時代）等影響，要把科學研究重視實據來源等等全數應用到文學研究上，使比較研究「擺脫了全部美學的涵義」。他這定義的最後一個句子很清楚地告訴我們：法國學派的研究者所要挖發的就是一個作品的根源或其終點（他所說的影響或假借）。當

然，要使一部作品（根源）能發揮力量，抵達「終點」（被接納、吸收而仍能看到痕跡），中間必得有一些媒介——翻譯、報章雜誌的評介、個人或團體的推薦等等——來促成其事，所以研究者要實際考證的就是文學影響的「經過路線」：放送者→傳遞者→接受者（參見戴譯，第六四至六五頁）。此外，梵·第根還很機械化地把研究兩國以上的文學關係劃入一般文學的範疇；又認為比較文學是國際文學關係中的一支。他這些觀念對我們來說都非常僵硬而且古板，我們會在後頭再加以討論。

一九五一年，基亞出版了小小的一本《比較文學》，在書前，他請他的老師卡雷寫了一篇序文。在這篇序文裡，卡雷給比較文學下的定義是這樣的：

> 比較文學的概念應再度精確化。我們不應無論什麼東西、什麼時代、什麼地方都亂比一通。比較文學不是文學比較。……我們不喜歡逗留在丁尼生與繆塞、狄更斯與都德等作家之間的異同上。比較文學是文學史的一支：它研究國際間的精神關係，研究拜倫與普希金、歌德與卡萊爾、司各特與維涅之間，以及各國文學的作品之間，靈感來源之間與作家生平之間的事實聯繫（rapports de fait）。
>
> 比較文學主要不考慮作品的獨創價值，而特別關懷每個國家、每位作家對其所借取材料（emprunts）的演變……（張漢良譯文，見〈比文〉，第九九頁）。

此處的「應再度精確化」是針對他的兩位前輩大師巴當斯佩哲和梵·第根的定義而言的，其實他的觀點跟其前輩的並沒有甚麼差異，都把比較文學局限在實際關係的建立，追根溯源。但是，他在這個定義中卻堅決否定了對比研究的價值與功能，丁尼

生與繆塞、狄更斯與都德等作家之間純異同的對比研究，他們根本就不予以認可。這篇序文基亞在一九六一年再版其著作時即已被抽掉。隨著比較文學的發展，基亞也不斷修改和再版他這本著作。在一九七八年出版的《比較文學》第六版中，基亞給比較文學下的定義是這樣的：

> 比較文學是國際間的文學關係史。比較文學家站在語言的或民族的邊緣，注視著兩種或多種文學之間在題材、思想、書籍或感情方面的彼此滲透。（顏保譯，第四頁）

基亞在一九八〇年起擔任巴黎大學比較文學教授，他在這個定義所規範的跟梵‧第根和卡雷所說的並沒有太大的改變，唯一的一點點改變就是不再像梵‧第根那樣堅持文學的影響僅存在「兩個因子間的『二元的』關係」（戴譯，第二〇二頁）。總之，就如同大陸學者王堅良在〈法國比較文學的幾個階段〉一文中所說的：

> 卡雷和基亞是法國學派的代表人物，他們所持的觀點雖然在某些方面與梵‧第根不同，但並無本質上的差別。他們認為比較文學是國際文學關係史，沒有關係的地方不屬於比較文學的研究領域，仍強調比較文學應在有實際接觸的文學之間進行。（第四三頁）

我在上頭針對梵‧第根和卡雷等對比較文學所下的定義的討論都是釘住歷史的腳步而進行的，我們可以發覺，法國派自創立七、八十年以來，這一學派的學者都非常堅持，要做比較研究一定要做推源溯流的工作，不管探究的某甲作品的根源在何處，或

某乙的作品在哪一個或多個國家被接受的情況如何，他們都要仔仔細細把實證羅列、記錄下來，純粹美學的對作品內部層面的探討都要加以排斥。但是，諸位請特別注意，並不是每一位法國比較文學學者具都認可這種研究方法，都是法國學派，例如艾丁布爾（Etiemble）就不是。總之，由於法國學派非常強調實證精神和影響研究，因此我們可以稱這一派學者為「影響和接受派。」

　　對於別的學科我不敢說，對於比較文學這一門學問，我相信我們對於法國學派、美國學派然後是中國學派給比較文學所下的定義的探討，確能展現比較文學的開創、擴展乃至發揚光大的過程。法國學派的形成由於受到十九世紀實證主義的制約，因此把研究範疇釘在甲作家作品對乙作家作品的影響或某一位作家在他國所受到的接受運道（literary fortune）上頭，這一點是可以理解的。問題是，吾人的認知是在不斷擴展之中，學科和理論也會隨著人類的視野、知識的開拓而擴展或翻新，法國學派這種狹隘的自設藩籬，對於比較文學的發展，的確不利，因為影響研究比較適合在一個相關的文化系統裡推展，一旦跳開這個系統，影響與接受的痕跡就比較不易掌握。另一方面，文學作品一定非局限在同一文化源流中才能相互比較嗎？法國學派所推展的研究除了範圍褊狹、研究方法相當僵硬以外，它的「歐洲中心論」也令人感到窒悶。梵‧第根的著作全本書從未提到歐洲（基督教文化系統）之外的國家和民族間的文學關係或影響（例如，古中國與印度，中國與東亞國家），基亞在一九七八年版的《比較文學》〈結論〉一章雖然提到比較文學現在「已經面向亞洲和非洲文化了。這種轉向是無可懷疑的」（顏保譯，第二九頁）。問題是，他整本書中所提到的外國還是英、德、美、西和蘇俄等這些歐洲國家，而且所談的不是作家、作品的影響就是某位作家、某本作品在他國所受到的歡迎運道。不管怎麼說，有幾個跡象顯示，法

國學派到了七十年代末，已不再像以前那樣堅持非實證實據、非「旁徵博引」不談了，基亞就在其書中〈結論〉那一章說：「今天的文學史家們更趨向於設法瞭解自己所研究作品本身的美及其含意，而不考慮憑借多方引證史實和背景來解釋它了。一個比較文學工作者也要提防那些所謂影響；傳記沒有作品那樣使他感到興趣」（顏保譯，第一一七頁），基亞能這麼說，這就表示法國學派終於也瞭解到，作品美學層次的探討並無損於影響研究之推展，相反地，還很可能加深我們對受影響之作品的瞭解呢。這就是法國學派的進展。另一方面，「歐洲中心論」此一情結也並非毫無消釋的跡象。一九六三年，艾丁布爾寫了一本宣言性小冊子《比較文學的危機》[4]，鼓吹擴大比較文學研究至其他非歐洲國家，尤其是遠東地區，這時離臺灣大專院校積極擴展中西比較文學尚有六、七年時間。此外，他亦主張比較文學應做比較聲律、比較風格學和比較詩學等研究，並從比較導向的角度來研究結構和翻譯等問題，艾氏的高瞻遠矚由此可見。正如威斯坦因所評述的，「艾丁布爾這份綱領有些建議是烏托邦式的，但卻能產生足夠我們思維的原料，而且在未來一段時間內，它將會是一個很重要的理論庫」（《比較文學》，第一八三頁）。總之，他非常積極地呼籲，要西方人放棄「那看來已根深蒂固的歐洲中心論」（威斯坦因語，"The Permanent Crisis"第一七五頁）。他甚至在這小冊子的〈結論〉部分說：「我確願所有文學中的文類都有人加以研究，不管它們有無實際的關聯」（第六二頁）。法國比

---

[4] 艾丁布爾這本小冊子原名 Comparaison n'est pas raison: La crise de la littérature comparée, 1966 年由 Weisinger 和 Joyaux 譯成英文出版，英文版以 *The Crisis in Comparative Literaiure* 為其書名，譯者並為此書寫了一篇很長的〈前言〉，鼓吹和平合作，強調在此「改革之風」（第 viii 頁）四處吹刮之際，各種技術學科的相互依賴益形重要，這種改變當然也增進了文化相互依存的關係。他並預稱，一九五八年由韋禮克所肇啟的美國和法國學派的爭議，「由於艾丁布爾這本宣言性小冊子之出現，爭論現今應可宣布已經結束」（ix. 頁）。

國學派到了七十年代末，已不再像以前那樣堅持非實證實據、非「旁徵博引」不談了，基亞就在其書中〈結論〉那一章說：「今天的文學史家們更趨向於設法瞭解自己所研究作品本身的美及其含意，而不考慮憑借多方引證史實和背景來解釋它了。一個比較文學工作者也要提防那些所謂影響；傳記沒有作品那樣使他感到興趣」（顏保譯，第一一七頁），基亞能這麼說，這就表示法國學派終於也瞭解到，作品美學層次的探討並無損於影響研究之推展，相反地，還很可能加深我們對受影響之作品的瞭解呢。這就是法國學派的進展。另一方面，「歐洲中心論」此一情結也並非毫無消釋的跡象。一九六三年，艾丁布爾寫了一本宣言性小冊子《比較文學的危機》[4]，鼓吹擴大比較文學研究至其他非歐洲國家，尤其是遠東地區，這時離臺灣大專院校積極擴展中西比較文學尚有六、七年時間。此外，他亦主張比較文學應做比較聲律、比較風格學和比較詩學等研究，並從比較導向的角度來研究結構和翻譯等問題，艾氏的高瞻遠矚由此可見。正如威斯坦因所評述的，「艾丁布爾這份綱領有些建議是烏托邦式的，但卻能產生足夠我們思維的原料，而且在未來一段時間內，它將會是一個很重要的理論庫」（《比較文學》，第一八三頁）。總之，他非常積極地呼籲，要西方人放棄「那看來已根深蒂固的歐洲中心論」（威斯坦因語，"The Permanent Crisis"第一七五頁）。他甚至在這小冊子的〈結論〉部分說：「我確願所有文學中的文類都有人加以研究，不管它們有無實際的關聯」（第六二頁）。法國比

較文學在艾丁布爾這樣開明的刺激之下當然是會受到影響的，上提基亞終於也瞭解到把美學探討帶進影響研究的益處即其一例。

在本世紀初年，美國的一些大學如哥倫比亞（一八九九年）和哈佛（一九二四年）即已設立了比較文學系，美國第一本英語比較文學刊物（*Journal of Comparative Literature*）也於一九〇三年創刊。可惜的是，美國早期這些努力都無法在穩定中成長；相反地，到了一九二五年左右，這些竟都衰退了下來。比較文學發展的轉機為第二次世界大戰的蒞臨，這時美國政府有鑑於對世界其他各國語文掌握以及瞭解之重要，才在英語教師協會（National Council of Teachers of English）麾下設立了一個比較文學委員會，負責在各中學以及大專院校鼓吹比較文學的教學（見威斯坦因《比較文學》第二一五頁），可見美國中期投下人力和物力來推展比較文學是具有國防軍事的一定意義的。但由於我這篇文章用意並不在特別介紹比較文學在哪一個國家的發展，這一點點歷史背景說明主要在告訴大家，比較文學的發源地是歐陸的德法兩國，前面幾段文字也告訴我們，法國是如何在巴當斯佩哲、哈札、梵·第根、卡雷和基亞等人的努力經營下，一躍而成為歐洲比較文學研究的重鎮，而美國在法國學派最輝煌時期尚未找到文學比較的立足點和理論基礎（rationale），從這個角度來看，一九五八年可是比較文學史上的一大轉機，因為比較文學的另一個學派——美國學派——就在這一年宣佈正式成立了。這一年，國際比較文學學會（ICLA）第二屆會議在美國北卡洛萊那州的教堂山（Chapel Hill）召開，會中韋禮克（Rene Wellek）提出了著名的〈比較文學的危機〉一文，強力抨擊法國學派的種種弊病。他毫不客氣地指出，法國學派的大師們「把過時的方法強加於比較之上，使之受制於十九世紀事實主義、科學主義和歷史相對論」（第二八二頁）。他認為比較文學在歐陸學

者的經營下暴露了三個非常明顯的弊病：第一，梵・第根依據數字的多寡（兩種相對於好幾種文學）來區分比較文學與一般文學的做法是「站不住腳而且窒礙難行的」（第二八三頁）；第二，他認為梵・第根以及其前輩和追隨者採取實證主義羅列實據的觀點來看待文學研究，一切以探求來源和影響為依歸，而忘了「藝術品絕不僅僅是來源和影響的總和：它們是一個整體，從別處獲得的素材在整體中不再是死東西，而是已被消化結合為一個新的結構」（第二八三頁）；第三，出於愛國動機的比較研究使得法、德、義等國的比較文學研究變成一種怪胎，拚命累積本國的輸出榮譽，比較文學遂變成了「文化記功簿」（第二八九頁）。題材和方法的人為劃分，有關來源和影響的機械化概念，次化民族主義的推銷動機，韋禮克認為這三方面即構成了比較文學歷時長久的危機症狀，因此，「都需要進行徹底的調整」（第二九〇頁）。如何調整呢？韋禮克認為我們應把比較文學和一般文學的人為區分加以打破，「比較文學已成為專指超越某一個國家文學界限的文學研究的特定術語」（第二九〇頁；此即為韋氏的定義了）；第二，比較文學當然可以涉及其他領域如英國、法國、德國和其他國家文學，而真正的文學研究必然涉及價值判斷以及品質，但更重要的是必須面對「文學性」這個問題，亦即文學藝術的技巧和本質這個美學的核心問題。最後，在對研究範疇和內容作了這種調整之後，愛國動機和國家虛榮心等問題就會自動消失，文學研究：

> 將不再是把玩古物的消遣、國定賒與欠的結算，甚至也不再是相互影響關係網的清理。大學研究像藝術本身一樣，就會變成一種想像力的活動，並從而成為人類最高價值的保持者和創造者。（第二九五頁）

大家只要讀過韋禮克的《文學原理》（*Theory of Literature*）一書就會體認到，韋氏所強調的文學性和文學的本質等即係對文字、想像力以及文學技巧等之研究，素材某部分的借用甚至受到啟發、詞彙甚至某些意象的雷同，把這些所謂實證挑指出來就能使我們對被影響的作品有深一層的瞭解？對韋禮克來說，對作品本身深入的瞭解才是最最重要的事。

　　在定義的廓清、研究範圍與方向的開拓來說，韋禮克的〈比較文學的危機〉確有無以言喻的貢獻，是他為美國學派建立了理論的基石、指出研究的新方向。在提到美國學派的定義的同時，沒有任何人可以不提到這一派的另一位大將雷馬克（Henry H. H. Remak），因為他於一九六一年給比較文學所下的定義最寬，但也正如盧康華和孫景堯所說的，「最集中、最有代表性地反映了美國學派的觀點」（第四九頁）。他著名的定義是這樣的：

> 比較文學為超出一國範圍之外的文學研究，並且研究文學與其他知識和信仰領域之間的關係，這包括藝術（如繪畫、雕刻、建築、音樂）、哲學、歷史、社會科學（如政治、經濟、社會學）、自然科學和宗教等。簡言之，比較文學是一國文學與另一國或多國文學的比較，是文學與人類其他表現領域的比較（第一頁）[5]

　　在這種定義之下，比較文學的內涵與範圍都大大擴大了，而且擴充得非常大，以致至今尚很難找到很好的各種相關科目的對比研究成果完全體現他當初寫下這個定義時所預期達到的種種

---

[5] 這個定義是雷馬克於一九六一年發表的〈比較文學的定義與功能〉一文的第一個句子；該文收入Newton P. Stallknecht和Horst Frenz編的 *Comparative Literature: Method and Perspective*, rev. ed. (Carbondale: Southern Ilinois UP, 1971)，第一至五七頁。

境界。我們可以這麼說，他的寬廣界說給比較文學預留長期的發展究間；他的整個理念是結合韋禮克在《文學原理》中所區分的內延和外緣，把學科間的畛域打破。但是，他並非社會學家，也不是經濟學家，他在早先一年發表的〈比較文學在三叉路口：診斷、醫療和預診〉一文裡就說：「在本質上，美國比較文學的立足點是，文學作品應為文學研究的根本，所有的研究都應使吾人對作品有更深一層的瞭解（馬倫）」（第七至八頁）。他這一番話顯示，他和馬倫、韋禮克等都是新批評家，對其他學科知識做某種系統的研究純粹只是為了促使我們對所研究的作品有更深一層的瞭解，「文學性」仍舊是研究者的重心所在。

一九六九年，艾德禮治（A. Owen Aldridge）在《比較文學的題材和方法》一書的緒論中提出了跟雷馬克相當類似的定義：

> 目前大家都同意，比較文學並不是把國家文學拿來一個對一個進行比較，而是在提供一種擴大研究者視野的方法，用以研究個別的文學作品，這種方法使研究者能夠超越狹隘的國家界限，去考察不同國家文化中的潮流與運動，認識文學與人類活動的其他領域之間的關係。……因此，比較文學最簡單的定義是，它是用一個以上的國家文學視野來研究文學現象，來研究文學跟其他一種或多種知識間的關聯。（第一頁）

艾德禮治在這裡強調觀點的開闊，要我們把研究擺在多個國家文化的視野裡加以審視，這就是韋禮克在《文學原野》中所揭櫫的「透視（視野）論」（perspectivism）；他要求研究的範疇能超越文學，從一門或幾門學科的相互關聯中去研究文學現象。我們前頭所提到，法國學派的基亞晚近也逐漸能體會到，美

學層次的探討實能強化深化影響與接受研究，他們實在沒有反對的理由。以目前來說，西方早已不再爭論法國學派與美國學派的差距，假使兩派仍有觀點的差距，那就是雷馬克以及艾德禮治兩位所提定義的後半部分，即文學與其他學科領域之間的關係，此即為「美國學派與法國學派之間陣線分明的根本分歧「（盧孫語，第五○頁）。我們只要翻一翻梵・第根和基亞等人的著作即可發現，他們根本沒有提到雕刻、音樂、哲學和社會學等等領域，因為他們根本不認為這類跨學科的類同研究是屬於比較文學的範圍。

我這篇論文的論點之一是，定義（亦即學派）的提出有助於展現某一個學派的研究範疇和方法，然後在它們範疇的開拓之中看出比較文學這一學科的整個發展。居於這樣的瞭解，照說我應該在轉到對中國學派的討論之前先討論一下蘇聯學派和印度學派，以彰顯此二學派的成就與特色；可是這樣一來，我這篇論文就會寫得越來越長，益發不可收拾了。事實上，蘇俄比較文學家在七十年代中期以前一直都非常排斥由歐美所主導的比較文學研究，他們所謂的比較研究都採取他們官方所認可的社會寫實主義的觀點來進行。比較開明的比較文學家朱蒙爾斯基（V. M. Zhirmunsky）也認為，典型類比或是影響研究都得擺在人類社會進化（有其統一性和規律性）的大前提下來進行才有意義（第一頁），史詩和傳奇（他所舉的兩個例子）等在社會發展到某種條件下即可能產生，不一定要誰受到誰的影響，這種觀念（stadialism＝個別階段說）即為蘇聯學派的核心思想。關於印度學派，倪培耕有一篇非常簡扼清晰的文章〈比較文學的印度學派〉發表在《中國比較文學》（一九八八年第一期）上頭。印度學派的學者跟中國（包括港臺）學者的努力有許多相似的地方，例如他們要經由比較研究找出他們文學的共同支撐點——印度性

（Indianness）；又譬如他們要建立印度新美學（或新文學理論）思想體系，因為他們覺得：

> 印度原有的文學理論（古代和現代的）已經不夠用或不適應現代文學發展的需要，西方文藝理論（古代和現代的）也無法完全概括或說明印度文學的全貌，只有印度原有文藝理論與西方文藝理論結合，產生一種嶄新的具有印度民族特色的新美學體系，才能適應印度文學的發展。（倪，第一一三頁）

無論如何，倪培耕認為印度學派很能「自成體系」，並在底下這三點「突破了法國和美國兩派的許多界定」：

> 第一，他們認為比較文學應涉及兩種以上的文學，而非兩種以上的國家文學；
> 第二，他們認為，法國的影響研究和美國的平行研究完全可以結合為一體；
> 第三，他們特別強調印度自身的需要和目標。（第一一二至一一三頁）

在提到中國學派的定義和理論建樹時，這一定要提到袁鶴翔、李達三、古添洪和我四人。不管有人如何想給中西比較文學溯源至十六世紀或晚一些的明清之際[6]，不過我同意陳清僑在一

---

[6]　袁鶴翔在〈中西比較文學的定義的探討〉文中說：「一般說來，中西文學的比較研究始於明清之際」（第三五頁），然後引用饒宗頤教授的一篇文章的說法，把西方早期接觸、研究漢學分為「移西就中」和「移中就西」兩個階段來討論其特點（同見第三五頁）。

九八八年所說的：「作為一個專門學科，中西比較文學的興起，源於七〇年代的臺灣學府。香港的發展比臺灣稍晚，但也有十年的歷史了」（第二五頁），大陸則肇始於一九八〇年左右[7]。在臺灣七十年代初年積極推動中西比較文學活動的有朱立民、顏元叔、葉慶炳、胡耀恒、葉維廉和袁鶴翔等人，但是在這一批開拓者中間，只有袁鶴翔教授不斷為文探討、檢討中西比較文學的進展和缺失，他不斷警惕我們，做跨越文化傳統的中西比較研究一定要切入到兩個不同文化系統中去，以免寫出來的論文被譏為膚淺的類同點的羅列。袁教授從一九七四年寫出他第一篇有關中西比較文學的論文迄今[8]，他總是那麼謙虛（見他的〈定義的探討〉開頭的話），從未斬釘截鐵地告訴我們，他給中西比較文學下的定義是甚麼。不過從他第二篇〈中西比較文學定義的探討〉看，我們似乎可以感覺到，他接受了威斯坦因的「中間學派」（middle of the road school）[9]的立場，因為在這論文末後，他

---

[7] 關於中國大陸早期比較文學的一些零星活動以及一些關鍵人物，請參見李達三的〈臺、港、大陸比較文學發展史〉，第四〇至四二頁，以及遠浩一（Yuan Haoyi）"Survey of Current Developments in the Comparative Literature in China,"*Cowrie* 1：1 (1983)，80-91。有關書目見北大比較文學研究所編的《中國比較文學研究資料：一九一九至一九四九》，第四五四至六五頁。李達三教授在上提〈發展史〉這篇論文裡還特別給"academic training/discipline"這個詞加以說明，以免人家弄不清楚他書寫臺、港、大陸的比較文學發展史為何著重在一九七〇至一九八九這二十年裡（見李文，第三九和五七頁）。

[8] 依照時間順序，袁共寫有下列各文：(一)〈略談比較文學回顧、現狀與展望〉《中外文學》二卷九期（一九七四），第六二至七〇頁；(二)〈中西比較文學定義的探討〉《中外文學》四卷三期（一九七五），第二四至五一頁；(三)〈他山之石：比較文學、方法、批評與中國文學研究〉《中外文學》五卷八期（一九七七），第六至一八頁；(四)"East-West Comparative Literature: An Inquiry into Possibilities," *Chinese-Western Comparative Literature: Theory and Strategy*, ed. John J. Deeney (Hong Kong: Chinese University P, 1980), 1-24；(五)〈從國家文學到世界文學〉《中外文學》一一卷二期（一九八二），四至二二頁；(六)〈從慕尼黑到烏托邦——中西比較文學再回顧再展望〉《中外文學》一七卷一一期（一九八九），第四至三四頁。

[9] 事實上，比較文學裡並沒有這麼一個「中間學派」。Weisstein 在其著作第一章第一段只提到他並不贊成法國學派的狹隘觀點，但他也不太同意美國學派那樣寬鬆的立場，因此他在書中要採取的是「中間立場」（to take a middle road）或「中庸之

就「我們也可以照魏因斯坦的主張，把比較文學研究分為（一）定義……」到「（七）各種藝術作品相互的陪照七大範圍」（第四六頁），然後也提出，中西比較文學研究可分為：（一）文學理論和文學批評，（二）文學發展史，（三）文學作品的主題、種類和結構。其實任何人一看即知，他這所謂三大類跟韋禮克不斷強調文學理論、文學批評和文學史的密切關聯以及他在《文學原理》中強調內延研究有許多類同處，換言之，即他顛覆並融合了韋禮克的許多理論主張成為他認為的中西比較文學的研究範疇。他這論文最末一段其實即可看作他給中西比較文學下的定義，茲抄錄於後：

> 中西比較文學是一門專門學問，以中西文學為研究對象，從文學的性質、觀念、有限度的背景、發展演變的歷史、批評理論、文學主題、種族等方面來作慎重的比較或討論；其目的不在「求同」也不在「求異」，而是把中西文學作品當作整個人類思想演進史中不可少的一部分來看，藉此以求增進中西兩個世界相互的深切瞭解和認識，這種研究即是中西比較文學。（第四七至四八頁）

　　袁先生的專精為思想史，他在這個定義裡說的把中西比較文學擺在人類思想演進史的大陽傘下來加以考慮，這是可以理解的，而從這一點看來有一點點法國基亞的味道。袁先生不斷強調，我們在做中西比較時得對兩個不同的文化傳統（如文學的根源和思想背景等）做深入的探討和瞭解（例如，〈略談比較文學〉第六八頁），有關這一點，我們相信中西比較文學家想都應

道」（見威斯坦因《比較文學與文學理論》第三頁）。「中間學派」係袁根據威氏的上下文創製出來的，而從這一創製我們也可以看出袁的詮釋策略來。

會同意的。

在上頭，我們提到袁鶴翔subscribe to一個所謂的「中間學派」，而事實上在文字上也沒有這麼一個學派的存在，袁鶴翔在其往後所發表的文章（例如，〈從慕尼黑到烏托邦〉）中倒是有條件以及批評性地接受了中國學派以及「比較文學中國化」這兩種主張兼理論[10]。對於這兩套理論的提出和進展，我們還得以歷史論述的方式把它們陳述於後。

一九七六年，我和古添洪給臺北東大圖書公司編輯了《此較文學的墾拓在臺灣》這本「國內第一本比較文學論文集」（扉頁簡介和〈序文〉第一頁），在此書〈序文〉[11]中，我們（也是全中華民國）第一次提到建立比較文學中國學派的概念，我們當時是這樣說的：

> 我國文學，豐富含蓄；但對於研究文學的方法，卻缺乏系統性，缺乏既能深探本源又能平實可辨的理論；故晚近受西方文學訓練的中國學者，回頭研究中國古典或晚近文學時，即援用西方的理論與方法，以闡發中國文學的寶藏。由於這援用西方的理論與方法，即涉及西方文學，而其援用亦往往加以調整，即對原理論與方法作一考驗，作一修正，故此種文學研究亦可目之為比較文學。我們不妨大膽宣言說，這援用西方文學理論與方法並加以考驗、調整以

---

[10] 袁在〈從慕尼黑到烏托邦〉裡說：「在前面我提「比較文學中國化」的理想應當是以比較文學來促進中國文學的發展，但卻不抹殺中國文學所具有的文化特質。另一方面，我們亦求在比較文學的研究範疇內，名副其實地加入中國文學這一環，這才是相得益彰的做法。因此，從近的一方面來看，一種理論的成長和因之而興起的方法是一個先決條件。由此引申之，或許我們可以建立起一個中國學派」（第一九頁）。

[11] 關於這則〈序文〉的寫作過程以及我的堅持重點，請參見拙作〈理論與步驟〉，第一○七至一○八頁的說明。

用之於中國文學的研究，是比較文學中的中國派。〈序，
第一至二頁〉。

　　我們這一個宣言對中國大陸於一九七九年後重新積極提倡比
較文學有意想不到的激勵作用，由於大陸提倡中西比較文學的教
授學者大都任教於中文系，所以很能認可我們這個宣言中提到應
用西方理論與方法來闡發中國文學的做法，就把我和古添洪稱為
「闡發派」或「闡發式研究」（例如陳惇和劉象愚，第一四四至
一五四頁；盧和孫，第三二七頁）。事實上，我們這個宣言中更
重要的一點是修正、調整甚至顛覆西方的理論模子，而這可是我
本人在去年發表的〈建立比較文學中國學派的理論和步驟〉和今
年發表的〈誰沒有資格建立比較文學中國學派？〉二文所要強調
的，但卻常被中國大陸的一些學者所忽略了。我另外還要強調的
是，中西比較文學的研究必然能彰顯中國文學的特色，但是這不
能作為研究中西比較文學的目的，而應只是過程而已。在去年我
寫的〈建立比較文學中國學派的理論和步驟〉一文裡，我提到建
立比較文學中國學派大約應歷經底下這三個步驟或階段：

（一）模做和套用西方的理論和方法；
（二）考驗、調整、修正以及擴大西方的術語和理論模子；
（三）發掘新的文學理論模子，找出文學創作的一般法則
　　　　和共同規律（universals或common poetics）。（第一
　　　　〇頁）

　　我上面這個簡要的論述是循著我本人的理論理念來做的，事
實上，我跟我的合作人古添洪的理念還是有一些些差距的，那就
是他比較強調運用西方文學理論和方法來闡發中國文學，這不僅
在上提的那篇〈序文〉裡提到，他在另外一篇題為〈中西比較文

學：範疇、方法、精神的初探〉中曾這樣說：「利用西方有系統的文學批評來闡發中國文學及中國文學理論，我們可命之為闡發法」（第八一頁），這也難怪大陸學者出版的一些中西比較文學教科書要用「闡發派」或「闡發式研究」（見上引第八六頁）來指稱我和古添洪了。

在略為介紹了我和古添洪所提倡的中國學派理論之後，我在此得指出來，我大體上是同意古添洪所說的：「中國派在方法學、在範疇上，顯然是兼容並蓄。我們容納了影響研究、類同研究與平行研究，並提出了『闡發研究』」；我也認可在先的說法，這四者包容在中西比較文學的範疇內「皆不失其合法性」（俱見〈初探〉第八六頁），兼容並蓄「確為我們的精神支柱與指標，也實是我們的定義的具現。但是，我跟古添洪、李達三教授以及大陸許多學者不同的是，我認為中西比較文學的最高鵠的應在「發掘新的文學理論模子，找出文學創作／闡釋的一般法則和共同規律。[12]」所以，我認為比較文學的研究不僅應該跨越國界和語言，而且應跨越不同的文化藩籬；我們應該採取開放的態度，影響、類同、平行研究，甚至闡發式研究俱應包括在內；我們也可以研究文學跟其他學科的關係，以期擴大對文學作品的瞭解。發掘、彰顯中國文學的特色應該是過程，至多只能說是中程指標而已，最終指標應是上頭提到的兩個最高鵠的。

我在去年六月發表的那篇論文裡即已提到，在我和古添洪提出建立中國學派這個主張一年後，「我們在臺大的一位老師李

---

[12] 李漢亭在〈臺灣比較文學發展與西方理論的發展觀察〉中說我和古添洪的理論有「調合說」的色彩，並說我們的「學派」大有成為李達三所謂的「中庸學派」的傾向」（第五二頁），他這種批評針對我們在一九八八年以前所發表的言論來加以衡量比較恰切，但對於我這兩年來所發表的文章來說就不太精確了。葉維廉是主張「文學共同規律」和「共同的美學據點」的，請參見《比較詩學》〈總序〉第一和第六頁，〈序〉第二和第六頁。

達三教授也寫了一篇宣言式的短文〈比較文學中國學派〉發表在《中外文學》上，對建立此一學派的目標有所陳述」[13]（第一〇六頁）。李教授認為，中國學派欲達成的目標有五個：第一、找出中國文學（包括理論）的「民族特色」；第二、推展非西方國家區域性的文學運動；第三、做為非西方國家的發言人；第四、構想一些新的文學觀念；第五、消除許多人的無知及傲慢心理。李教授並在注1裡加以說明：「擬定這些目標時，袁鶴翔教授襄助甚多」（第七七頁），換言之，這幾個目標之達成並非李教授單獨的看法，它們多少已是李和袁二人的共同理念。任何讀者只要對比一下他們這些目標跟我和古添洪的看法時就會發現，他們所提的目標大都只是我們所要獲致的最終標的一些過程作為，這也難怪大陸比較文學專家盧康華和孫景堯要批評說李教授「提出了五個目標，但也只是揭櫫目標與方針，仍未提出這一「學派」卓有創見的理論與方法」（第三三一頁）。持平而言，李教授也並非毫無理論與方法，他在《比較文學研究之新方向》一書的〈自序〉中即說：

> 本書名為《比較文學研究之新方向》，我用「新方向」三個字，是因為我相信東西比較文學研究無論在時間或空間上，都處於轉捩點的十字路口上。或者是東方襲用西方的理論與方法，或者是我們鼓起勇氣，向前邁進，以中國特有的觀點，找出新方向。此話並沒有忽視舊有的智慧的意思（不論是中國或西方），而是呼籲大家在經驗世界得到一嶄新的觀念，切勿以安全或穩定為藉口而拒絕革新。

13　對於誰最先應用「中國學派」此一術語，以及我和古添洪在怎麼樣的情況下提出了建立此一學派的來龍去脈，請參見拙作〈建立比較文學中國學派的理論和步驟〉，尤其第一〇五至一〇八頁。

（第二頁）

他在這個說明裡採取的是「或者」（either / or）的辯證方式，倒是「大家在經驗世界得到一嶄新的觀念」這一點非常富有前瞻精神。李的方法就是折衷，問題是如何「折衷」法？他在同一本書的〈結語〉中說，「中國學派採取的是不偏不倚的態度」（小圓圈為本人所加），它要避免法國、美國兩學派既有的偏失，又說

> 以東方特有的折衷精神，中國學派循著中庸之道前進，沿途盡力從兩旁擷取所需，同時不受阻撓，朝著既定的目標勇往直前。中國學派首先從「民族性」的自我認同出發，逐漸進入更為廣闊的文化自覺；然後與受人忽視或方興未艾的文學聯合，形成文學的「第三世界」：進而包含世界各種文學成為一個大體；最後——儘管這種理想是多麼難以企及——將世界所有的文學，在彼此複雜的關係上，作整體的統合。（第二六六頁）

我覺得這些陳述都是策略性、綱領性的（programmatic），他覺得他所主張的中國學派可改稱為「中庸學派」（第二六五頁），問題是如何發掘中國文學／理論的「民族性」？如何統合？

我在〈建立比較文學中國學派的理論和步驟〉裡曾經提到，「在推動建立中國學派這一事業上，李達三教授顯得比我和古添洪都積極和熱心」（第一〇七頁）。李達三教授隨時都在接受學者的批評和建議，例如，他在給自己編的《中西比較文學：理論與策略》的〈跋〉中就覺得，宋淇所提的「中國範疇」（Chinese Dimension）很有潤滑敵對派別衝突的功能，然後緊跟著他又說：

事實上，我是想把中國學派看作「周文史詩」傳統的一部
分，不是作為一個敵對派別，而是作為比較學家的團體之
一，這個團體中的見多識廣的比較學家將從中國人的角度
出發，探討文學作品的鑒賞方法。[14]

　　他在這裡強調「將從中國人的觀點」鑑賞文學作品，前頭
又提到中國學派的第一個目標為發掘中國文學的民族特色」，
這一些，我在此必須強調，確能獲得中國大陸不少比較文學家的
共鳴。李教授的理念當然是伴隨他的定義而來的，那麼他的定
義是甚麼？在一九七〇年發表的一篇題為〈臺灣比較文學之研
究〉的英文論文中，李教授很技巧地選擇了雷馬克的定義，以便
把中國文學研究納入比較文學的範疇中，用他的話是：「我們選
擇了這個描述性定義，那是由於它的範疇夠廣，比較容易把中國
文學包括在內，而且由於我們想以最寬廣的方式來探討比較文
學」（"Comparative Literature Studies,"第一二一頁）。七年
後，他在考慮建立中國學派時，則他已成為一個「中庸學派」，
因為他必須考慮到中國在漢朝開始即已受到印度佛教的影響以及
中國對鄰國如日本、韓國和越南等所造成的影響等問題，也就是
前引提到他要採取「不偏不倚的態度以擷取法國和美國兩派之所
長」，目的是為彰顯中國文學的特色。
　　中國大陸的學者對比較文學的定義大體上係從我和古添以及
李達三的理念推衍而來。他們對比較文學的提倡是蘊含了些政治

---

[14] 見"Afterword: A prospectus for Chinese Literature from Comparative Perspectives,"
Chinese-Western Comparative Literature: Theory and Strategy (Hong Kong: The Chinese
University P. 1980)，第一八四頁（譯文是任一鳴的）。這篇英文「跋」曾以
"Chinese Literature from Comparative Perspectivs"發表在*CLEAR* 3 (1981)上頭，引
文見第一三三頁；修訂版由任一鳴譯出，刊在《中國比較文學》第五期（一九八
八）第八九至九四頁。

策略在內的。我所謂的政治策略係指他們在提倡中西比較文學時非常在意於中國文學特色以及民族性時彰顯，並誤以為這就是提倡比較文學的終極鵠的。例如：盧康華和孫景堯在他們的《比較文學導論》裡就曾說：

> 港臺學者提出的這一名稱以後就引起了大陸學者的興趣。黨的十一屆三中全會後，舉國上下為「振興中華」而奮鬥，在這種形勢下，「比較文學中國學派」的提法頗能激勵人心。於是大陸一些學者也提出了創建「中國學派」的問題。（第三三一頁）

這段文字中間所流露出來的強烈愛國主義未必會為同在大陸的季羨林所認可[15]。除了愛國主義，大陸學者都很強調民族特色。例如，盧康華就很有代表性地說：「既然我國學術界，再提出該創建具有民族特色的『中國學派』，以與中國文學的悠久歷史和在世界文學中的地位相稱，那麼，在我國大學裡比較文學的課程設置與教學也應具有民族特色，提倡適合中國國情的教學方法」（〈比較文學課程〉，第三二八頁）[16]。

從八十年代開始，大陸學者一直都很熱烈地在探討比較文學應否有中國學派此一問題，答案當然是肯定的，而且他們都相信這個學派會建立起來[17]，這跟我本人的信念是相同的。他們討

---

[15] 季在〈在中國比較文學學會成立大會暨首屆學術討論會上的開幕詞〉中說：「提倡中國學派，絕對不是什麼狹隘的愛國主義。學術是無國境的，特別是比較文學」（第二九頁）。這話我非常同意；我也有類似的看法穿插在〈誰沒有資格建立『比較文學中國學派』？〉一文中，請參見第七七至七八頁。

[16] 其他學者的同樣看法，請參見盧和孫著《導論》第三三一頁。

[17] 例如，季羨林在給《中國比較文學年鑑》寫的〈前言〉就說：「中國學派的輪廓已經影綽綽地表現在這一部《年鑑》中」（第五頁）；盧康華和孫景堯雖較保守些，不認為此一學派在近期內就能建立起來，但是他們相信，只要我們「不斷

論雖多，但對理論的真正建樹仍嫌薄弱，談得上能比較深入地討論此一問題的也只有遠浩一和孫景堯三幾個人而已。遠浩一和張隆溪分別在不同的場合提到，中西比較的研究不僅可以幫助我們更深入地瞭解中國古典文學的特點，「而且可以在比較的基礎上得出世界文學範圍內的普遍規律」[18]（張，〈應該開展比較詩學研究〉，第一八頁）。事實上，比他們兩位都早的是袁鶴翔在〈中西比較文學定義的探討〉中即已提到文學「共同性」的話，並認為「這一共同性即是中西比較文學工作者的出發點」（第四四頁）。而且差不多在同一個時期（一九七四年），葉維廉教授即在我們比較文學博士班上講演有關打破西方思維模子的壟斷性問題[19]，葉老並在為臺北東大編輯的那套比較文學叢書前寫了一篇〈總序〉，提到該叢書的兩個主要方向：「其一，這些專書企圖在跨文化、跨國度的文學作品及理論之間，尋求共同的文學規律（common poetics），共同的美學據點（common aesthetic grounds）的可能性」（《比較詩學》，第一頁）。對於打破西方歐洲中心論以及尋求建立中西比較文學的一些共同規律，我認為都得擺在這樣的歷史進展背景中來理解。

　　孫景堯認為，中國學派之提出，其目的除了用以清除「歐洲中心論」以外，那就是要用以「重估與科學（地）認識非歐洲國家，尤其是中國自身文學及其文化體系，以更客觀與更正確地溝通中外文學與把掘其規律」（〈為「中國學派」一辯〉，第一二五頁）。此外，他更認為中國學派可以打破歐洲對比較文學事業

　　努力創新，總結出自己的一套理論和方法來，最後，「中國學派」必然會水到渠成地產生」（《導論》，第三三二頁）。

[18]　約略相同的話可見於遠浩一的英文論文"Survey of Current Developments in the Comparative Literature of China," *Cowrie* I:1 (1983)，第一二三頁。

[19]　葉教授把他的講詞寫成〈東西比較文學中模子的應用〉一文，發表在《中外文學》四卷三期（一九七五），第四至二二頁，後收入《比較詩學》，第一至二五頁。

的長期壟斷，實有「補充」和「矯正」的功能，這樣，一來，中國學派就可使比較文學的「理論與方法更具『國際觀點』」，也就更能清除『歐洲中心主義』與恢復它名副其實的世界總體文學研究這一學科的正確座標」（同上引，第一二八頁）。事實上，他這種見解跟季羨林在為《中國比較文學年鑑》所寫的〈前言〉中所表達的非常類似[20]。至於要如何使比較文學的理論與方法更具國際觀點，我們並未見到更加深入的剴陳。遠浩一在較早的一篇英文論文中說，「假若我們真想創立一個中國學派，我們必須在跟世界其他國家合作的氛圍下來創設它。因此，未來的中國學派不能僅由中國人所組成」（"Survey,"第一二三頁），這種開闊的觀點我們應都可以接受。最迎遠又寫了一篇〈關於中國學派〉的文章，在文內，他認為「在比較文學今後的發展過程中，是有可能形成一個『中國學派』的」（第一〇一頁），因為這能配合「客觀需要」和「主觀可能性」。他的客觀需要是比較文學這一學科應從西方發展到東方，這樣才能使它晉階到「屬於全人類的總體文學」的境界（第一〇二頁）；主觀可能性涉及五個已告成熟的條件：強調特點、專業隊伍已夠壯大、中國文學藝術這份遺產、對照與結合中西、結合分析與綜合。他並在論文第二部分草圖中國學派誕生的三項準備工作：知識的準備、理論與方法的準備、教育的準備。他的見解都算蠻周延的，可是我們看到的只是抽象的一般性的陳述，例如他說中國學派的學者「特別應將中國古代文論與西方現、當代的文論和批評結合起來，創造一套新的理論與方法體系」（第一〇四頁），這一點，我想我們都可以同意的，問題是如何實際著手？誰已經都已在這樣綜合、結

---

[20] 季羨林認為，中國學派的一個特點是「把東方文學，特別是中國文學，納入比較的軌道，以糾正過去歐洲中心論的偏頗。沒有東方文學，所謂比較文學就是不完整的比較文學」（〈前言〉，第五頁）。

合甚至顛覆西方的理論呢？他卻未能提到葉維廉、楊牧、張隆溪以及王建元等人之作為，這令我們感到他的學術是有缺失的。而這種不肯接納、佔用以發揚自己的理論常在許多大陸學者身上展顯出來。

在提到比較文學在中國的發展時，我們還得略為提到「比較文學中國化」這個理念，這個理念的發展亦始於臺灣。一九八五年三月二日，臺灣學者在臺北臺大校友會館舉辦了一次有關「比較文學中國化」的座談[21]。「中國化」的問題當然跟中國學派的理念密切相關（請參見葉老的開場白，第五五頁），袁鶴翔在一篇文章裡提到這個口號時認為，這口號遠比：

> 李達三所提的「中國學派」還要更進一步，更有遠見和理想，因為學派只是門戶之別，是以理論與方法的獨到特點來立派的。……而「比較文學中國化」卻是一項文化復興的運動，二者自不可等而視之。（〈從慕尼黑到……〉，第一八頁）

口號必然要有理論和方法才能把它落實下來，「由此引申之，或許我們可以建立起一個中國學派」（同上，第一九頁）。就正如康士林在座談會上所說的，在大陸，「比較文學的中國化卻正積極進行」（〈座談記錄〉，第六二頁），在臺灣和香港比較沒有這麼明顯。不管怎麼說，從與會發言記錄中，我們可以發覺，蘇其康、彭鏡禧、古添洪和康士林等先生對比較文學「中國化」都持保留或疑慮的態度。在這個問題上，我在去年寫的一篇

---

[21] 這次會議的記錄後來發表在《文訊》第十七期（一九八五年四月）上，座談會由葉慶炳主持，參與者有王建元、王德威、古添洪、朱立民、李瑞騰、侯健、胡耀恒、康士林、張漢良、張靜二、黃美序、彭鏡禧和蘇其康等位。

文章裡即已說過：「中西比較文學的研究可以『中國化』，但是『中國化』不可以成為比較文學的最高指標」（〈建立〉第一一四頁）。

　　這篇研討比較文學的定義的論文寫到這裡已夠長了，對於定義的實踐分析並不充足，那也只有留待另一個時機了。我在這篇論文裡介紹並批判了法國學派、美國學派、印度學派、蘇聯學派以及中國學派的一些定義和理論，我的首要目的是希望比較文學能不斷擴充、發展，要做到這一點我們就得排除任何極權的、霸道的論述，排除中心性（centrality）以促進新觀念的成長（袁鶴翔，〈慕尼黑〉，第一六至一七頁）。在此解構時代，我們「希望西方比較文學家能體會到比較文學在新知識體不斷加入之後，研究方法的及時修正，理論的修正和轉移重心都是不可避免的。中國學派逐漸鞏固其地位之後，假使真有比較文學印度學派和非洲學派的提出，而他們又能像我們一樣justify他們的理論依據和架構，我們又有甚麼理由來加以否決、排斥？」（本人，〈誰沒有資格〉，第八一頁），李文（Levin）就曾說過：「知識的組織係以自今的導向陌生的方式擴展」（第xiii頁），某種冒險性是必須的。

一九九一·八·一四 臺師大

引用書目

王堅良，〈法國比較文學的幾個階段〉，《中國比較文學》第一〇期（一九九〇），第四一至四五頁。

〈比較文學中國化〉（座談會），《文訊》一七期（一九八五），第五四至七六頁。

北大比較文學研究所編，《中國比較文學研究資料，一九一九至一九四九》，北京：北大出版社，一九八九。

古添洪和陳慧樺編著，《比較文學的墾拓在臺灣》，臺北：東大，一九七六。

古添洪，〈中西比較文學：範疇、方法、精神的初探〉，《中外文學》七卷一一期（一九七九），第七四至九四頁。

李達三，〈比較文學中國學派〉，《中外文學》六卷五期（一九七七），第七三至七七頁。

李達三，《比較文學研究之新方向》，臺北：聯經，一九七八。

李達三著，任一鳴譯，〈從比較的角度看中國文學〉，《中國比較文學》五期（一九八八），第八九至九四頁。

李達三著，謝惠英譯，〈臺、港、大陸比較文學發展史〉，《中外文學》一七卷一一期（一九八九），第三八至六〇頁。

李漢亭（李奭學），〈臺灣比較文學發展與西方理論的發展觀察〉，《當代》二九期（一九八八），第四八至五九頁，李文後收入《中西文學因緣》（臺北：聯經，一九九一），第三一七至三三八頁。

季羨林，〈前言〉和〈在中國比較文學學會成立大會暨首屆學術討論會上的開幕詞〉，俱收入《中國比較文學年鑑》（北京：北大出版社，一九八七），第四至五，二八至二九頁。

倪培耕，〈比較文學的印度學派〉，《中國比較文學》第五期（一九八八），一一〇至一一五頁。

孫景堯，〈為「中國學派」一辨〉，收入《溝通》（西寧：廣西人民，一九九一），第一一八至一三〇頁。

袁鶴翔，〈略談比較文學——回顧、現狀與展望〉，《中外文學》二卷九期（一九七四），第六二至七〇頁。

袁鶴翔，〈中西比較文學定義的探討〉，《中外文學》四卷三期（一九七五），第二四至五一頁。

袁鶴翔，〈從國家文學到世界文學〉，《中外文學》一一卷二期（一九八二），第四至二二頁。

袁鶴翔，〈從慕尼黑到烏托邦——中西比較文學再回顧再展望〉，《中外文學》一七卷一一期（一九八九），第四至三四頁。

陳清僑，〈批評、體制與比較文學的出路〉，《當代》第二九期（一九八八），第二〇至二九頁。

陳鵬翔，〈建立比較文學中國學派的理論和步驟〉，《中外文學》一九卷一期（一九九〇），第一〇三至一二一頁。

陳鵬翔，〈誰沒有資格建立比較文學中國學派？〉，《中外文學》一九卷二一期（一九九一），第七五至八四頁。

陳惇和劉象愚，《比較文學概論》，北京：師大出版社，一九八八。

馬·法·基亞著，顏保譯，《比較文學》，北京：北大，一九八三。

張隆溪，《應該開展比較詩學》（筆談會），《中國比較文學》創刊號（一九八四），第一七至一九頁。

張漢良,《比較文學研究的方向與範疇》,《中外文學》六卷一〇期(一九
　　七八),第九四至一一二頁。

梵‧第根著,戴望舒譯,《比較文學論》,臺北:商務,一九六六。

愛克曼輯錄,朱光潛譯,《歌德對話集》,臺北:蒲公英打字版,一九八六。

楊倞注,王先謙集解,《荀子集解》,楊家路編本,臺北:世界,一九六七。

葉維廉,〈東西比較文學中模子的應用〉,《中外文學》四卷三期,(一九
　　七五),第四至二二頁;後收入《比較詩學》,第一至二五頁。

葉維廉,《比較詩學》,臺北:東大,一九八三。

遠浩一,〈關於「中國學派」〉,《中國比較文學》第一〇期(一九九
　　〇),第一〇〇至一〇四頁。

盧康華,〈比較文學課程的設置與教學〉,《中國比較文學》創刊號(一九
　　八四),第二九一至三〇一及三二八頁。

盧康華和孫景堯,《比較文學導論》,哈爾濱:黑龍江人民,一九八四。

Aldridge, A. Owen, ed. *Comparative Literature: Matter and Method.*
　　Urbana: U. of Illinois P, 1969.

Aristotle, "Poetics," in *Critical Theory Since Plato,* ed. Hazard Adams
　　(New York: Harcourt, 1972), 48-66.

Deeney, John J., "Comparative Literature Studies in Taiwan," *Tamkang
　　Review* 1:1 (1970), 119-145.

——, "Afterword: A Prospectus for Chinese Literature from Comparative
　　Perspective," in his edition *Chinese-Western Comparative
　　Literature: Theory and Strategy* (Hong Kong: The Chinese UP,
　　1980), 179-188.

Etiemble, Rene. *The Crisis in Comparative.* Trans. H. Weisinger and G.
　　Joyaux. East Lansing: Michigan State UP, 1966.

Levin, Harry, "Preface: What Is Literature if Not Comparative?" The
　　Chinese Text, ed. Ying-hsiung Chou (Hong Kong: The Chinese UP,
　　1986), vii-xiii.

Remak, Henry H. H., "Comparative Literature at the Crossroads:
　　Diagnosis, Therapy, and Prognosis," *YCGL* 9 (1960), 1-28.

——, "Comparative Literature: Its Definition and Function," in
　　Comparative Literature: Method and Perspective, rev. ed, ed.
　　Newton P. Stallknecht and Horst Frenz (Carbondale: Southern
　　Illinois UP, 1971), 1-57.

Weisstein, Ulrich. *Comparative Literature and Literary Theory.*
　　Bloomington: Indiana UP, 1973.

——, "D'oú venons-nous? Que sommes-nous? Oú allons-nous? The

Permanent Crisis of Comparative Literature," *Canadian Review of Comparative Literature* 11:2 (June 1984), 167-192.

Wellek, René, "The Crisis of Comparative Literature," *Concepts of Criticism,* ed. Stephen G. Nichols, Jr. (New Haven: Yale UP, 1963), 282-295.

Yuan Haoyi, "Survey of Current Developments in the Comparative Literature of China," *Cowrie* 1 (1983), 81-125.

Zhirmunsky, V. M., "On the Study of Comparative Literature," *Oxford Slavonic Papers* 8 (1967), 1-13.

誰沒有資格建立「比較文學中國學派」？
——談談Haun Saussy的「讀後感想」

我在去年六月號的《中外文學》（十九卷第一期）發表了一篇題為〈建立比較文學中國學派的理論和步驟〉的論文，提出了建立這個學派應有的步驟以及理論如何擴展等問題，以補充、擴展我和古添洪於民國六十五年在合編《比較文學的墾拓在臺灣》〈序文〉中所表達的概念，沒想到竟引來加大洛杉磯分校教授Saussy的迴響。一來很是高興，因為有反應總比沒有反應好，二來卻感到很是失望，因為沒想到Saussy教授竟會寫得這麼簡單而幼稚；更可笑的是，他文章充滿了矛盾，前言不對後語，對於我提供的資料可能連看都未看過，竟然也敢來寫這種「讀後感」，企圖「解構」我的理論體系。不過既然承他這麼重視我並把他的「讀後的感想」來「供臺灣讀者比較」，中國人說禮尚往來，我不能不也把自己的一些感想也寫出來，以就教於高明。

我說Saussy教授幼稚在於，他在文中最後第二段說：

> 那麼，廣義說來，誰不在作比較？有沒有辦法避開比較文學？比較文學已經是一種事實，因為可以說人人都在作；比較文學家若承認了這一點，就可以給其他文學的研究者提供更多「效用」了？（第七六頁）

我們單純唸中國文學作品時會作比較，唸英美文學作品時

也會作比較，甚至連日常生活對談也無時不比較；但是，任何受過比較文學嚴格訓練的人都知道，這只是比較方法的應用而已，這怎能可以算作我們所說的比較文學？如果連這麼初淺的（elementary）概念都弄不清楚，而且還要貢獻出來，我們怎能不對說這種話的人感到啼笑皆非？接著他又說：「比較文學研究的一些結論是超越過單獨一國一語的研究範圍的……但是，沒有那些各國文學研究作基礎，比較文學研究是不可能的」（同第七六頁）。這句話後半部分是千真萬確的，可是，他認為超越國家藩籬的那一些結論是那一些？為甚麼不提供一些來讓我們參考？Saussy常常把非常幼稚的話和充滿睿智的話並擺，真令我們讀者弄不清楚，他怎麼會這樣前言不對後語！

　　除了簡單化約和幼稚之外，Saussy常把我的觀念和理論從上下文中抽出來重組。我把「發掘新的文學理論模子，找出文學創作的一般法則和共同規律」（第一一〇頁）訂為發展中國學派的第三階段目標，這絕對錯不了。但是，我從未（也不想）把彰顯中國文學（包括理論）的「特色」從我們的理論體系中抽掉。你說「普遍性」和「中國特色」的關係為階段性的（gradational）也好，還是辯論關係也罷，它們之間的關聯當然「很不簡單」，可是，我根本無從瞭解Saussy底下這段話：

　　　假如有一個學者使用西方的文學、修辭學的觀念來證明這些觀念太有（sic!）「西方特色」了，並不適合中國文學，那位學者算不算比較文學「中國學派」？可不可以說，他當初以為自己是「比較文學中國學派」，但最後美夢一醒，他只能算是一個「中文系」的（sic!）「修正」的意思是不是也包括完全更換、淘汰呢？（第七六頁）

太有西方或東方「特色」的觀念甚或感受，並不一定能綜合成為普遍性的原理原則；但是，反過來說，人的感性是在不斷擴展之中，強烈的屬於國家性的特色可以在相互比較瞭解之中讓外人瞭解，也就是從個別、特殊的逐漸被融合吸收了。這一點，Saussy在其讀後感中已兩次提到，「文學理論不是一種死的語言，也不是一本聖經」（第七五頁），「觀念不是死的」（第七六頁），既然觀念理論（其實創作技巧又何嘗不一樣）是隨時代而推演的，也即是說它們並不如一般人所以為的是一「透明的存在」（張漢良語，第一八四、一八五頁），先驗、偏執、膠著而不受讀者觀照和詮釋的影響，所以我覺得Saussy的問句都問得非常不高明，而且自己在解構自己說過的話竟然不知！假使真有這麼一位西方學者執意要證實他所使用的「西方」文學、修辭觀念是絕對「西方」的，跟東方的水火不相容，那麼他大可以用錫箔紙把它們密封起來，不要受到空氣和水等的風化影響，否則，他絕對不需要在做了證明後說它們「並不適合中國文學」；另一方面，如果他真費力去證明他的絕對性跟我們所提倡的中國學派無關，那麼他的存在只是依附屬性的（即依附我們而存在），稱不稱他為「中國學派」已屬於次要的問題了。

　　我在〈建立比較文學中國學派的理論和步驟〉中提到臺灣有中文系出身的學者在《文訊》上界說「諷刺」、「本色」、「風骨」、「活法」和「氣韻」等等純中國文學理論術語，然後說：「問題是寫這些術語的先生都是中文系出身，他們無從對比、結合西方類似的觀念和理論，因此，他們的努力並未發揮多少效用」（第一一頁），我說這些話當然有些重了一些，但是「對臺灣的比較文學界也不熟」（Saussy語，第七四頁）的Saussy竟然敢這樣批評：「則按此文，好像沒有使用『西方觀念』的『中文系出身的』都沒有資格拿『中國學派』的會員卡」（第七四至七

五頁）。誰沒有資格拿中國學派的會員卡？Saussy怎麼這麼在意這一點？這是我和古添洪以及在大陸熱烈提倡中國學派的學者就有資格發的嗎？對於這個學派的創立，中國人都責無旁貸。我在近日跟盧康華教技的通信中曾提到我們創立比較文學中國學派的「用意」，盧教授非常同意，並引用我的話說：

> 認真拜讀〔大作影印〕數遍，覺得寫得很好，有理有據；套用您的文字來說：「並非此為國別或面子而爭意氣，而是為理念，為研究方法重點而爭。」（一九九一年二月五日，亞利桑那·土珊）

我希望中國學者要能看清事實，創立一個學派是多麼慎重的一件事，絕不可是為了討好某些人甚至「爭意氣」而糟蹋了是非真理。任何中國學者，甚至像李達三教授這樣的美國學者都可來為鞏固比較文學中國學派而盡力；但我希望中國學派不應被區域化，甚至太「中國化」，更不可以政治化。包括Saussy在內的任何人都可以對我們的理念和理論提出批評，可是我很不希望看到像Saussy上面這樣的推論。對臺灣以及中國的比較文學界都不熟悉，他憑甚麼來跟中國學者討論中西比較文學的問題？目前在大陸研究提倡中西比較文學最力的大都是中文系的教授和學者，他們既聰明又傑出，也像我們在臺灣以及其他地方的中國學者一樣，希望能在比較文學的拓展上略盡棉力，這就是中西比較文學的前景和希望之所在，也可能是中國學／漢學的前景之所在。我沒有說過「沒有使用『西方觀念』的『中文系出身的』都沒有拿『中國學派』的會員卡」的話；但是，Saussy先生可別忘了，比較文學得跨越語言國界甚至文化藩籬的最基本要求，如果一位學者只能在國家文學範疇內做研究，我們憑甚麼把他稱為中西比較

文學家？另一方面，把中國文學的理論和觀念很嫻熟地套用在西方文學作品就不行嗎？為甚麼一定是只能套用「西方觀念」？

Saussy教授西方中心論的姿態以及心態在上引文字之後這一段展露無遺：

> 其次，此比較「文學中國學派」雖然以「西方觀念」為研究基礎，但是「由於這援用西方的理論與方法，即涉及西方文學，而其援用亦往往加以調整，即對原理與方法作一考驗，作一修正、調整⋯⋯（頁一〇八），這才是「中國學派」的特色。
>
> 讀到這裡，我有幾分錯愕，我不禁要問：當我們採取一種方法不就等於在「考驗」甚至「修正」那個方法嗎？⋯⋯這個「中國學派」的「特色」事實上應該就是比較文學所共有的觀念。何必——怎麼可以——為此創造一個新的「學派」？（第七五頁）

我們援用西方觀念和理論，套一句張漢良所說的「殖民言談」（colonial discourse），那是歷史發展中的死結，不必是必然；我們對原理論和方法作考驗、修正和調整，那是希望能經由此一積極作為，推展出普遍可靠的一些原理和規律來，以作為往後認知和比較的普遍基石／礎（common grounds），像我們這樣完全從中西對比、比較提出來的觀念，除了我論文中提到的那些學者如葉維廉和張隆溪等提出作之外，另外可能就只有陳瑪麗（Marie Chan）和梵彼爾（W. van Peer）等幾位學者在做中西方文學比較時能推演出比較普遍的通律之外，我們還未看到有幾位西方學者能有此宏觀甚至胸襟，共同為真正全球性的比較

文學理念努力[1]。問題既然是這樣，我們中國學者有鑑於新知識體（new objects of knowledge）[2]的轉移和擴展（從狹隘的羅曼文學相互影響研究擴展到包括中西對比研究，包括新興文學、少數民族文學在比文的範疇內），研究方法的兼含並蓄採用以及我在論文中提到的希望中西比較文學研究能驗證、擴充西方理論模子的validity和applicability，並進一步找出文學創作的共同規律和法則」（第一○七頁）這樣的理念來為我們建立比較文學中國學派的主張，我們的旗幟和理論建設基礎都鮮明而清楚，那裡是Saussy教授您一句這些都是「比較文學所共有的觀念」，一句「何必——怎麼可以——為此創造一個新的『學派』？」[3]就抹煞塗銷得了？我要責問：Saussy教授以及反對我們建立中國學派的學者，你們為全球性的比較文學理念和進展貢獻了那些心力？說得具體一點，你們甚麼時候曾認真地考驗、修正過西方的理論模子？我還要責問Saussy教授：您為何老是枝解人家的文字

---

[1]　葉維廉在一九六六年左右寫他著手寫他的博士論文《龐德的〈國泰集〉》（Princeton: Princeton UP, 1969）時根本就找不到可資借鑑的共同基礎，是他開拓了中西詩學的對比研究（從Fenollosa對中國古典詩文字的解釋和Eisenstein的電影蒙太奇手法著手）。中西比較文學有今天的發展也不過只有二十來年的歷史。讀者假使不太健忘的話，應該記得浦安迪（Andrew H. Plaks）在其著作*Archetype and Allegory in the Dream of the Red Chamber*應用了衍自中國文化哲學的「陰陽互補」和「五行生剋」（"complementary bipolarity" and "multiple periodity"）的觀念來談《紅樓夢》以及中國文學而受到攻擊說這些術語欠缺科學的嚴謹性（scientific rigor）的事件，可見殖民話語和多數話語在七十年代末還是那麼嚴屬淫威地主宰著西方學術界。

[2]　「新知識體」的引入有助於「塗銷」（erase）歐洲中心論、多數話語強加之知識和真理（即the figure of man）的干擾，此一用語之應用以及少少數話語的確立有助於摧毀多數言談的論點，請參見Sylvia Wynters, "On Disenchanting Discourse: 'Minority' Literary Criticism and Beyond,"*Cultural Critique* 7 (Fall 1987)，尤其第二○八至二○九頁。

[3]　Saussy教授多數話語和西方中心論的霸勢是可以理解的，讀者可以參見比Saussy更有權威的福克瑪（D. W. Fokkema）曾如何利用他國際比較文學學會會長的身分在年會暨學術研討會的致詞時對中國學者企圖建立中國學派的攻擊，其部分攻訐言詞見孫景堯，「為中國學派一辯『溝通』」（西寧：廣西人民出版社，一九九一年），第一二一和一二二頁。

context，把我認為是建立中國學派非常關鍵的第三個階段略去而不談，然後說我們想建立的中國學派的「特色」（此詞也是您一再用的；我用的是理論架構和步驟）就僅此而已，這實在不是一位嚴謹的學者應有的風範……

我也不認為比較文學中國學派係以「西方觀念」為研究基礎，如果Saussy先生有這種印象或推論，那是因為他枝解、顛覆、佔用（appropriate）了我的理論後產生的幻覺，不過他所以有這種「幻覺」也是可以理解的，因為西方人給東方創造了一個跟他們對照（甚至被壓制、征服）的他者（Other）、給東方創造了一個「東方主義」（Orientalism）[4]，他們的話語現在被稱作「多數話語」（majority discourse），因此他們會很自然地、不自覺地產生施與者、宰執者（the dominant）的幻覺。西方觀念和理論跟東方的類似觀念和理論為平行的，應擺在同一個立足點作比較對照，不是那一個為那一個的基礎。即使退一萬步來說，假定所有非西方的話語都是少數話語、都是被殖民者話語，那麼，那個邪惡的、霸權的多數話語也必須依賴這個少數話語而存在[5]。在此後結構主義、後現代主義潮流的浸禮下，學術界已習慣於汲取、侵佔、改寫、顛覆他人的理論，在此脈絡底下，我和古添洪於一九七六年即已提出「考驗」、「調整」甚至「修正」西方理論模子和概念的創舉，那只能說是我們提早受到像葉維廉「模子的應用」的講演的啟迪而已，這些都必須擺在歷史的脈絡裡來論證，豈容Saussy不分青紅皂白，一筆塗銷！

---

[4] 薩伊（Edward W. Said）給「東方論」下的一個定義是：「東方論為統治、重構以及確立統治東方的權威的一種西方（言論）方式，」語見氏著《東方論》（New York: Vintage Books, 1979），第三頁。

[5] 關於少數話語和多數言談的辯證關係，以及殖民話語、東方論如何排擠被殖民者在歷史主體之外的策略，請參見註三引Wynters文第二○八至二○九頁以及Nancy Hartsock, "Rethinking Modernism: Minority vs. Majority Theories", *Cultural Critique* 7 (Fall 1987)，第一九二至一九三頁。

最後，在Saussy教授（其姓氏令人有醬油〔sauce〕和莽撞〔saucy〕的聯想）相當加油加醬的「誤讀」（misread）和「多讀」（ove-read）底下，他說我在故意problematize比較文學法國學派和美國學派之爭，然後說：「如果『中國學派』的目的是要改正那兩派的錯誤，那麼實在大可不必把精力花在這上頭」（第七五頁，強調符號為我所加），口氣又是那麼一副霸道姿態！我們提議倡立中國學派只是為了「改正那兩派的錯誤」？就這麼簡單？我真疑懷Saussy有沒有把我的論文讀完並且看懂！我只在論文開頭第一段提到法國學派和美國學派的不同主張，以便導出我們提倡中國學派所可能採取的態度和策略，這怎麼可能令Saussy先生推論出來說我們建立中國學派的「目的」只是為了要改正法國、美國學派的缺失這麼簡單？如果我們的頭腦真是簡單到這種地步，我們還敢出來提倡甚麼中國學派？而且還有勞他勸我們「實在大可不必把精力花在這上頭」？如果我們連目前已不太有人願意談美國學派和法國學派的抗衡（大陸的比文學界可能是個例外）這樣的學術市場進展消息都沒有，我們還有資格來跟世界各地的同行學者切磋學問？

我很高興聽到Saussy提到「陳君所提的「考驗、修正、調整……應是任何學者的基本研究態度及一生的職志」（第七五頁）這句話，希望西方比較文學家能體會到比較文學在新知識體不斷加入之後，研究方法的及時修正，理論的修正和轉移重心都是不可避免的。中國學派在逐漸鞏固其地位之後，假使真有比較文學印度學派和非洲學派的提出，而他們又能像我們一樣justify他們的理論依據和架構，我們又有甚麼理由來加以否決、排斥？

至於Saussy教授在讀後感裡不斷加「」來框住中國學派和我和古添洪的「創始人」身分等等作法，除了強調或表示引用功能外，他可能想藉此質疑這些詞的符旨，這樣充滿霸權心態、政治

策略的做法，顯然已踰越正規學術討論的範疇。在我論文中已提到中國大陸學者大都很強調彰顯中國文學的特色，只要他們能把主張擴展為完整的一套理論，難道他們就沒有資格倡談，甚至修正我們建立的中國學派的理論嗎？

引用書目

1 孫景堯，「為『中國學派』一辯」《溝通》（西寧：廣西人民出版社，一九九一），頁一一八至一三○。

2 陳鵬翔，「建立比較中國學派的理論和步驟」《中外文學》第十九卷第二期（一九九○年六月），頁一○三至一二一。

3 盧康華致本人的信，兩頁，寫於一九九一年二月五日，亞利桑那州土珊（Tucson）。

4 Haun Saussy，從「比較文學中國學派說起」《中外文學》第十九卷第九期（一九九一年二月），頁七四至七七。

1 Marie Chian, "Chinese Heroic Poems and European Epic," *Comparative Literature* 26:2（1974），142-168.

2 Han-liang Chang, "Western Theory as 'Colonial Discourse'? Or（One More Time!）The Permanent Crisis of Comparative Literature," *Os Estudos Literarios（entre）Ciencia e Hermeneutica*（Actas Do I Congresso Da Associacao Portuguesa de Literatura Comparada, Lisbon, 1990），II:179-90.

3 Nancy Hartsock, "Rethinking Modernism: Minority vs, Majority Theries, "*Cultural Critique* 7（Fall 1987），187-206.

4 Andrew H. Plaks, "Complementary Bipolarity and Multiple Periodicity," *Archetype and Allegory in the Dream of the Red Chamber*（Princeton Princeton UP, 1976），43-53.

5 Edward W. Said. *Orientalism*. New York: Vintage Books, 1979.

6 W. van Peer, "Universals in Literary Theory." *Proceedings of the Third Colloquium on Litevary Theory, ICLA*, Taipei, April 27-30, 1990（forthcoming）.

7 Sylvia Wynters, "On Disenchantng Discourse: Minority Lterary Criticism and Beyond," *Cultural Critique* 7（Fall 1987），207-244.

8 Wai-lim Yip. *Ezra Pound's Cathay.* Princeton: Princeton UP, 1969.

附錄：沒有理由不提倡中國學派

　　在目前我們這個後現代後殖民論述相當蓬勃開展的時代裡，歐洲中心論、唯理中心論的宰制似乎都在鬆弛之中，代之而崛起的應是文化多元主義的理念。在這樣的大氣候底下，有些人也許會覺得搞中西比較文學／文化的學者還在提倡隱約之中含有區域性的比較文學中國學派，那不是嚴重犯了時代錯誤或神經錯失的毛病嗎？更有一些人覺得，真理永遠都站在歐洲白種人這一邊，其他新興國家的學者都是喝這些知識長者的奶水長大的，他們怎麼可以突然跳出來挑戰這些「真理」巨人？不管是親歐派或是侏儒派，我覺得他們都患了嚴重的膽怯，以為知識（這裡指比較文學的知識）都是神賜的、都是透明的。既然是神賜的，那當然只有「選民」才有資格接受這些諭誠，其他大多數的人都只有永遠受教的份，怎麼可作非份之想，也想進而窺視、挪用甚至製造知識？

　　站在一個真正國際化的立腳點來看，我覺得各國文化都有值得吾人學習瞭解的地方，文化交流應是雙向的，互補的，增援的，而不是單向的、受制的、削減的。在理論上，每一種文化都應在公平競爭之下受到保護並且不斷發展，多元文化就是要從多角度的透視下來看文化的互動互補，而不是在殖民主義時代那樣受到壓制、破壞、消滅！國際化、地球村的發展應是睦鄰、應是眾聲喧譁。我覺得我們應該把提倡中國學派擺在這樣的角度下來思考，亦即是擺在知識的增長、文化的多向交流、學科的成長的角度下來思考才有意義。

　　東方文化中的中國文化、印度文化甚或日本文化都應對世界文化的形成作出貢獻。提倡中國學派不應僅僅是策略性的、挑戰性的（狹偏的心態是不可能擴展我們這一學科的原有疆域

的！）。我們認為提倡中國學派甚或印度學派等等都應是為了擴展甚或提供不同的觀物態度——提供一個理性的思維態度而非侵略性的角度。後現代後殖民論述應該促進我們對原有問題的思考，走出既定的疆域、型式，看看西方中心論、殖民主義怎樣壟斷、戕害了多少心靈，破壞了多少活潑多樣的本土文化。現代化似乎是不得不走的一條道路，但難道為了現代化就得把既有的、優美的、感性的財富都摧毀埋葬掉不行？如果是這樣的話，我甚至認為中國學派的提倡可以是策略性的、抗拒性的，否則知識的傳播都可能變成一種文化侵略、壟斷和壓制！

這幾年我在跟一些非西方強權國家的知識份子對談之後發覺，有識之士也跟我一樣，認為比較文學（或借比較文化／文化批評而行之的比較）不應再是某些強權／強勢文化遂行霸權的工具或手段。源自西方同一傳統的宰制或非宰制文化間固然應加強比較，我們認為真正跨越文化源流的文化或文學間的比較可能更值得鼓勵，因為只有這樣做，文化的差異性、多元性才能真正顯現出來。在這樣一種思維之下，我們希望古文明之一的中國或印度等國家的文學都應該真正金蟬脫殼，他們的學者在逐漸掙脫殖民者控制／淫虐之後，能把他們的豐富遺產推展出來——不只用中文或印度文而是用國際語言的英文推展開來，讓世界上有識之士能真正欣賞。在這裡，首先我們得理清自己的傳統文學批評術語，挪用並建立架構並提出研究鑒賞方法，然後逐漸形成一個或多個學派。西方理論中固然蘊含著解構、抗拒，我相信中國或印度學派之中更蘊含著這些素質。

任何理論都會旅行——正如米勒所說的——跨越國界；任何研究批評方法也一樣，被某種程度的挪用與收編，然後再冒了出來。在這種過程中，翻譯、詮釋，不斷在網路中滋長。我相信我這篇文章還是綱要性的，可其論點——尤其在解構性和抗拒性

方面——已多少逸脫出我在〈建立比較文學中國學派的理論和步驟〉（《中外文學》1990年6月號）和〈從理論與實踐看中西比較文學的發展〉（《中外文學》1991年12月號）中提出的一些論點。闡發法、中西互補的異同比較法等等都可以是其方法論的部分，至於其範疇則早已跨超了純文本的範圍而納進了影視文本，詮釋、挪用以及改造可能才是其精髓所在。

一九九六·一·二七 臺師大

第二輯

詮釋學、現象學和離散／小眾文學
等文學理論在文化研究上之實踐／
應用

校園文學、小刊物、文壇
──以《星座》和《大地》為例

　　去年十二月八日下午，我和清大中語系主任呂正惠兄同時受《幼獅文藝》和救國團海外組之邀，到總團部去給來華訪問的新加坡年輕學生講談〈臺灣的校園文學和文壇〉。在接受此次邀約之後，我曾花了不少時間去蒐集有關校園文學和新生代、新人類的資料來閱讀，也曾跟朋友和學生先交換了意見。為什麼會這樣緊張呢？那實在是因為講題中的「校園文學」這個符具令我既感親切又模糊！

　　那天我主要環繞著「校園→文壇」這個假設中、想像中的經過路線而談，因此就略為略過這個起點和終站的辨證關係中的一環，那就是一些跨校小刊物的功能。未講之前以及講演結束依然令我困惑的不僅僅是「校園文學」這個符具所可能輻射出來的種種分歧含義，更重要的是，我們在政經科技之大力衝刺下，我們國民的想像、創作甚至話語空間都大大擴展了開來，可是不容諱言的，我們國人還殘存著這樣的弊病：無法也不會保存史料。

　　因為要談論「校園文學」一定得追溯其歷史，而其歷史即跟四十九年左右創辦的《海洋詩刊》、《現代文學》，五十二年創辦的《星座詩刊》以及六十一年九月創立的《大地詩刊》這些單校或跨校學生創辦的文學刊物有關，而目前這些刊物卻很難在圖書裡找到完整的儲藏。

　　我們先從「校園文學」談起。任何一個術語的確立都必定

有一個恰切的指涉，可是校園文學的指涉（符旨）卻是飄浮不定、又虛又實，隨著學生的來去、身分的改變而突生突滅。我在未拜讀林燿德和鄭明娳等人的相關文字之前即感覺到它們的詭譎性，讀了之後更感受到其吊詭。林燿德在給《聯合文學》（五十三期）策劃的《校園文學特輯》中，所寫的那篇界定性的文字〈所謂「校園文學」──介於存在與不存在間的集合名詞〉，標題用了「所謂」即已標示了作者不太認可的態度，這種訊息又由副標題略為傳達了出來（因為它「介於存在與不存在間，不易確指）。校園是社會的一部分，校園文學又是相對於「完整的當代文壇」而言的，因此，校園文學此一符具即兼具好幾層的「雙重性格」，因此，林燿德認為「校園文學一詞實在沒有存在的必要，不過是一座好事者虛構的莫須有的城市」（第三十九頁）。鄭明娳在同一專號上寫的〈臺灣校園文學的觀察〉一文，卻以「民國六十二年成功大學開創國內第一個校園文學獎」來界訂定此一名詞的出現，這當然是很好一種釘樁做法；既有「釘樁」，這當然表示她採取的是認可、「理所當然」的態度。然後在第二段，她緊跟著說：

> 在民國六十年以前，國內還沒有「校園文學」一詞，但並不表示校園內沒有創作者。只不過創作風氣未普及到各校園內，創作模式與創作文體當然也無從產生。當時愛好文學的學生如散兵游勇，偶爾找到數位同好，聚集起來，以文會友，他們寫作發表的途徑不外以下三種：（1）直接向媒體投稿；……（2）透過文藝營、文學獎、文藝演講等活動，跟作家接觸而躍進文壇；……（3）跨校文藝集團的推動。（第四一至四二頁）

六十二年以前是否已有人提用到「校園文學」這個詞有待字源專家進一步考證，至於鄭提到「校園文學的創作模式與創作文體」，假使真有這種模式和文體，那顯然也是以晚近的現象去套解早期的現象（「校園文學」的特色應是「青澀」和「試驗性」）。更有甚者，鄭明娳在說明上提到第三個途徑時，只從六十二年溫瑞安、方娥真等在臺北創辦神州詩社，朱天心和朱天文等在六十六年四月創辦《三三集刊》著手，在這之前雖也提到由白先勇和王文興等臺大外文系學生於四十九年三月開始籌備創辦《現代文學》並且一辦就「持續辦了十三年」（第四頁），可卻獨獨隻字未提到我和李弦、林鋒雄、翔翎和余中生等在六十一年九月創辦的跨校詩社《大地詩刊》、林綠、張錯、畢洛、王潤華等在五十二年左右創辦的跨校詩社《星座詩刊》以及更早一些由一批臺大僑生創辦的《海洋詩刊》，這使得她的「校園文學」的「史前史」敘述暴露了「盲點」，這也就是我前頭為什麼會有我們「無法也不會保存史料」的慨慨。有關小刊物是一介乎校園和文壇兩者那種既黏又離的微妙聯繫，這裡暫且按住。鄭明娳並不否定「校園文學」的存在，因此，在另一篇題叫〈文藝環境與校園文學〉裡，她給它下的定義是：「所謂校園文學指的是大專及中等學校學生的文學作品，是校園中形成次文化的重要成分，也是文壇的儲備軍」（第五四頁），她這個定義的後半部分似乎是給「校園進入→文學」這個話語確立關係。

「校園文學進入→文壇」此一思維模子能夠確立最好（君不見我國古代多少文學家具都是通過或不通過進士考試這一關的！）；但是，在這起站和終點之間似乎還有縫罅可以插入一個第三項「小刊物」，尤其是跨校性的小刊物。跨校小刊物是一伸向文壇前線刺探的觸線，也是第一和第二項的緩衝潤滑地帶。跨校小刊物同其他文壇上的小刊物一樣，最帶有鮮明的衝刺性格，

在文壇這個大體制、大敘述的壟斷下，它是非主流、次文化，在權力架構的互動中，它是挑戰者，挑戰勝利的話（例如《現代文學》那一批青純的青年），它就把主流推擠到一旁去。挑戰失敗的話，它就被推入歷史的谷底。不過不管怎麼說，年輕人勒緊腰帶去創辦小刊物以爭取進入文壇那可是天經地義之事，任誰也阻擋不了的。

　　跨校性小刊物既能給文壇來新氣象，也對文壇帶來壓力，同時它也能影響到更青澀的校園刊物；它就是有這種「雙重性格」。相反地，文壇也能反過來制約它、規範它，並進而制約、規範了校園文學，畫成帶箭頭的線條是這樣的：校園文學→刊物←文壇，所以我在本文的第二段提到的校園和文壇的辨證關係指的就是這種相互推擠、制約的關係。可是，我在本文提到的是跨校性小刊物，這種小刊物在性格上有一半仍屬於校園文學的範疇，跟那完全由社會人士所創辦的小刊物並不盡然相同，由於有這層考慮，我這篇文章後段要著重探討的必然只限於跟校園文學有關的《星座詩刊》和《大地詩刊》等，希望在討論過程中能給鄭明娳和李瑞騰等有志於重構歷史這個大敘述的朋友開拓一些思維的空間。

　　前頭提到，要給臺灣校園文學這一話語（discourse）確立完整的系譜就得推溯到四十年代末期下來到六十年代初期這十幾年間先後成立的《海洋詩刊》、《現代文學》、《星座》和《大地詩刊》。關於《海洋詩刊》，除了知道社員有余玉書、林間和白垚這些散居國外的詩人之外，目前已很難找到任何資料可資介紹。至於《現代文學》的崛起歷史，六十六年七月《現代文學》復刊號第一期即已有白先勇的〈現代文學的回顧與前瞻〉一文，對他們籌辦這份劃時代意義的刊物的前因後果，剖析得已非常清楚，十一年後《現文》的另一大將王文興也曾在《中時人間》副

校園文學、小刊物、文壇——以《星座》和《大地》為例　071

刊發表了〈現文憶舊〉（六月一日）一文，對於他們當年為了出版《現文》，時常跑印刷廠跟印方老闆周旋「殺價」等等細節都有極為生動的描述。更有甚者，臺大外文系和中文系曾在七十七年十一月九日下午舉辦了一場「臺大人所創辦的文學雜誌」座談會，在會上，王教授在提到《現文》出版翻譯專號的功過時說：「《現文》開了不好的風氣，以後的文學雜誌很多也跟著做專號，同樣犯了自欺欺人的錯誤」（《中國時報》當月十日新聞報導），第二天《時報》製造出「一席驚人語，搗破文學神話」這樣感性驚人的標題，對於有興趣研究王文興小說受到外來影響的「焦慮」狀況，他的自剖倒是非常好的實證，在此不擬深論。白先勇和王文興對創辦《現文》的憶舊敘述對有志於書寫臺灣現代文學史的人來說，那可是非常寶貴的第一手資料。《現文》當年那批青純、熱情、有衝勁的大學生，由於不斷地嘗試、努力衝刺，當今文壇的一些主幹就是當年他們這批人：白先勇、王文興、歐陽子、陳若曦、李歐梵、葉維廉和劉紹銘等等，他們大都已成為宰制者，在文壇權力結構的互推互擠中，他們早已把當年的主流擠掉，取而代之。他們現在已成為得接受青純的一代的挑戰者，也隨時在影響、施壓、制約下一代（至少心理上是如此）。

　　跨校際詩社《星座詩刊》的成立，整個情況跟《現代文學》非常相似，但是在整個文壇權力架構的推擠中，它所獵奪到的城池顯然無法望《現文》之脊項。《星座》像《現文》一樣，提倡現代主義，積極介紹理論和新思潮，王潤華在一篇題為〈木柵盆地的星座〉裡說到「臺灣當時重要的詩人及年輕詩人，多數都在上面發表過作品」（第一〇三頁），它的貢獻跟《現文》有相當多類同的地方。當今王潤華和淡瑩夫婦已歸化為新加坡公民，他們在該國詩壇頗有領袖群倫氣慨，王潤華在研究司空圖、研究中國現代文學以及開拓新華文學研究方面都頗突出，張錯今為美國

南加州大學教授，在詩歌、評論和翻譯等都非常傑出，並開始為
國內報社當文學獎的評審；黃德偉今任教香港大學比較文學系，
早已不寫詩，但在中西比較文學方面，編輯中英文叢書方面都極
為優異；鄭樹森今任教加州大學聖地牙哥分校，除了寫英文學術
論文外，非常積極地參與編輯各種書籍，為《聯合報》作越洋專
訪和評審，可是一個極為熱心、道地的文學「媒人」；鍾玲兼
寫極短篇、新詩和評論之外，研究古典文學和現代文學都一樣細
緻、深刻而且中肯，是誰都無法否認其為女中翹楚的；我和林綠
今任教臺師大英語系所，我主要在搞文學理論、現當代中國文學
和星馬文學的研究；此外，像任教政大新聞系的陳世敏、任教新
加坡大學社會系的麥留芳，他們早已不再涉及文學研究、活動，
可他們在其本行都有一定的份量。

　　《星座詩社》社員當然不止上面提到的王潤華和淡瑩以降這
些人，有些像李壯源和孫鍵政，今已不易打聽到其人之下落。上
提王潤華那篇散文，對於《星座》如何在李莎和藍采二位的激勵
下逐漸成形成立，都有非常生動的敘述，唯對於這個詩刊當年創
辦的宗旨以及影響等等，卻隻字未提；去年就讀於臺大中文系的
黃錦樹和彭永強，為了給這個刊物的來龍去脈作一追蹤，曾於農
曆新年前後訪問我，並因此寫了一篇〈被遺忘了的星座〉發表在
《大馬青年》第八期上頭。他們為了給當代有志於書寫文學史的
人挖掘寶藏，探隱索微，其志氣和眼光都值得我們敬佩，可是他
們在大作第一段就說：

　　　　星座詩社之所以被遺忘，固然由於歷史之必然，卻也
　　未免不能說是當年星座諸子的過失。
　　　　當年星座詩社的大將，如王潤華、張錯、陳慧樺、黃
　　德偉、淡瑩等人，今日的光芒更勝當年，或在創作（詩

或在評論。可是他們似乎並無心替當年的星座做一番回顧、整理，以做一番史的了結。……換言之，他們個人的聲名已掩過了往昔的《星座》。（第四十八頁）

他們推崇我們的地方，我實在不敢當，可是他們淡淡的責難卻也叫我感到惶恐。我由於曾經搬過好幾次家，有好些資料都在搬遷時能扔就扔了，並非「無心替當年的星座做一番回顧、整理。」而是一直無法蒐索到第一至第八期；另一方面，我總是覺得我們的光采無論如何都無法跟早我們四年創辦的《現文》諸君子倫比，因此就不太敢去書寫那一段早就被遺忘了的「詩史。」或許這一段歷史應由張錯或者鄭樹森來執筆會更恰當吧？

我今天這篇文章所要特別挖發的還不止《星座》而是六十一年九月由我和林鋒雄、李弦等創辦的《大地詩刊》。這些年來，我和李弦等這些創辦過兩三次刊物的朋友都有一個感覺，當今這個時代，誰掌握了媒體和發言權，誰就可以任意宰制那些失去發言喉舌者，這種霸權氣勢，跟我們當年創辦刊物，積極投入去試驗書寫，並對投給《大地》的優秀詩稿，我們都是毫無偏見地予以刊出，難道時代真的是不一樣了嗎？我們當年創辦詩刊，自掏腰包，提著刊物到處去發送寄售，那豈止是到了「廢寢忘食」而已；但是，這些還是比較私人化，或者比較屬於詩社史方面的篇章。更重要的是，我們當時的醒覺係緊扣著、甚至預示著文學史上一個新時代的來臨。這可得用外證配合內證的論證方式來加以說明。

李弦去年發表在《幼獅文藝》上那篇〈新詩四十年的詩社與詩運〉，是一篇很有價值的有關詩社與詩運的密切關聯的文字，似乎是他大前年在第一屆《當代中國文學國際學術會議》上宣讀

的論文〈民國六十年前後新詩社的興起及其意義〉[1]的部分縮寫以及其他資料的補綴，可惜篇幅太短了，對於每個十年裡主要詩社的介紹詮釋有時就無法深入。對於六十年代這個時期突然間冒出了《龍族》、《主流》和《大地》等等小刊物，他曾提到當時一連串政治、外交情勢這種大環境的大逆轉，也曾提到上提這三個詩社的組成多基於創作的「共識」，又說他們：

> 要敲打自己的鑼鼓、舞自己的龍，或者強烈要植根於大地，或者自甘具有草根性，這一直覺，使得重新評估、檢討前行代，成為詩刊的創刊辭，或出版專號（如《龍族評論專號》）的宗旨。這一階段配合強烈批判力的「關傑明」、「唐文標」事件，蔚成一股新氣象：
>
> 就是關懷本土，批判現實，（並）批判西化、現代化的前行代作風。（第五一至五二頁）

我和李弦，林鋒雄等朋友當時那麼毅然絕然要去創辦《大地》這麼一個跨校詩刊，那是因為我們不願意依附、投靠當時部分詩刊，不願意依附它們的基本關鍵是：我們根本無從苟同他們的詩風以及某些壟斷、霸道的做法。我們當然瞭解到，要開創一個新局面，以小刊物對抗大刊物（即文壇的主流）的艱辛，可是大部分主流刊物之成為霸權，那又何嘗不是從這種小局面小抗衡開始！

---

[1] 李弦（李豐楙）這篇論文有意開拓臺灣現代詩史的研究，並藉以扭轉一些文化人以掌握媒體就扭曲歷史的歪風，對於一九七〇年代初期風起雲湧的詩刊詩運有相當透明的剖陳，可惜由新地文化基金與清大中語於一九八八年六月二十五日在新竹召開的這個第一屆《當代中國文學國際學術會議》，會議記錄兩年來一直未見出版，對有心於研究中國現當代文學的人來說，當然是一大憾事。

中國的現代主義從李金髮和戴望舒等提倡象徵主義開始[2]到紀弦和覃子豪在四十年代到五十年代初期在臺灣提倡現代派、商禽、羅英和洛夫在《創世紀》提倡超現實主義，中國的現代詩是愈來愈走向晦澀、難懂、夢囈和殘缺破損、扭曲不堪的道路，臺灣的詩壇到了五十年代末期似乎已趨僵硬，當時的主流詩刊，似乎都已定了型，成了模式，年輕詩人必須投這些詩刊之所好，書寫它們立下的模式的詩才能刊登在這些詩刊上面，《創世紀》在創刊號發刊詞上所提「本刊的宗旨立場」的第三點「發掘和提攜青年詩人」（第二和第三頁）已很難在這幾個龍頭詩刊上見到真正實現。李弦在提到六十年代初期新生代不願意接受當時的《現代詩》、《藍星》、《創世紀》或者《笠》這些「頭冕」時說，「他們自組詩社，自辦詩刊，當然絕不是宗派意識在作祟，也不是為了沽名鈞譽，而是為了一種覺醒，一種自我要求，只要分析一下每一個匯聚群智所構想出來的新冠冕，就會發現新世代都是頭角崢嶸、氣象萬千的《龍族》、《主流》、《大地》、《草根》（〈民國六十年前後新詩社〉手稿，第六至七頁），他們真的是：「我們敲我們的鑼，打我們自己的鼓，舞我們自己的龍」（《龍族》創刊號即已標出的口號，印在封面裡）。

前引李弦的話最後一句「就是要關懷本土、批判現實、並批判西化、現代化的前行代作風」中的「批判現代化」有語意和指涉上的糾葛，因為現代化為當今任何一個國家都在努力開拓推動者，現代化並不等於西化，其實我們真正要批判的是那些膚淺的、惡性的、虛假的西化模擬而不是前行代的現代化作風；但最重要的是，現代詩得有現實味、鄉土味，而不能永遠是虛無飄

2　對於中國現代詩的醞釀成長到戴望舒、杜衡和施蟄存於一九三二年五月創辦《現代月刊》，可參見瘂弦的〈從象徵到現代〉《戴望舒卷》（臺北：洪範，一九七七年），二至三頁。

渺的夢囈模擬。植根、關注鄉土現實即為六十年代初期創辦小刊物的共識和創作指標。如果介紹現代主義並創作類似現代主義的作品為五十年代刊物如《現文》和《星座》等最高指標，那麼回歸鄉土現實可是六十年些小刊物的指導原則。《龍族》由於是六十年代初期最早成立的詩社，我們還是先鎖定它來重構歷史演進的跡象。《龍族》創刊號（六十年三月）並未發表代表一個詩刊宗旨和立場的「發刊詞」，但卻在封面裡代表版權頁的地方標舉：「我們敲我們的鑼，打我們自己的鼓，舞我們自己的龍。」非常明顯地，《龍族》的林煥彰、林佛兒、喬林、施善繼、蘇紹連和蕭蕭等要創作獨特的、富有民族氣息的現代詩，他們對社會現實和民族的關懷要到他們於六十二年七月出版第九期《龍族評論專號》時才突顯出來，而這距《大地詩刊》創刊號的出版已過了十個月，因此《大地》創刊號上」的發刊詞所表達的宗旨和立場就顯得特別突出和重要，不過這裡還是先討論一下《龍族評論專號》上的一些見解。高上秦（信疆）在為這《專號》寫的前言〈探索與回顧〉中說，二十多年來，臺灣的現代詩人已逐漸疏離了傳統、社會以及他們賴以生存的土地，他們「這種有意無意的對於中國的忽視，對於此時此地生活情調的淡忘，實在是詩人們在創作上的一大損傷」（第六頁）。因此他認為當代詩人應該「改革與創新」（第七頁）。同一專號裡，許玉昆的〈源於現實歸於現實〉第一段即說：「文學不能脫離現實，且必須進一步的反映現實，與現實結合，始有昇華的可能」（第一四九頁），他的結論當然是，詩人得有自覺地投身現實世界，把「大大小小的事物」都反映出來，這樣的詩「必定會受到普遍的歡迎」（第一四九頁）。同一專號上的勞為民認為：

文學家和所有的知識份子，都應該為大多數的社會民眾而

寫作，我們要寫出社會民眾的觀點、價值和願望，否則，
我們就不應該吃文學家或知識份子的這一碗飯，社會民眾
也沒有義務來奉養我們這一群人。（第四三頁）

　　勞先生這種觀點是相當偏激的文學實用論、詩人工具化，
其說法令人懷疑柏拉圖已降臨了六十年代初期的臺灣詩壇，相
信持相同觀點的人一定還不少。同輯又刊出李國偉的〈社會的良
心〉，他在卑喘、批斥了洛夫所指的現代詩的兩種傾向——純粹
經驗與廣義超現實——之後說：「年輕人要走入社會，我們不追
求淺薄的大眾化，我們需要反映社會的良心，我們需要真正的新
秩序」（第三三七頁）。在此同時，顏元叔也在《中外文學》發
表了《期待一種文學》一文，鼓吹他的社會意識文學觀，為了怕
人誤解，還特別作了這樣的澄清：

　　　　有人以為社會意識文學，會變成政治的宣傳或反宣傳。我
　　　　要說任何宣傳或反宣傳的文字，皆不是文學。社會意識文
　　　　學不要採取一個狹隘的立場，在政治經濟的錯綜中砍開一
　　　　條溪徑。社會意識文學是以超然的地位忠實紀錄人生，分
　　　　析人生。（第五頁）

　　其實，顏先生的觀點很有五四運動初期周作人等所提倡的
「為人生而藝術」的味道，顏先生的論文很快就引來李國偉的迴
響，李在〈略論社會文學〉中認為文學的社會性植根於「人的社
會性」（第五六和五七頁），並且在最後「建議想搖筆桿的人，
應先介入社會生活的真實面。……確實抓緊自己周遭熟悉的素
材，為我們的時代作記錄」（第五九頁），而且重提「不畏歲月
衝刷的鉅著，是良心的產物」（第五九頁）的話。

我上面引了高上秦和顏元叔等人發表在《龍族評論專號》和《中外文學》上的話，只在具體說明一點：植根、關懷以及積極投入臺灣社會現實幾已是當時文壇的共識。但是作為跨校際小刊物的《大地詩刊》，卻比上提諸位都更早就表達此一動向。《大地詩刊》創刊號出版於六十一年九月，而事實上，我們差不多在將近一年以前即開始籌畫。我們當初構思的是出版一本包括詩、散文和小說等的綜合性刊物叫做《中國文學》並且打算把王拓也拉入，後來因有同仁覺得王思想太激進，同時創辦一個綜合性的大型刊物實非我們當時這些窮學生所能支撐得住，因此才捨兩者而就《大地詩刊》。

　　大地詩社同仁是陳彗樺、藍影、陳芳明、王潤華、王浩、古添洪、林鋒雄、黃郁銓（已故）、余中生、秦嶽、林明德、陳黎、李弦、翔翎、陳德恩、翁國思、童山以及後來加入的林綠、張錯、淡瑩、林錫嘉等。剛創辦時大家都是政大、臺大、師大、輔大和文化的學生，當中只有童山是師大教授為例外，詩刊開創時編輯部設在陽明山林鋒雄租賃處，經理部設在我家，開會大都訂在臺大對面我租賃的二樓。《大地雙月刊》將要出爐前，我們曾為了「發刊詞」數度交換意見，並委由林鋒雄來執筆，請他把同仁的意見和應表達的宗旨和立場寫出來。林為謙謙君子也，一直都非常含蓄和謹慎，因此，由他執筆的「發刊詞」也顯得極為簡約而含蓄，不像三年後才創刊的《草根》，其《宣言》洋洋灑灑寫了九頁，聲勢磅礴。不過不管怎麼說，我們的〈發刊辭〉雖只有一頁，在內中我們提出「我們希望能推波助瀾漸漸形成一般運動，以期二十年來橫的移植中生長走來的現代詩，在重新正視中國傳統文化以及現實生活中獲得必要的滋潤和再生」；我們也希望「大地的創刊，是中國現代詩的再出發」；我們能激發創新，「從而創造出足以表現當代中國的作品」（以上具見第一

頁）。貫穿著這些文字的是一般不求妥協，只在衝刺的精神。我們當時的共識是；我們已厭倦了主流派的晦澀、夢囈和規避、蒼白，我們要關懷鄉土、批判現實，並以「開放批評的方式」介紹新思潮，評隲中國古典和現當代的詩歌；但是，由於所採用的是低調含蓄的文字來陳述我們的覺醒以及立場，以致我們在詩史上應得的拔頭籌的地位往往被晚十個月出版的《龍族評論專號》甚至晚兩年八個月出現的（草根宣言）奪去，這當然跟我們後來不再掌握媒體喉舌有關，但更重要的還應是跟我們同仁的謙和和疏懶這些「過失」（黃、彭語）有關。李瑞騰在提到「風起雲湧的七○年代」的一群時說：

> 新的一代確實有新的精神，這一大群與繆斯結緣的年輕生命，反省並批判著六○年代普遍性的西化與現代主義的流行，他們提出了縱向繼承傳統、橫向關切社會現實的詩之信念；他們充滿信心，以昂然的戰爭雄姿和別人論戰。（第二三版）

李瑞騰的大作〈理想，熱情與衝動——現階段臺灣的青年文學〉對於這個階段的青年所展現的精神特質有相當深入而生動的陳述，對於在這個階段冒出來的文學小刊物的遞嬗傳承也有非常仔細的說明，他這篇文章可以分向前後擴展，變成一篇更有歷史性的論文。除了他提到的「反省」和「批判」，這一代的青年從事的是關注、關懷現實，他們要創作的文學作品是富有鄉土性、時代性以及東方精神。

像《大地詩刊》這樣的小刊物是有其價值和功能的。單就《大地》而言，「其成員後來大多數成了大學中外文系的教授，從事學術研究，並且關切現代詩的發展」（李瑞騰，第二三

版），除了這些貢獻以外，當今文壇上的紅人如向陽、苦苓、溫瑞安和楊澤，以及林彧、沈花末、游喚、渡也、廖偉竣、陳家帶、趙玉儀、林梵、鍾明德、方娥真、羅青、德亮、蘇紹連、蘇凌等等都曾在上頭髮表過詩作，我們向來不問詩人的宗派，只問詩作是否有潛力，一概加以考慮刊登，以期打破某些詩刊坐擁自動的壟斷局面，當年年輕的詩人今日大都已建立了一定的聲望。我們到了最後幾期，一直想拉游喚和沈花末入社，分擔一些發行的工作。《大地》從六十一年九月創刊，到六十六年元月一共陸續出版了十九期，後來請到國家出版社林洋慈贊助發行，於六十七年十月和七十一年三月分別出版了兩本《大地文學》，這時範圍擴大，包括了詩，散文和小說以及文學評論。到了七十年代初年，《大地》同仁大都已完成學業，有了固定工作，照說要掏腰包出版刊物並非難事，可是就是一直凝積不起來；也許大家都已取得了進入文壇的通行證，不想再打拚了。

一九九一‧一‧一四 臺師大

參考書目

〈一席驚人語，搗破文學神話〉《中國時報》國內版新聞一九八八年‧十一月十日

〈《大地詩刊》發刊辭〉《大地詩刊》第一期（一九七二年九月），第一頁。

王文興。「《現文》憶舊，」《中國時報》〈人間〉，一九八八年六月一日，第二七版。

王潤華。〈木柵盆地的星座〉《秋葉行》，（臺北：當代，一九八八年，第九七至一○六頁）。

白先勇。〈《現代文學》的回顧與前瞻〉《現代文學》復刊號第一期（一九七七年七月），第九至二一頁。

李國偉。〈略論社會文學〉《中外文學》二卷二期（一九七三年七月），第五五至五九頁。

李國偉。〈社會的良心〉《龍族評論專號》（一九七三年七月），第三三六

至三三七頁。

李弦。〈新詩四十年的詩社與詩運〉《幼獅文藝》四三七期，（一九九〇年
　　五月），第四八至五三頁。

李豐楙。〈民國六十年前後新詩的興起及其意義〉，發表於一九八八年七月
　　在清大舉行的第一屆當代中國文學國際學術會議，文長（未加附注）二
　　十二頁。

李瑞騰。〈理想、熱情與衝動——現階段臺灣的青年文學〉，《聯合報》
　　〈聯副〉（一九八八年三月二十九日），第二三版。

林燿德。〈所謂校園文學〉《聯合文學》五三期（一九八九年三月），第三
　　八至四〇頁。

高上秦。〈探索與回顧——寫在《龍族評論專號》前面〉《龍族評論專號》
　　（一九七三年七月），第四至八頁。

許玉昆。〈源於現實歸於現實〉《龍族專號》（一九七三年七月），第一四
　　八至一四九頁。

勞為民。〈文學家該為誰而寫作？〉《龍族專號》，第四〇至四三頁。

黃錦樹和彭永強。〈被遺忘了的星座〉《大馬青年》第八期（一九九〇年六
　　月），第四八至五五頁。

〈創世紀的路向——代發刊詞〉《創世紀》創刊號（一九五四年十月），第
　　二至三頁。

紀弦。〈從象徵到現代〉《戴望舒卷》（臺北：洪範，一九七七年），第一
　　至二一頁。

鄭明娳。〈臺灣校園文學的觀察〉《聯合文學》五三期（一九八九年三
　　月），第四一至四七頁。

鄭明娳。〈文藝環境與校園文學〉《幼獅文藝》四三七期（一九九〇年五
　　月），第五四至五九頁。

顏元叔。〈期待一種文學〉《中外文學》二卷一期（一九七三年六月），第
　　四至七頁。

歸返抑或離散
——留臺現代詩人的認同與主體性

　　「僑生」在臺灣這個文化母體出現有其特殊的時代社會背景，一九四九年中共把國民政府驅趕到臺灣之後，東南亞甚至港澳等地區的華僑／裔子弟即被禁止前往中國大陸留學；另一方面，以美國為首的西方國家為了圍堵蘇俄與中共不使其在東南亞擴張勢力，遂給臺灣、越南和韓國等提供資金援助。在這樣一種冷戰圍堵的戰略底下，五〇年代起美國曾在香港資助友聯研究所及亞洲出版社等文化機構，或為研究「匪情」，或為散佈自由民主思想，要皆以防堵共產主義赤化自由世界為職責[1]；另一方面，臺灣國府亦經由美援而在臺大、師大特別籌蓋僑生宿舍，並利用美援廣設獎學金到東南亞吸引年輕「僑生」來臺就學或深造。時為五十年代初期，從最早的幾十位一直擴增到一九八九年的一萬三千七百零五人，中華民國在臺灣政府從一九五〇至一九九七學年度一共培育了十三萬六千位僑生，所費資源不可謂不貲[2]。

　　其實，早在國府撤退來臺之前，在星馬即有溫梓川和方北方等「僑生」負笈大陸求學並出書的紀錄；大陸被中共占領之後，海外亦有一些「熱血青年」如來自馬來西亞霹靂州實兆遠的九葉

---

[1] 鄭樹森最近撰寫了一篇頗具功力的論文〈香港在海峽兩岸間的文化角色〉，其中對美國如何利用文化機構以防堵赤燄蔓延，略有著墨，尤請參見頁十九和頁二十。

[2] 這些數字俱取自教育部僑民教育委員會的統計，引見夏誠華撰〈僑生來臺求學狀況調查報告〉，頁三至十。

派詩人杜運燮、來自彭亨州文冬而今滯港的王一桃和來自新加坡後又返新的詩人原甸等，但這些「僑生」對「祖國」甚或滯留地的影響畢竟都是局部性的。真正造成臺灣文壇和「僑居地」文壇有鉅大深遠影響的就是本文所要探討的這一批特殊小群體，稱他們為「僑生」，一來似乎暗示他們仍滯留臺灣或還是尚未脫離娘胎母體似的，二來他們現今大都是各居住地有頭有臉的人物，仍以「僑生作家」稱呼他們恐怕只有造成他們的困擾而已[3]，故最後還是選了「留臺作家／詩人」這麼一個有些模稜兩可的詞彙來標籤定位（position）他們——「留臺」或表其過往之經歷，或表示其中仍有人滯留或已入籍臺灣而僅為其胎痣而已。

我近日讀到兩篇序文，俱為一位從未留臺、從未唸過大學卻於前年以短篇〈蛆魘〉捧走了《聯合報》短篇小說首獎的榮譽的黎紫書所出版的處女作《天國之門》（一九九九）。下引兩篇序文俱為黎之崛起於馬華文壇而鼓掌。詹宏志說：

> 在臺灣，一位文學讀者不讀大馬作家幾乎是不可能的，只是我們常常adopt他們的為自己的作家罷了；一路讀來，李永平、商晚筠、張貴興，以及新崛起的黃錦樹、鍾怡雯，都是臺灣不能無之的文學景觀；何以馬來西亞盛產優秀的文學作家仍舊成謎，但我們早已習慣「無馬不成文」了。（頁五）

而自己本身系出臺大中文系的大馬著名詩人傅承得則說：

---

[3] 有關華人、華僑甚至「僑生」這幾個詞的複雜性與流動性意義，過去幾十年來，論者大有人在，對其綜合性探討，最新的一篇是朱浤源的〈華僑名詞界定及其應用〉，見其所籌辦出版的《近代海外華人與僑教研討會論文集》：頁一至三十四。

> 對臺灣的文學讀者而言，馬來西亞似乎是座發掘出許多亮
> 麗名字的寶山：潘雨桐、商晚筠、李永平、張貴興、黃錦
> 樹、鍾怡雯和陳大為等。但無可否認、經過臺灣文學環境
> 的琢磨加工，這些名字才光華耀眼。（頁七）

　　這些名字跟我一樣，來自同一個多雨林的國度，他們之中有
些跟我同輩，有些是我的學生，有些我曾為文讚賞過，除了陳大
為是詩人，其他都或以散文或以小說名家。正好他們都不是我本
文所要探討的，而我所要探討的後頭這些詩人，他們或為居留地
頭角崢嶸的人，或為世界華文文學的翹楚，或為武俠小說界的新
霸主，或早已逐漸褪去詩藝的華采；他們之中有些人的名字絕對
會跟李永平、張貴興等那樣豎立成各該地的經典碑石。

　　余玉書、白垚（林間）、以及後來的黃德偉、賴敬文和王
貽高等都崛起於臺大的《海洋詩刊》，稍後一些的葉維廉、戴天
和溫健騮崛起於《創世紀》、《現代文學》、《純文學》及香港
的《中國學生周報》和《好望角》等，六〇年代中期的張錯（翱
翱）、林綠、淡瑩、王潤華、葉曼沙和我等經歷《星座詩刊》和
〈大地詩刊〉等，前面這些詩人大都頗能展現現代主義的一些
特色，晦澀、徬徨、虛無、詩句的割裂、對生存境況感到絕望荒
謬、文明的破碎等等。然後是七〇年代初期的風起雲湧，《大
地》和《龍族》等詩刊似都感染到一種敲鑼打鼓、正視社會現實
的熱切情懷，而晚個三五年我們就不斷聽聞鼓吹「文化中國」[4]

---

[4]　「文化中國」這個術語首由溫瑞安和方峨真等神州詩人所提出，因為他們籌辦的
〈青年中國雜誌〉第三號（一九七九）的主題就是「文化中國」，為了肯定發揚
文化救國這個理念，他們這一群從未踏上故土神州的馬來西亞僑生分別訪問了當
時最受推崇的學者如楊國樞、胡佛、成中英、李亦園和韋政通等，由他們發表對
建立中華文化大國的看法。一九八五年〈中國論壇〉出版雙十特刊亦以「文化中
國」為專題，一九八八年傅偉勳出版的文集《「文化中國」與中國文化》（臺
北：東大）中亦有「文化中國」一詞。一九九三年三月十至十二日，香港中文大

或大中華情懷的神州詩人溫瑞安、方娥真、黃昏星、殷乘風、周清嘯和廖雁平等，他們以赤子的英勇衝勁，出了書刊就在臺大、師大校門口或街坊販賣，夜晚則匯聚到政大附近的試劍山莊練拳練劍，頗有江湖浪子雄糾糾仗義行俠的氣概。不過這批神州詩人這種結合勸砥文學創作與練習武功的結社行為竟引起臺灣警總的關注，一九八〇年，為頭的溫瑞安和方娥真就被逮進牢房隔室囚禁，然後不久就把他們驅逐出境而結束了這個社員多至兩百多位的「神州社」。相對於神州詩人的轟轟烈烈，另一些大馬留臺生像陳強華、傅承得、王祖安等都以學校詩刊像政大的《長廊詩刊》和臺大的詩社及《大馬青年》這些園地操練詩藝，姿態相常低調。

　　話分兩頭來說，差不多就在七〇年代末這個時候，另一批年輕小說家像商晚筠、李永平、張貴興和潘雨桐等分頭拿下《幼獅文藝》和大報如《聯合報》、《中國時報》舉辦的大獎，一九八一年劉紹銘教授即在國際性學報《淡江評論》上極力推薦李永平，說他是自陳映真、白先勇、陳若曦、黃春明和王禎和以來，是七〇年代最重要的作家之一（頁六）。至於這三幾年來，王德威、李瑞騰和李奭學等分別在《聯合報》和《中國時報》讀書版上把他們跟新近崛起的黃錦樹、鍾怡雯和陳大為等並列評騭報導，蓋此乃其餘緒耳。我這一小段的敘述，正好回應了前提詹宏志和傅承得對大馬滯／留臺作家的推崇。我的用意之二僅在敘

學人類學系、人文研究所與港澳協會、時報文化基金會與時報週刊假香港中文大學還為了「文化中國」這個理念召開了一個學術研討會，會議論文集兩年後由允晨出版成書，叫做《文化中國：實踐與理念》，由周英雄和陳其南主編。關於這個詞的出現與演變，可參見周陳二位所寫的前言〈文化中國的考察〉，頁三至五。九〇年代初期，哈佛大學杜維明提出的「文化中國」，其涵蓋面更廣，共包括了三個象徵世界實體，其對這三個象徵實體的界說以及它們所可能揮發的影響，請特別參見"Cultural China: The Periphery as the Center,"頁十三至十八。溫瑞安自從早年寫武俠詩到近年在香港創設自成一派推展創作與媒體結合，多少都跟他的「文化中國」理念扯得上關係。

明，「僑生文學」在臺灣文壇的出現似乎「頗有歷史」，也似乎是一浪推一浪。這就令我想到，九十年代以來在臺灣文壇出現的黃錦樹、陳大為、鍾怡雯、林幸謙、辛金順、黃暐勝、林惠洲和陳耀宗等，他們大半都跟我頗有「文緣」的，因為自一九九一年二月至一九九二年六月止，我曾在《幼獅文藝》上為文評介黃錦樹、林幸謙、鍾怡雯、廖宏強、陳大為、陳俊華、郭勉之和莊元生等的創作[5]。這一波的僑生／留臺生似乎得天獨厚，一來不必像其前行代那樣獨自煎熬籌措經費出版校園小刊物以磨練文筆，二方面竟有這麼多機構（如教育部）、團體（如扶輪社）及報社籌辦全國或國際性徵文競賽，獎金優厚，一位年輕作家一旦獲獎，那就是進入母體文壇的保證。

　　從一九五〇年臺灣開始吸引僑生歸國深造到最近得跟中共競逐吸引華裔生來臺這將近五〇年裡，留臺詩人／作家在臺操刀學習，他們一樣經歷了臺灣五、六〇年代人們被夾在主流反共抗俄文學而民間詩刊雜誌則提倡現代主義的夾縫中的虛無、焦慮、荒謬和失落感性，到了七〇年代，主導《大地詩刊》的我和古添洪、余崇生等俱已無法忍受《創世紀》和《藍星詩刊》等對詩壇的宰制，我們當時積極籌辦《大地詩刊》就有一股要推波助瀾形成新的文學運動的使命感；《大地詩刊》既重視外來文化的借鏡，更要重新評估中國文化並極積關懷現實生活對我們的激盪（這些主張具見於一九六二年創刊的《大地詩刊》〈發刊辭〉中），這種對臺灣本土社會的關懷跟晚一些在臺北出現的神州詩社提倡「文化中國」可說形成強烈鮮明的對比。八〇年代中期應是另一個文學發展的轉捩點──後現代主義的登臺，伴隨這個宰

---

[5]　最後這三位馬、港僑生畢業返回僑居地後即很少創作，而其間我曾為文推介過的尚有本地生唐捐和林為正，唐捐今已闖出一片天地來，而任教於暨南大學的林為正已不再創作或翻譯。

制潮流而來的是多元論述、後設拼貼技巧以及多重相互主體等理論，文學創作不再是經國大業而是文字（符具）的遊戲。總之，伴隨著後現代、後殖民而來的是一個更開放多元的社會，在這個社會裡，由於衛星電視和網際網路的推波助瀾，華文文學的創作都必須從地球村／國際化的角度來加以審視，以前所有從主流抑或支流、中心抑或邊陲等這種二元對應觀念或邊緣化世界其他各地區華文文學的觀念都得加以重新審視或修正。

　　我這篇論文寫到這裡大體上做的都是宏觀歷史的重構與圖製，要從宏觀落實到對所有留臺詩人做微觀剖析評騭幾為不可能的事，因此，我就把焦點集中在離散文學裡最顯著的兩個特徵：歸返與離散，其實也就是針對詩人作品中所表現出來的認同與主體性做研究。一提到「歸依」或「歸返」，大家可能會立刻想到一九七二年四月十六日賴瑞和在高信疆主編的《時報·海外專欄》上發表的那篇文章〈中文作者在馬來西亞的處境〉來，隨後在那一年裡，翱翱（張錯）、劉紹銘、林綠和陳徽宗等都先後對賴文寫了回應。其實，他們當年爭論的焦點（文化回歸和／或自我放逐）就是本拙作的論點，只是他們在論述過程中並未操刀剖析作品而已；另一方面，離散文學（diasporic literature）、中國人／華人離散群體（the Chinese "diaspora"）以及後結構主義離中心等論述並未出現，而且我們當事人都還在唸碩士或博士班，故所有論述頗多揣測之詞。若以今日的事實去檢證當年的種種揣測，則賴瑞和所擔憂的未來史家「會否把馬華文學列為中國文學的一部分」（第十二版），我們發覺，證以一九九七年一年內馬華作協和留臺聯總就分別召開了一次馬華文學國際研討會，今年七月至九月中旬新紀元學院以及南方學院亦將分別召開一次馬華文學國際性研討會，以及馬華文學已進入大馬的大學課程，則賴的這則憂慮顯然已屬多餘。另一方面，賴還擔憂淡瑩、王潤

華、林綠、淺丘、李有成、賴敬文和我當年不是留美即留臺，生怕我們都成楚材晉用，證諸當今的事實是，淡瑩和王潤華今為新加坡詩壇最傑出的三幾位詩人，而且都曾榮獲象徵新加坡最高榮譽之文化獎，則他們已為新國的國寶已無需置疑。我和林綠、李有成都已在國內大學或研究機構服務了一二十年以上矣，在當今這個地球村時代，楚材晉用已極為稀鬆平常，那又何必憂慮這憂慮那？至於李永平和張貴興這兩位「馬僑」，當今都已變成臺灣文壇的重要作家，或張錯所說的「變成一個真真正正的中國人」（一九七二年五月七日：第十二版）；假使馬華文壇胸襟夠開闊能以作品（而非國籍）取人，則兩造都可以把他們列入個別的文學史裡，那不是很完美的一樁事嗎？至於林綠在〈關於「自我放逐」〉裡最後一段說他歷經留臺留美，早已歷經「一段很重要的心理過程」，又說他對馬來西亞並沒有深厚的感情，「既已在主流裡，何須再回到支流去？」（第十二版）。像他這樣一位經歷過大馬獨立前對殖民主的鬥爭，獨立時期的狂嘯慶祝以及政府極力推動確立「馬來西亞性／意識」的詩人而言，這不啻是表示了某種認同的轉換，亦且突顯了他一種強烈的進入／回歸母體的焦慮。至於像原是港澳生的葉維廉和張錯，他兩位除了在美國比較文學界聲譽隆盛並且曾把臺灣現代詩迻譯推薦給西方讀者之外，葉老在臺灣現代詩壇一直都被列入十大，張錯從早期的《過渡》（一九六六）到近日由洪範出版的《張錯詩選》（一九九九），所出版詩集／選剛好已是十三本，說他是臺灣的著名詩人一點都不為過。

　　歸返／認同對脫離母體文化而仍舊利用漢字書寫的詩人來說，或隱或顯，這恐怕將是永遠的矛盾與隱痛[6]。至於主體性問

---

[6]　我這樣說並不表示這些詩人的認同都應受到質疑，文化的認同指的就像北美或南美文人對其母國的一種深刻的根源性的、精神性的嚮往，這本來就不太涉及政治

歸返抑或離散——留臺現代詩人的認同與主體性

089

題，他們的主體如果不是多重的就是游移的，甚至是相互指涉的。把認同和主體性問題擺在飄零離散文學這樣一個背景／透視來看，則離散文學的一些質素像孤寂、疏離、失落、破滅、流亡、漂泊、異化、隱晦和鄉愁等就有了深一層的意義，因為這些質素可能正好是詩人自我追索過程中的顯相，甚或主體瀕臨滅絕時的輻射。

由於所涉及的詩人繁夥且富多樣性，我只能以區域（港澳、星馬、越韓）來圖構他們。在葉維廉、戴夫、張錯、黃德偉、溫健騮、古添洪和翁文嫻等港澳生身上，我們固然看到他們在不同時期不同地域中心情的投射、精神的掙扎——歸返抑或離散，同樣地，我們也在星馬留臺生淡瑩、王潤華、林綠、葉曼沙、溫瑞安、陳強華、傅承得以及近年的林幸謙身上見證了這種種掙扎情懷（林高、蔡深江等係以新加坡國民來臺就讀情況較特殊，茲不論）。或在越南僑生藍影、尹玲和南韓僑生初安民等身上見到這種掙扎與投射。張錯、黃德偉和我在《星座詩刊》時期的特色、風貌就是現代主義，某種隱晦、疏離甚至陌異化都曾是共同的風貌，但張錯在這些種種風貌中所滲露出來的浪漫、飄逸特色，亦似乎早已確立，而黃德偉在出版了《火鳳凰的預言》（一九六七）之後負笈美國西雅圖華盛頓大學後即甚少寫詩，七〇年代初期我和李弦、林鋒雄等在臺北創辦大地詩社時，想邀約他加入為同仁他都未應允，由於沉淫在學術園地裡而未跟我和古添洪、余崇生等人一樣以行動或是象徵意義地投入扭轉七〇年代初期詩壇的宰制，故在詩歌創作上，他後來竟變成「旅臺文學特區」[7]

正確的問題。研究海外華人問題的學者大都會同意前港大校長王賡武的說法，海外華人的自我族群認同通常都是多重的，這包括了文化、階級、國族和族群四種中的各式結合，單一認同是較為鮮見的，請尤其參見頁一至二和頁一〇至一一。

7 「旅臺文學特區」為黃錦樹發表在《大馬青年》第八期（一九九〇）上一篇論文題目的一部分；黃九年前所做的就是本文所做的，只是黃當時還較缺少歷史透視

裡的「逃兵」（星座詩人葉曼沙後來自大馬返回臺灣定居南投埔裡，畢洛自移民澳洲後亦不見訊息，像他們這樣的「逃兵」還有好幾位，茲不論）。不過，在六〇年代，黃的現代詩跟溫健騮的一樣，是頗能展現離散文學的諸多特色的。譬如他的〈十月〉和〈季末形象〉等就充斥著鬱鬱、凋落、悲愴、寂寞、孤獨、荒涼、苦悶和無奈等等色調，他的主體是漂移的，認同還是模糊的。古添洪跟張錯一樣，都來自澳門。由於他早期一直參與本土意識特強的笠詩社，故其早期的詩集《剪裁》（一九七八）和《背後的臉》（一九八四）裡都不乏洋溢著笠詩社同仁間那種即物主義和意象派特色，例如他《剪裁》裡的〈月〉、〈綠屋〉、〈柚子〉和〈教室手記〉等等即包孕著這些特色，趙天儀指出其詩歌基調為「個人性的表現多於現實性的摸索」（《剪裁》序，頁一），可也不否認古兄的一顆詩心一直「凝視著現實；……他的一雙腳印，是落實在堅實的土地上」（同前注）。我們不妨大膽說，他那時詩歌創作的意圖是遠離表層而切入我們這個世界（尤其都市社會）結構中「互相遮掩的陰影裡」（《背後的臉》，頁三三）去窺視，用詩人的話說：

> 我離開這表面的世界
> 我走進結構間的陰影
> 突然間，所有的形象一一顯現
> 卑微的笑臉、謙恭的拱手
> 如迎風垂首的蒲公英
> 以及背後連痰帶沫不屑的「屁！」
> ……

與理論武裝而已，而且所概括的範疇沒有本文廣闊。

我要去尋找我正直的靈魂

我走進大街小巷與貧民區

——《背後的臉》，頁三五至三六

　　不過擺在臺灣現代詩壇的發展來看，古與我在七〇年代初期都是極積的參與者；這幾年來，我們又極積推動文學教育（社會服務），糾聚了一批任教於大專院校的詩人學者如蕭蕭、游喚、王添源等，每年出版一本「學院詩人群年度詩集」，並攜書至相關大學去講演、朗誦。古添洪這幾年來所寫的十四行詩，其意境技巧都相當深邃精巧，跟我唯一的一點不同是，我比較後現代及國際性，並且開始對殖民主義做深刻的反思。在比較文學上，我們都是「中國學派」理論的創始人、推展者，所以我們應該是「文化中國」的實踐者，我們的認同、主體都應是多重的。

　　張錯從《星座》時期迄今，其一貫的特色是抒情而浪漫，蘊藉溫婉，並時有一股豪逸之氣貫串其間，詩風跟楊牧的頗為接近。張錯近日推出《張錯詩選》，楊牧在《張錯詩選》的代序〈劍之於詩〉中提及，要索解詮釋張錯的詩歌藝術者何妨從張的「意象、感慨、事件」[8]著手；我更認為，行俠與鑄劍一直是張錯書寫行為的隱喻（他的抒情、浪漫與飄逸在很大程度上跟另外一位俠士詩人溫瑞安相似），意象、感慨和事件是衍發推展這兩座心靈指標的材料。若從「歸返或離散」這個角度來評驚張錯早期三本詩集《過渡》（一九六六）、《死亡的觸角》（一九六七）和《鳥叫》（一九七〇）時，我們的收穫不可能太亮麗。在早期的星座詩人中，他雖說心不甘情不願地「從英國殖民地

8　楊牧的代序題叫〈劍之於詩〉，先刊載《聯合報‧副刊》，一九九九年三月二十九日，三十七版；此代序後收入（張錯詩選），頁一至五。這關鍵性的三個詞，請參考三十七版或頁一。

（香港）趕來中國唸外文」，並懷疑這種做法會是一種「錯誤」
（《過渡・後記》，頁一〇四），可他一到了木柵就在政大校園
中邂逅了一位「南海來的少女」（他未來的夫人藍慰理），用他
的詩說，這：

> 南海來的少女
> 投射給我那燃亮銀河的睫神
> 灑濺我目以那無比的燦熱光芒吧。
> 來了，我南海的女郎
> 我正穿越著永恆之園奔跑而來。
> ——〈剎那　眼神相遇於暮春的五月〉《過渡》，頁六九

　　雖說他也跟林綠、王潤華和葉曼沙等藉烈酒來疏解空虛、
落寞和鄉愁，但他那時可是我們之中最幸福的人。他常跟隨這個
南海來的少女在校園、在木柵進進出出，當時真是羨煞我們星座
的諸多星子。以他的第一本詩集《過渡》來檢視，我們發覺這本
詩集有一半以上是情詩，即以第一輯九首著重在抒發「飄泊無根
的感覺」（張語見〈後記〉，頁一〇四）的篇章來看，則其所渲
染漾開的灰暗色澤，迷茫、離愁和思鄉等，如果跟上提黃德偉的
〈十月〉和〈季末形象〉等詩中所包孕的情愫一拿來比較，則張
錯的詩篇顯然是輕快飄逸太多了（他的表面的輕快飄逸即構成他
後來的典型風采）。再以第二本詩集《死亡的觸角》來檢視，我
們發覺這集子中二十三首詩色調比第一本灰沉，大抵為對六〇年
代中期香港社會以及詩人鬱結的生活細節的反映，有點艾略特
《荒原》或《四重奏》以及卡繆小說的一些味道，並沒有甚麼太
強烈地抨擊香港這個光怪陸離、豔麗喧囂的城市，或者應該說，
由於文字太隱晦高蹈，他並未太成功地把自己在序文中所強調的

城市的「極端殘酷」（〈寫在《死亡的觸角》前面〉，頁一），以及城市這「妓女」對人們官能情慾的極端挑逗都具象而深刻地表達出來。第三冊詩集《鳥叫》是張錯一九六七年留美後的第一本結晶，寫他在猶他州鹽湖城苦讀及赴賭城打工等遭遇，〈鳥叫〉三首、〈第三扇門〉和〈致賀：人類征服月亮〉等都寫得極性感，「落難、落魄、失意及寡歡」及「王（潤華）兄：不快樂不快樂仍然不快樂」（具見〈讀奧登Musee des Beaux Art後〉頁七三）應是他這個時候的基調。另一方面，自小修練永春拳的他這時開始寫下第一首俠士詩〈俠隱〉，而信仰天主教的他這時候亦開始寫了一首與佛教有關的〈波羅蜜多〉；這些都隱隱約約變成他後來常以行俠與鑄劍隱喻詩創作的濫觴。

在約略論述了張錯早年三本詩集中的現代主義精神與離散飄零的基調特色之後，我們只偶爾在《死亡的觸角》第一首看到他提及江南的山水，可這一大片山水並非吾人一般所想像的那種「暮春三月，鶯飛燕舞，江南草長」的嫵媚情景，而卻是「殘破的」（《死亡的觸角》，頁一及二）。換言之，我們實在很難在這些詩集中看到他的認同，甚至可能連「文化中國」這樣模糊的概念都尚未在他腦際掠過，而其主體性卻是飄忽游移的，木柵尚未沉澱變成他足以攀黏依附之處所。然而令人驚訝的卻是，兩年後他竟然在高信疆編的「海外專欄」版上發表了一篇認同堅定、主體性顯明的〈他們從來就未離開過〉。在這文章中，他指證說，僑生返國深造可是「一種感情的培植，至少，對我來說，四年時間便把我一個身分上所謂「香港僑生」變成一個真真正正的中國人」（一九七二年五月七日：十二版）。對他而言（其實他顯然想代表我們發言），賴瑞和爭論的焦點——文化回歸抑或自我放逐——已不是甚麼問題，他不僅已文化回歸，且實質上（隱喻上？）宣佈他已「變成一個真真正正的中國人」了。這一

點對他而言應是個關鍵性的轉折。可是對其他星座詩人而言，這種石破天驚的宣佈並不能立刻獲得太堅實的證明（因為時空太短了）；不過就歷史發展來看，張錯這篇短文確確實實具有標竿作用，這卻是不容置疑的。

就張錯本人的詩創作而言，前提所提到的宣示並未立刻具體化為詩篇，而且非常弔詭地，他的第四本詩集《洛城草》（一九七九）卻是較寫實地在寫美國西部的生活實況。在緊接下來的《錯誤十四行》（一九八一）、《雙玉環怨》（一九八四）甚至更後一些的《飄泊者》（一九八六）、《春夜無聲》（一九八八）這些詩集裡，我們發覺，他不僅深化了主題而且擴大了關懷面，然後就是突然冒出來的許多行吟／行俠及鑄劍的篇章，而且這些篇章常常跟他當時遭遇的〈美麗與哀愁〉（詩篇名，收入《雙玉環怨》中）糾結成綺彩。《飄泊者》固然是離散文學的代喻（收輯在這冊子中的〈秋賦兩首〉和〈滄桑〉等無不充斥著這一類文學的種種特徵），但寫在這本詩集之前的〈Ｅ・Ｔ・恨〉（收入《雙玉環怨》，頁一一二至一一四）以及之後的〈屈問〉、〈霸王〉、〈春夜無聲〉、〈依稀〉和〈背傷飲酒〉等（具收入《春夜無聲》裡）無不充斥著飄零、放逐、無奈、淒楚、寂寞、哀愁、孤獨、無常、憔悴、絕望、惆悵與懷鄉等等，在這個飄零離散文學的透視裡，我們發現詩人張錯並未因為有了固定的職業與身分而有「吾定於吾土」的那種心態的安定感；相反地，他還是有一種非常強烈的「異鄉人的恐懼，／生命顛沛流離的悲哀」以及執著於對「家國的響往，／安全而有歸宿的慰藉，／姓氏與土地的光榮」（具見〈Ｅ・Ｔ・恨〉，頁一一二至一一三）所帶來的懸念和磨難。他的意象、主題多的是中國的、日本的甚至高麗風的，總之一句話，非常的東方風格／味；不管是含蓄的或是暴露的，他這時的主體性應是多重的，認同大體上

相當傾向於文化中國。譬如收輯在《錯誤十四行》中的〈刀頌〉在怒斥了八國聯軍對中國的蹂躪、「燒殺淫掠的獸行」之後截然說：「惟有解牛一刀在手，／中華民族盛世萬年」（第四三及五〇至五一行），顯然地，他這柄單刀早已不再是物質性的，他早已經把它轉化為中國人精神的隱喻和象徵。能夠寫出這樣的詩句的人當然不可能是不折不扣的美國人意識！

　　這樣一來，我發覺張錯寫於八〇年代的那四本詩集是離散文學基調色彩最濃厚的作品。到了八〇年代末年，由於經常回來當報社的評審以及後來到母校政大及高雄的中山大學任客座教授，他那種鶴立雞群中的寂寞和飄泊感似乎獲得某種程度的紓解療治。從認同的角度來看，在美國飄寄漫遊了二十來年，他的的確確像透了希臘的優力塞斯回到臺灣，「不再憂慮徙居／因為他回到中國（臺灣）來了」（〈中國優力塞斯〉，頁二三二）。由於太太及兒女都無法尾隨，故有時雖感寂寞難遣，孤獨和清冷彷彿就是他生命的本質；「因為國，我離別了家。／我回到荒蕪陋敗的庭院……／企圖去溫熱那寒冷的衾枕」（〈臺北梅村重遇許世旭〉，頁二二四）。雖然他也有遇到不盡如人意的地方（譬如警察局以及稅捐單位帶給他的困擾），大體上，這時候他已不必再患得患失。從寫臺灣的季節開始，他書寫白河的荷田，高雄、旗津以至美濃和六龜，可見他是相當深入地投入南臺灣的土地。他在〈檳榔花開的季節〉中說：

　　　　我沒有故事，
　　　　我一生的故事，
　　　　已經決定以臺灣為結局，
　　　　並且終生不渝。
　　　　我不想唱和流浪的歌，

因為我早已疲倦於長途的跋涉。

——《張錯詩選》，頁二五六至二五七

　　他的主體性或還會游移，可是就認同臺灣鄉土而言，像這樣淺顯坦誠的剖白，難道讀者們還會質疑他的忠貞度嗎？認同臺灣這片實質的土地，然後又在想像中圖構文化中國；像這樣雙重甚至多重的認同情景，確為離散文學的一大特色。

　　上頭這一段的討論素材都取自《檳榔花》（一九九〇），這標題本身即標示了這種植物跟臺灣文化的密切關聯。上面即已提到，詩人張錯就是從季節和植物和地域切入臺灣這一片他所認同的國土的。在創作取向上——這之中即展現了他的主體性與認同感——《檳榔花》確實含有分水嶺的意義在。先說第一個分水嶺意義，那即是他終於把握到或確認到，臺灣這塊土地對他是有相當意義的，從這個層次出發，此後出版的《滄桑男子》（一九九四），四輯之中即有一輯由九首書寫臺灣的詩篇構成，取名「南臺灣」。然後就是輯三取名「一罈心事」，八首詩章實寫香港事態情懷，可見他這時期情懷相當「港臺」。然後到了兩年後出版的《細雨》（一九九〇），其中的〈南臺灣補遺〉書寫佳洛水和燈塔，〈吳園憶〉企冀喚回鄭芝龍舊屬何斌夜獻要塞圖引領國姓爺襲取南臺灣成功的事蹟。從最早唸書政大時描繪木柵的陰晦霏霏到近年來以相當清新的文字實寫南臺灣的景致與歷史，他有時實寫有時虛描，正如他在〈跋《滄桑男子》〉中所說的，他嘗試「穿梭在過往與現在的現實裡」，把歷史與個人的滄桑相互溶鑄成為有機體，像一個走鋼索者那般，他要追求「一種微妙的平衡」（頁一五七）。正如他在《張錯詩選》的〈後記〉中所說的，從童年時的澳門，歷經少年的香港，大學時的臺北，書寫到中年以及以後的美國，確確實實，他的詩篇「奔流激盪，卻以著

墨臺美掀為高潮」（頁三三八）。

就第二個分水嶺意義而言，伴隨他的臺灣認同書寫而來最明顯的轉變是文字風格，即從感情澎湃的豪邁糾結轉向以短句為主的清新明朗。說到最後，張錯終於找到較具體的認同體，固然跟臺灣文壇的進展（從反共文藝、現代主義、鄉土論述到後殖民後現代）緊密相環扣（臺灣是餵養他鞏築他文壇地位的迦南地），最重要的可能是，像葉維廉的情形那樣，他許許多多文壇上的朋儕以及岳家都在臺灣，這種實質上的資產遂有逐漸凌駕其他資產之上吧。

葉維廉跟張錯有許多類似之處——都是中西比較文學學者兼翻譯家等，詩創作都歷經現代主義的割裂晦澀，然後進入書寫臺灣鄉土的清澄，然而進入後現代後殖民；可是，潛藏在這種表像之下的差異性可能更多。從出版數字來看，葉維廉迄今已一共出版了十五本詩選詩集，這似乎比張錯的十三四本多了那麼一些些；另一方面，葉維廉已出版了七本散文，十本評論（多有重複之處）以及六本英文論著兼翻譯，這些都比張錯在這些種文類的耕耘上多出了許多。除此之外，葉維廉在道家美學的推展（包括中西模子觀念的提出、文學共同規律的尋找等），清晰而且成為理論的重大建樹者，這在可預見的未來都不易被人所取代。前年葉維廉六十壽辰時，其友朋及學生廖棟梁和周志煌等為他籌措出版了一本作品評論集《人文風景的鑄刻者》（臺北：文史哲）。這本祝壽論文集洋洋灑灑，篇幅將近五百頁，可見從六十年代初以來，研究其作品及理論者還算不少，可是在這之中，除了顏師元叔探討葉的「定向疊景」、蕭蕭探討葉詩中的空間意義、古添洪探索葉詩中的名理前視境、李豐楙對葉維廉的純粹經驗以及王建元和梁秉鈞的論文頗能彰顯葉詩的某些重要特色之外，比如對葉維廉如何採摘結合古典與現代詩的技巧、比如他的現代山水

詩歌意識、又比如從現象學／詮釋學的角度來探討其詩歌機制等等，這些都尚有待知音學者來開拓。總之，我們對葉維廉詩歌的詮釋都尚待大力開拓；我們對他詩歌與理論的瞭解都非常不夠。今年十九至二十一日在國家圖書館所舉行的「臺灣文學經典研討會」入選的三十本文學作品中，竟然沒有葉維廉一席，這真是非常離奇的一件事，這件事亦突顯了人們對他的理解與欣賞的貧乏。

就詩歌而言詩歌，葉維廉早期包孕了西方現代主義盛期所有的特色，隱晦、斷裂、異化、疏離、焦慮、孤獨等不一而足，還有意識流的應用，假使我們能從文學流變、時代精神／宰制並佐以現象學的透視來檢視，我想我們應該有一番的瞭解的。收輯在其處女詩集《賦格》（一九六三）中有許多名篇，其〈河想〉的第一二節如下：

雲層下傾當鼓聲向上，白日啊
為什麼你逼進我的體內而釀造河流
為什麼當那無翼的飛騰向你
沒有根鬚的就站住，沒有視覺的
就抓住那巍峨，而兩岸
就因我的身軀而分開
進入一個內裡進入一個中間
哪一個內裡哪一個中間（頁一○七）

葉維廉的詩是有方向和透視的，在意識之流下，其指向性／意識性客體（intentional object）陸繼開展。就上舉這兩節詩而言，那白日當然是象徵——象徵意識或時間等等——是一個鉅大的力量，能拉枯摧朽；另一方面，詩人似乎也想在這種種現象界的演化中尋找座標、尋找中心，然後自我解構一番。就此一點而

言，葉維廉是在建構現代，同時亦在預示、預演差不多十年後即
將蜂擁而至的解構時代。跳過四行之後，他又寫道：

> 自從人群引出了慶典，腳步帶來的城市
> 那高高的雲層一再下傾鼓聲一再向上
> 海即以其無涯的顫慄承受著我們
> 以其無色的蔓延反叛一列列好奇的眼睛
> 白日啊，當你依山而盡，不識羞恥的女子
> 此時就以搖蕩的雙乳洗滌那些風
> 此時就公然以私處推出自然（頁一〇七至一〇八）

到了這一節，葉詩的進展方向（甚至推論）都還是相當清晰
的；另一方面，在反寫時間之流的殺傷、摧毀力量的同時，他是
有所批判的。然後在層層質問與否定之後，他又說：

> 白日啊，既然我飲不盡我自己
> 告訴我如何可以看進自己的眼中
> 如何可以不成河——
> 那一條，那一條不流的洶湧的河（頁一〇九）

這種質疑其實是不易明白的。其實，這首詩的特徵層層地展
示，但跟後來那些臺灣山河篇章的純粹經驗、意象的自我演出、
演化，這首詩還糅雜著抒情味。讀者諸君如果獲知葉維廉在師大
英研所所撰寫的碩士論文是有關艾略特詩歌的方法論述時，你們
一定也可以看到此詩與艾氏《四重奏》的互文關係，尤其對時間
進展的思考這方面的關係。

葉維廉早期的艱澀大體上是技巧上以及思想上的。譬如他的

〈城望〉寫的就是大城市（臺北）的萬花筒，他有所批評、有所比較，也有所期待，但洋溢於其間的焦急不安、疏離與失焦等，一看就會令人聯想到艾略特的《荒原》以及《四重奏》等篇章。在他當時最有名的《賦格》中，我們更看到他對眼光如豆的大犬儒甚至中國文化的批評。比起洛夫的《石室的死亡》的晦澀與超現實，《賦格》其實不應算是太艱澀難懂的一本詩集。都市的灰暗、荒蕪狀況、時間與歷史加諸人的壓力、文化的失調蒼白等就是這本詩集的母題，要在這樣的透視與背景中來觀察詩人的族群、文化甚至土地的認同其實相當不易。然後在疏離中我們發覺其主體是在飄移之中，這種情況跟早年的其他僑生作家的生活感受都頗為契合（他們都還在母體文化中熬煉、滋養中）。

　　葉維廉的第二本詩集《愁渡》（一九六九）多少有些過渡的意義，其中大體上都輯自《賦格》，新收入的篇章像〈白色的死〉、〈遊子意〉和〈曼哈頓〉等大體上亦是第一本詩集的延續，大概只有〈愁渡〉（一九六七）這首由五闋組合的詩隱隱約約透露了那麼一點轉變的跡象，然後就過渡到第三本集子《醒之邊緣》（一九七一）那種揮灑自若、接近潑墨並且頗近自然詩的筆法技巧。他這本冊子的詩篇是為結合作曲家、畫家和舞蹈者合作演出的，當時的試驗演出成效如何並非我這篇論文的關注所在；我要說的是，葉維廉開始以清晰的筆調寫下像〈永樂町變奏〉四首這樣的臺灣鄉土詩。在這裡，他虛實相間，把臺北淡水河邊的情景與歷史沿革匯合，他的視域融合者主體。然後就是詩人緊接下來出版的《野花的故事》（一九七五）和《花開的聲音》（一九七七）等詩中許多對臺灣農村的抒懷描繪。葉維廉跟張錯一樣，朋僑和岳家具在臺灣，其能用心關懷臺灣豈是偶然的。

　　緊接在後頭我本來還想討論溫健騮從現代詩主義倒轉去寫現實社會略帶工具性、孤獨、悲涼、寂寞、掙扎和悲觀，可真無以

復加，他是六〇年代港臺詩人中的李賀，其愁苦、灰黯可從下列〈零篇〉（乙）第九節窺見一斑：

> 苦吟的鞭梢
> 響在我的背上；
> 被時間驅逐
> 往寒冷、黝黑和孤寂（頁七七）

　　像這樣低沉、鬱結的情懷，所在多有，篇章如〈泣柳〉、〈問〉、〈突然〉和〈逃〉，甚至連〈序曲〉都是具體例證。余光中提到他另一點像李賀之處是，詩中常見墳墓與眼淚。「從〈星河無渡〉、〈七月〉到〈秋別〉、〈悼〉，寫到流淚的詩至少有十五首（其中多首是作者自己流淚），比例極高，也未免太柔弱了」（〈征途未半念驊騮〉，頁九），像他這樣一個憂鬱、柔弱的主體，六〇年代末在美國參加了保釣運動後，其美學實踐竟然起了一百八十度鉅變，除了徹底否定港臺的資本主義社會，更「呼籲作家要走批判的寫實主義的道路，向魯迅認真學習」（余光中，《征途未半》，頁五）。收輯在其《帝鄉》的〈詩〉是詩人從小我走向大我的宣示，而他在生命最後一兩年寫的〈喜看鄭杜林「被釋」〉和〈刀舞〉根本就是提倡反殖民反資本主義的社會戰詩，〈曉行——送一位臺灣省籍的朋友回國〉最後兩行是他認同的最佳寫照：「中國的兒女／要回到中國的懷抱」（《苦綠集》，頁三三一）。溫健騮從《苦綠集》的悽愴、疏離、鬱結的主體開始，歷經《帝鄉》的諷喻批判並逐漸走向認同勞苦大眾（與餵育這些勞苦大眾的中國），跟張錯、葉維廉等實質認同臺灣、精神嚮往文化中國對照，溫則是實質與文化都走向認同中國的，雖說他那時候並未實質到大陸生活過。跟古添洪、

張錯、葉維廉和溫健騮相較，戴天雖說常在香港的《中國學生周報》、臺灣的《文星》、《現代文學》和《純文學》等處發表現代詩並且因而出版了一本詩集，由於特色較不顯著，影響亦不易檢證，茲不論述。同樣地，翁文嫻雖出版了一本詩集，由於不積極，也不易論證其影響。

在後面幾段中，由於時間的關係，我已不想再仔細論證，只擬提出一些觀察及結論。與港澳群留臺詩人比較，在五、六〇年代現代主義時期，星馬和越韓這兩批現代詩人跟前一批分享了較多類似點，到了七〇年代的鄉土論爭以及八〇年代中期之後的後現代、後殖民論述時期，星馬留臺詩人不是已躍居居留地文壇及傳媒的中堅，就是已逐漸溶入臺灣詩壇。至於越韓詩人未聞有返回僑居地並主導當地的華文文學以及傳媒者，除了像《星座》和《大地》的藍影於七〇年代末移民史瓦濟蘭之外，另外還有《龍族》的韓僑陳伯豪，他當時多所論述翻譯韓國文學，今已無其蹤影，其他像來自越南的龍族詩人尹玲、來自韓國的初安民，尹玲曾留學法國七八年，是臺大和巴黎大學的雙科博士，由於越戰帶給她家破人亡的刻骨銘心經驗，曾輟筆多年，九〇年代以來重拾詩筆，其所寫的戰爭詩獨樹臺灣詩壇。跟藍影在《七面鳥》裡表現的一樣，她早期詩歌中的鄉愁、寂寞、孤單、淒涼等離散特色並不會像黃德偉或溫健騮的那麼熾烈（也許是作為女性的關係吧？）。至於九〇年代以來出版的兩本詩集《一隻白鴿飛過》和《當夜暫放如花》，前一本的戰爭詩非常優越，後一冊她似乎已逐漸擺脫了戰亂流離的悽惻而漸露飄逸。實質上，她是認同臺灣這塊居住地的，可她的主體似乎仍在游離中，讓人（至少讓白靈）覺得她是一位無根的不斷在飄移中的世界公民。至於初安民早年的飄移離散可說是實質上的。韓戰發生前後，他跟著家人向北逃到南韓後又買棹南下逃到了臺灣。成大中文系畢業後又是為

求職而飄泊，一九八五年出版的詩集《愁心先醉》可說是他的奮鬥掙扎歷程的最佳寫照。像許許多多韓國僑生一樣，由於在韓國是華僑而受到邊緣化，故他是在未踏上國土即早早認同於臺灣這片土地的，雖讀的是中文系，可其文化中國的緬懷並未像張錯那樣生動、深入。

在馬新留臺現代詩人中，不管在個別成就上或對當地文學文化的貢獻上，其實他們應該受到最大的重視。早期的留臺詩人所展現的疏離、孤獨等並非由於跟臺灣本地生的隔閡所造成的，主要是思鄉、寂寞，更大程度，還是受到當時宰制文化（反共文學V.S現代派、存在主義）與社會風氣的感染有關。到了七〇年代初期，伴隨著釣魚臺事件，中日斷交等事件而來，在臺的年輕人當時似乎有了一種醒覺，前頭提到的小詩刊就是在這種氛圍裡冒出來，我和余崇生、藍影等都是《大地詩刊》的要角，我是詩刊的發行經理，會議都在我租賃處召開。我們主張縱的繼承，更提倡關懷社會與鄉土，我們顯然是在挑戰既得利益者和主流論述。用現在的話來說，我們是在搞詩壇革命，創造新典範（見陳芳明的《典範的追求》）。三五年之後的七〇年代中期，溫瑞安、方娥真和黃昏星等亦在預示預演歷史——提出文化中國的主張。就詩歌的創作而言，溫瑞安的《將軍令》和《山河錄》是應受到特別重視的兩本詩集；他的豪邁、飄逸、抒情甚至大中國情懷都是值得珍視的。他的文化中國的理念，跟我和古添洪在比較文學界提倡中國學派竟然有異曲同工之妙（當然我們當年都尚未踏上大陸土地一步）！

在新加坡，淡瑩自從出版《太極詩譜》（一九七九）以來，其中的〈傘內・傘外〉、〈飲風的人〉和〈楚霸王〉等詩篇都很受到批評家的讚譽，隨著這本詩集的出版，其在新加坡詩壇女詩人祭酒的地位已相當鞏固，後來又出版了《髮上歲月》（一九九

三）和《淡瑩文集》（一九九五），兩年前受封文化獎，這應是肯定其國寶地位的一道手續吧。讀者若想知道我對淡瑩和王潤華早期至八〇年代末期詩歌藝術的評騭，請參閱〈寫實兼寫意——馬新留臺華文作家初論〉[9]。王潤華一九七五年出版的《內外集》中有好幾首絕佳意象詩，其他亦有不少寫實兼寫意的篇章，這些詩都跟早期那些現代派鑿痕極強的詩不一樣。同樣地，他一九八〇年出版的《橡膠樹》（還有散文集《南洋鄉土集》（一九八一），其中不少是詩篇文本的再次捕捉）應是詩人南洋本土化的轉捩點，然後就是他在獅城這麼現代化的都市中寫有根無根的想像性山水詩（《山水詩》，一九九八）以及旅遊散文（《秋葉行》，一九八八），而那時旅遊文學還未像當今這樣受到重視呢。然後差不多有整十年時間，王潤華都埋首於學術研究，出版了《司空圖新論》和《魯迅小說新論》等四本頗富新穎見地、擲地有聲的論著；在這期間，他於一九八四年首次擔任新加坡作家協會會長（一九八六及一九九八年兩度再任），一九八六年榮獲象徵新加坡最高榮譽的文化獎。到了今年一、二月，王潤華一口氣出版了《地球村神話》和《熱帶雨林與殖民地》兩本詩集。第一本詩集中，我們看到他不僅書寫神話，也書寫環保；在第二本詩集中，王主要用詩筆來回憶自出生至二十歲時日本和英國對馬新的殖民——這是一本非常好的後殖民詩誌。王潤華與夫人早於八〇年代中期入籍新加坡，他跟詩人夫人一樣，詩中已逐漸褪去文化中國的外衣，族群認同當然是華族，國家當然是新加坡，所以他們的認同應是多重的；他們的主體就像熱帶雨林或橡膠樹，在結實的茁長中接受麗日的曝曬和風雨的侵淋而已。

　　李有成和張錦忠一樣，都曾執編過《蕉風月刊》，赴臺留

9　見王潤華和白豪士編《東南亞華文文學》（新加坡：新加坡作協與歌德學院，一九九八），頁二七七至三一一。

學後反而不太寫詩，而感情澎湃的酒神林綠七〇年代末回臺任教後還曾出版了一本詩集，此後一直消沉迄今。最年輕的大馬僑生陳耀宗，現在師大念英研所，他系出政大《長廊詩刊》，迄今尚未寫出太多詩章；林幸謙近日將出版其第一本詩集《詩體的儀式》，其詩篇大多書寫弱勢族群被邊緣化的極端困境，主體在偷窺過程中溢滿慾望；其認同應包括了族群和文化中國等；辛金順的抒情詩時有佳篇，似乎尚未形成特殊風格，除了某些離散文字的特質之外，並未顯示太強烈的主體性及認同傾向。陳大為已出版了《治河前書》及《再鴻門》，他跟散文家太太鍾怡雯在臺灣及星馬榮獲不少文學首獎，最近剛獲得臺北文學獎五十萬元獎助其創作《在南洋》系列史詩——他的書寫策略為敘事性。林惠洲返馬後近日詩作不少，反而是傅承得和陳強華又沉寂了下來——傅詩節奏急速而陳的則紆緩而抒情，希望這兩位我所認為的中年瑰寶能突破瓶頸而寫出新篇來。

引用書目

尹玲。《當夜綻放如花》。臺北：自印，一九九一。

尹玲。《一隻白鴿飛過》。臺北：九歌，一九九七。

古添洪。〈都市背後的臉（跋詩）〉《背後的臉》。臺北：國家，一九八四，頁三三至三七。

朱浤源。〈華僑名詞界定及其應用〉《近代海外華人與僑教研討會論文集》。臺北：中研院近史所，一九九八，頁一一至三四。

余光中。〈征途未半念驊騮：談溫健騮的詩集〉，收入溫著《苦綠集》。臺北：允晨，一九八九，頁一至十五。

林綠。〈關於「自我放逐」〉《中國時報》〈人間（海外專欄）〉。一九七二年六月二十二日，第十二版。

初安民。《愁心先醉》。臺中市：晨星，一九八五。

周英雄、陳其南。〈文化中國的考察（代前言）〉。收入周陳二氏編的《文化中國：理念與實踐》。臺北：允晨，一九九四，頁三至一〇。

陳芳明。《典範的追求》。臺北：聯合文學，一九九四。

陳鵬翔。〈寫實與寫意——馬新留臺華文作家初論〉《東南亞華文文學》，
　　　王潤華和白豪士編。新加坡：新加坡作協與歌德學院，一九八九，頁二
　　　七七至三一一。

夏誠華。〈僑生來臺求學狀況調查報告〉《近代海外華人與僑教研討會論文
　　　集》：頁三一至五〇。

張錯。《雙玉環怨》。臺北：時報，一九八四。

——《春夜無聲》。臺北：漢藝色研，一九八七。

——《檳榔花》。臺北：大雁，一九九〇。

——《滄桑男子》。臺北：麥田，一九九四。

——《細雨》。臺北：皇冠，一九九六。

——《張錯詩選》。臺北：洪範，一九九九。

溫瑞安。《將軍令》。美羅：天狼星詩社，一九七五。

——《山河錄》。臺北：香草山，一九七七。

——《楚漢》。臺北：尚書，一九九〇。

〈發刊詞〉《大地詩刊》創刊號。臺北：大地詩社，一九七二。

傅承得。〈異數黎紫書〉，序黎著《天國之門》。臺北：麥田，一九九九，
　　　頁七至九。

黃德偉。《火鳳凰的預言》。臺北：星座詩社，一九六七。

黃錦樹。〈「旅臺文學特區」的意義探究〉《大馬青年》第八期（一九八
　　　三）：頁三九至四七。

楊牧。〈劍之於詩（代序）〉《聯合副刊》一九九九年三月二十九日，第三
　　　十七版；後收入《張錯詩選》。臺北：洪範，一九九九，頁一至五。

詹宏志。〈紫色之書〉，序黎紫書的《天國之門》。臺北：麥田，一九九
　　　九，頁三至六。

葉維廉。〈河想〉《賦格》。臺北：現代文學，一九六三，頁一〇七至一
　　　〇九。

——《愁渡》。臺北：仙人掌，一九六九。

——《醒之邊緣》。臺北：環宇，一九七一。

——《野花的故事》。臺北：中外文學，一九七五。

——《花開的聲音》。臺北：四季，一九七七。

溫建騮。《苦綠集》。臺北：允晨，一九八九。

趙天儀。〈序〉古添洪的《剪裁》。臺北：笠詩刊社，一九七八，頁一至四。

廖棟梁和周志煌編。《人文風景的鑄刻者：葉維廉作品評論集》。臺北：文
　　　史哲，一九九七。

鄭樹森。〈香港在海峽兩岸間的文化角色〉《素葉文學》六十四期（一九九
　　　八）：頁一四至二一。

賴瑞和。〈中文作者在馬來西亞的處境〉《中國時報：人間（海外專
　　欄）》。一九七二年四月十六日，第十二版。

朝翱（張錯）。〈剎那，眼神相遇於暮春的五月〉《過渡》。臺北：星座詩
　　社，一九六六，頁六九至七〇。

——〈後記〉《過渡》：頁一〇三至一〇五。

——〈寫在《死亡的觸角》前面〉《死亡的觸角》。臺北：星座詩社，一九
　　六七，頁一至五。

——〈死亡的觸角（第一首）〉《死亡的觸角》，頁一至三。

——〈讀奧登Musee des Beaux Arts後〉《鳥叫》。臺北：創意社，一九七
　　〇，頁七一至七四。

——〈他們從來就未離開過〉《中國時報。人間（海外專欄）》。一九七二
　　年五月七日，第十二版

藍影，《七面鳥》。臺北：自印，一九六七。

Eliot, T. S. "The Waste Land," and "Four Quartets," *The Complete
　　Poems and Plays 1909-1950*. New York: Harcourt, Brace &
　　Company, 1958. 37-55 &115-145.

Lau, Joseph S. M. "The Tropics Mythopoetized: The Extraterritorial
　　Writing of Li Yung－ping in the Context of the Hsiang-tu
　　Movement." *Tamkang Review* 12.1（1981）: 1-26.

Tu Wei-ming. "Cultural China: The Periphery as the Center." *The
　　Living Tree: The Changing Meaning of Being Chinese Today*. ed. Tu
　　Wei-ming. Stanford: Stanford UP, 1994, 1-34.

Wang Gungwu. "The Study of Chinese Identities in Southeast Asia."
　　*Changing Identities of the Southeast Asian Chinese since World
　　War II,* ed. Jennifer Cushman and Wang Gungwu. Hong Kong:
　　Hong Kong UP, 1988, 1-21.

張錯詩歌中的文化屬性／認同與主體性

　　一提到「身分認同／屬性」（identity）和「主體性」（subjectivity）這兩個術語必然會扯到「自我」（self）這個名詞。在東西方，人們對「自我」的認知是不一樣的。西方人談自我必然會從自我的存在著手，是向內窺探的；東方人（尤其是中國人）在談「自我」時則得從人我關係的脈絡中去尋找，自我存在的意義需藉由我與周遭人群的關係來獲得確立（許烺光，頁33）（這即中文「認同」的原義），或像譚國根所說的，自我「是一種扯及身心關係的社會化過程」（頁96）。在心理學家艾力生（Erik H. Erikson）看來，「認同」此一概念應包括「相同」以及「分享他人的某些特徵」在內（頁110）。此外，我還得徵引前港大校長王賡武對「認同」所作的權威性說法以及陳國賁和唐志強近年來對族群認同所提出的一些見解。王在一篇探討東南亞華人身分認同的論文中指出，東南亞華人身分的認同應為多重的，其中必然包括了族群、文化、階級及國族這四種認同中的各種可能組合，他們必然是「同時擁有一種認同以上」的人（頁11）。陳國賁和唐志強近年在對新加坡人身分認同所從事的調查中指出，新加坡華人都以出生、血緣及身體特徵作為華族最重要的標記（頁20-23）；然後在另一篇論文裡，陳又提出一個論點：離散為華人新身分的一個理想策略，一群抱持世界主義者新身分的華人正在冒起，而這群世界主義華人的新身分特質有三：其一為精神依歸的多元性（multiplicity），其二為不

同生活的融合性（hybridity），其三則為因應前二概念而生的「立場」（positionality），其新身分係隨著不同的場合和不同的「觀眾」而不斷改變（頁17-19）。也就是說，華人的身分認同是多元的、游離的、甚至混雜的。至於主體性，我認為它跟認同一樣是一個隨時空而飄移的概念。我在應用這個概念來論述張錯的詩歌時，主要在指出，其主體性正如同其身分認同一樣，都是建構出來的，其特質是搖擺不定，游移而多元，甚至是混雜性的，以期策略性地表示立場。

　　從一九五〇年臺灣開始吸引僑生歸國深造到得最近得跟中共競逐吸引華裔生來臺這將近五十年裡，留臺詩人／作家在臺操刀學習，他們一樣經歷了臺灣五六十年代人們被夾在主流反共抗俄文學而民間詩刊雜誌則提倡現代主義的夾縫中的那種虛無、焦慮、荒謬和失落感。到了七十年代，主導《大地詩刊》的我和古添洪、余崇生等俱已無法忍受《創世紀》和《藍星詩刊》等對詩壇的宰制，我們當時積極籌辦《大地詩刊》就有一股要推波助瀾形成新的文學運動的使命感；《大地詩刊》既重視外來文化的借鏡，更要重新評估中國文化並極積關懷現實生活對我們的激盪（這些主張俱見於一九七二年創刊的《大地詩刊》〈發刊辭〉中），這種對臺灣本土社會的關懷跟晚一些在臺北出現的神州詩社提倡「文化中國」[1]可說形成強烈鮮明的對比。八十年代

---

[1]　「文化中國」這個術語首由溫瑞安和方娥真等神州詩人所提出，因為他們所辦的《青年中國雜誌》第三號（1979）的主題就是「文化中國」，為了肯定發揚文化救國這個理念，他們這一群從未踏上故土神州的馬來西亞僑生分別訪問了當時最受推崇的學者如楊國樞、胡佛、成中英、李亦園和韋政通等，由他們發表對建立中華文化大國的看法。一九八五年《中國論壇》出版雙十特刊亦以「文化中國」為專題，一九八八年傅偉勳出版的文集《「文化中國」與中國文化》（臺北：東大）中亦有「文化中國」一詞。1993年3月10-12日，香港中文大學人類學系、人文研究所與港澳協會、時報文化基金會與時報周刊假香港中文大學選為了「文化中國」這個理念召開了一個學術研討會，會議論文集兩年後由允晨出版成書，叫做《文化中國：實踐與理念》，由周英雄和陳其南主編。關於這個詞的出現與演

中期應是另一個文學發展的轉捩點——後現代主義的登臺，伴隨這個宰制潮流而來的是多元論述、後設拼貼技巧以及多重相互主體等理論，文學創作不再是經國之大業而是要弄文字（符具）的遊戲。總之，伴隨著後現代後殖民而來的是一個更開放多元的社會，在這個社會裡，由於衛星電視和網際網路的推波助瀾，華文文學的創作都必須從地球村／國際化的角度來加以審視，以前所有從主流抑或支流、中心抑或邊陲等這種二元對立觀念或邊緣化世界其他各地區華文文學的觀念都得加以重新審視或修正。

　　我上面這一段所做的只是簡單的宏觀歷史的重構與圖製，用意是要把論述扣住歷史進展，接著在論述過程中，我就把焦點集中在離散文學裡最顯著的「歸返與離散」這兩個特徵／主題上頭，這其實也就是針對詩人作品中所表現出來的認同與主體性做研究。一提到「歸依」或「歸返」，大家可能會立刻想到一九七二年四月十六日賴瑞和在高信疆主編的《中國時報·海外專欄》上發表的那篇文章〈中文作者在馬來西亞的處境〉來，隨後在那一年裡，翱翱（張錯）、劉紹銘、林綠和陳徽崇等都先後對賴文寫了回應。其實，他們當年爭論的焦點（文化回歸和／或自我放逐）就是本拙作的論點，只是他們在論述過程中並未操刀剖析作品而已；另一方面，離散文學（diasporic literature）、中國人／華人離散群體（the Chinese "diaspora"）以及後結構主義去中心等論述並未出現，而且當時我們這些當事人都還在唸碩士或博士班，故所有論述頗多揣測之詞。若以今日的事實去檢證當年的種種揣測，則賴瑞和所擔憂的未來史家「會否把馬華文學列

<hr>

變，可參見周陳二位所寫的前言〈文化中國的考察〉，3-5。九十年代初期，哈佛大學杜維明提出的「文化中國」，其涵蓋面更廣，共包括了三個象徵世界實體，其對這三個象徵實體的界說以及它們所可能揮發的影響，請特別參見"Cultural China: The Periphery as the Center," 13-18。溫瑞安自從早年寫武俠詩到近年在香港創設自成一派推展創作與媒體結合，多少都跟他的「文化中國」理念扯得上關係。

為中國文學的一部分」（第12版），我們發覺，證以一九九七年一年內馬華作協和留臺聯總就分別召開了一次馬華文學國際研討會，一九九九年七月至九月中旬新紀元學院以及南方學院亦分別召開了一次馬華文學國際性研討會，以及馬華文學已進入大馬的大學課程，則賴的這則憂慮顯然已屬多餘。另一方面，賴瑞和還擔憂淡瑩、王潤華、林綠、淺丘、李有成、賴敬文和我當年不是留美即留臺，生怕我們都成楚材晉用。證諸者當今的事實是，淡瑩和王潤華現今已是新加坡詩壇最傑出的三幾位詩人，而且都曾榮獲象徵新加坡最高榮譽之文化獎，則他們已為新國的國寶已無需置疑。我和林綠、李有成都已在國內大學或研究機構服務了一二十年以上矣，在當今這個地球村時代，楚材晉用已極為稀鬆平常，那又何必憂慮這憂慮那？至於李永平和張貴興這兩位「馬僑」，當今都已變成臺灣文壇的重要作家，或張錯所說的「變成一個真真正正的中國人」（1972.5.7，第12版），假使馬華和臺灣文壇胸襟夠開闊能以作品（而非國籍）取人，則兩造都可以把他們列入個別的文學史裡，那不是很完美的一樁事嗎？至於林綠在〈關於「自我放逐」〉裡最後一段說他歷經留臺留美、早已歷經「一段很重要的心理過程」，又說他對馬來西亞並沒有深厚的感情，「既已在主流裡，何須再回到支流去？」（第12版）。像他這樣一位經歷過大馬獨立前對殖民主的鬥爭，獨立時期的狂囂慶祝以及政府極力推動確立「馬來西亞性／意識」等這些事件的詩人而言，這不啻是表示了某種認同的轉換，更且突顯了他那一種強烈的進入／回歸母體的焦慮。至於像原是港澳生的葉維廉和張錯，他兩位除了在美國比較文學界聲譽隆盛並且曾把臺灣現代詩迻譯推薦給西方讀者之外，葉老在臺灣現代詩壇一直都被列入十大，張錯從早期的《過渡》（1966）到近年由洪範出版的《張錯詩選》（1999）以及由河童出版的《流浪地圖》（2001），

所出版詩集／選剛好已是十五本，說他是臺灣的著名詩人一點都不為過。

　　張錯從《星座》時期迄今，其一貫的特色是抒情而浪漫，蘊藉溫婉，並時有一股豪逸之氣貫串其間，詩風跟楊牧的頗為接近。張錯近日推出《張錯詩選》，楊牧在《張錯詩選》的代序〈劍之於詩〉中提及，要索解詮釋張錯的詩歌藝術者何妨從張的「意象、感慨、事件」[2]著手；我更認為，行俠與鑄劍一直是張錯書寫行為的隱喻（他的抒情、浪漫與飄逸在很大程度上跟另外一位俠士詩人溫瑞安相似），意象、感慨和事件是衍發推展這兩座心靈指標的材料。若從「歸返或離散」這個角度來評隲張錯早期三本詩集《過渡》（1966）、《死亡的觸角》（1967）和《鳥叫》（1970）時，我們的收穫不可能太亮麗。在早期的星座詩人中，他雖說心不甘情不願地「從英國殖民地（香港）趕來中國唸外文」，並懷疑這種做法會是一種「悲哀」（《過渡》後記104），可他一到了木柵就在政大校園中邂逅了一個「南海來的少女」（他未來的夫人藍慰理），用他的詩說，這：

> 南海來的少女
> 投射給我那燃亮銀河的睇神
> 灑瀲我目以那無比的燦熱光芒吧。
> 來了，我南海的女郎
> 我正穿越著永恆之園奔跑而來。
> ──〈剎那，眼神相遇於暮春的五月〉《過渡》，頁六九

2　此為楊牧〈劍之於詩〉裡的關鍵性題旨，他即以此來論證張錯詩歌文本的特色。此文先發於《聯合副刊》37版（1999.3.29），後收入《張錯詩選》為其〈代序〉，頁1-5。

雖說他也跟林綠、王潤華和葉曼沙等常藉烈酒來紓解空虛、落寞和鄉愁，但他那時可是我們之中最幸福的人。他常跟隨這個南海來的少女在校園、在木柵進進出出，當時真是羨煞我們星座的諸多星子。以他的第一本詩集《過渡》來檢視，我們發覺這本詩集有一半以上是情詩，即以第一輯九首著重在抒發「飄泊無根的感覺」（張語見〈後記〉，頁104）的篇章來看，則其所渲染漾開的灰暗色澤、迷茫、離愁和思鄉等，如果跟星座同仁黃德偉的〈十月〉和〈季末形象〉等詩所包孕的情愫一起拿來比較，則張錯的詩篇顯然是輕快飄逸太多了（他的表面的輕快飄逸即構成他後來的典型風采）。再以第二本詩集《死亡的觸角》來檢視，我們發覺這集子中二十三首詩色調比第一本灰沉，大抵為對六十年代中期香港社會以及詩人鬱結的生活細節的反映，有點艾略特《荒原》或《四重奏》以及卡繆小說的一些味道，並沒有甚麼太強烈地抨擊香港這個光怪陸離、豔麗喧囂的城市包孕其中。或者應該說，由於文字太隱晦高蹈，他並未太成功地把自己在序文中所強調的城市的「極端殘酷」（〈寫在《死亡的觸角》前面〉，頁1），以及城市這「妓女」對人們官能情慾的極端挑逗都具象而深刻地表達出來。第三冊詩集《鳥叫》是張錯一九六七年留美後的第一本結晶，寫他在猶他州鹽湖城苦讀及赴賭城打工等遭遇，〈鳥叫〉三首、〈第三扇門〉和〈致賀：人類征服月亮〉等都寫得極為情色性感，「落難、落魄、失意及寡歡」及「王（潤華）兄：不快樂不快樂仍然不快樂」（俱見〈讀奧登Musee des Beaux Art後〉，頁73）應是他這個時候的基調。另一方面，自小修練永春拳的他這時開始寫下第一首俠士詩〈俠隱〉，而信仰天主教的他這時候亦開始寫了一首與佛教有關的〈波羅蜜多〉，而這些卻都隱隱約約變成他後來常以行俠與鑄劍隱喻詩創作的濫觴。

在約略論述了張錯早年三本詩集中的現代主義精神與離散

的基調特色之後，我們只偶爾在《死亡的觸角》第一首看到他提及江南的山水，可這一大片山水並非吾人一般所想像的那種「暮春三月，鶯飛燕舞，江南草長」的嫵媚情景，而卻是「殘破的」（《死亡的觸角》，頁1、2）。換言之，我們實在很難在這些詩集中看到他對中國大陸的認同，甚至可能連「文化中國」這樣模糊的概念都尚未在他腦際掠過；他的主體性是飄忽游移的，木柵尚未沉澱變成足以讓他攀黏依附之處所。然而令人驚訝的卻是，兩年後他竟然在高信疆編的《中國時報・海外專欄》版上發表了一篇認同堅定、主體性顯明的〈他們從來就未離開過〉。在這文章中，他指證說，僑生返國深造可是「一種感情的培植，至少，對我來說，四年時間便把我一個身分上所謂「香港僑生」變成一個真真正正的中國人」（1972.5.7，第12版）。對他而言（其實他顯然想代表我們發言），賴瑞和爭論的焦點——文化回歸抑或自我放逐——已不是甚麼問題；他不僅已文化回歸，而且實質上（隱喻上？）宣佈他已「變成一個真真正正的中國人」了。這一點對他而言應是個關鍵性的轉折；可是對其他星座詩人而言，這種石破天驚的宣佈並不能立刻獲得太堅實的證明（因為時空距離太短了）。不過就歷史發展來看，張錯這篇短文確確實實具有標竿作用，這卻是不容置疑的。

就張錯本人的詩創作而言，前面所提到的宣示並未立刻具體化為詩篇。而且非常弔詭地，他的第四本詩集《洛城草》（1979）卻是較寫實地在寫美國西部生活實況。在緊接下來的《錯誤十四行》（1981）、《雙玉環怨》（1984），甚至更後一些的《飄泊者》（1986）、《春夜無聲》（1988），在這些詩集裡，我們發覺，張不僅深化了主題而且擴大了關懷面，然後就是突然冒出來的許多行吟／行俠及鑄劍的篇章，而且這些篇章常常跟他當時遭遇的〈美麗與哀愁〉（詩篇名，收入《雙玉環怨》

中）糾結成綺彩。《飄泊者》固然是離散文學的代喻（收輯在這冊子中的〈秋賦兩首〉和〈滄桑〉等無不充斥著這一類文學的種種特徵），但寫在這本詩集之前的〈E‧T‧恨〉（收入《錯誤十四行》1994，頁299-301）以及之後的〈屈問〉、〈霸王〉、〈春夜無聲〉、〈依稀〉和〈背傷飲酒〉等詩作（具收入《春夜無聲》裡），無不充斥著飄零、放逐、無奈、淒楚、寂寞、哀愁、孤獨、無常、憔悴、絕望、惆悵與懷鄉等等，在這個離散文學的透視裡，我們發現詩人張錯並未因為有了固定的職業與身分而有「吾定於吾土」的那種心態的安定感；相反地，他還是有一種非常強烈的「異鄉人的恐懼，／生命顛沛流離的悲哀」以及執著於對「家國的嚮往，／安全而有歸宿的慰藉，／姓氏與土地的光榮」（具見〈E‧T‧恨〉，頁299-300）所帶來的懸念和磨難。他的意象、主題多的是中國的、日本的、甚至高麗風的，總之一句話，非常地東方風格／味；不管是含蓄的或是暴露的，他這時所展現的主體性是多重的，認同大體上相當傾向於文化中國。譬如收輯在《錯誤十四行》中的〈刀頌〉在怒斥了八國聯軍對中國的踐踏、「燒殺淫掠的獸行」之後截然說：「惟有解牛一刀在手，／中華民族盛世萬年」（1994，頁151），很顯然地，他這柄單刀早已不再是物質性的，他早已經把它轉化為中國人精神的隱喻和象徵。能夠寫這樣的詩句的人當然不可能是不折不扣的美國人意識，而他此地所寫（亦即所認同的）中國已是實質上的山河，可其主體則是分離的！

在對比之後，我發覺張錯寫於八十年代的那四本詩集是離散文學基調色彩最濃厚的作品，其認同游移於文化中國與實質山河之間，跟早年只認同於中華民國（臺灣）並不太一樣。在一九八一年出版的《錯誤十四行》的〈後記〉裡，他就提到自己在「浪漫與現實之外，⋯⋯是一個徹徹底底的民族主義愛國者」

（1994，頁153）。在三年後出版的《雙玉環怨》的序文中，張提到自己已從現代主義的虛無窮巷裡走出來，此時其關懷面已擴及所有流落在海外的中國人的命運。他並且承認，中國可是他一生的「婚配」（1994，頁157）。然後在收輯在《春夜無聲》中的〈歌者〉（這「歌者」顯然就是詩人的persona兼代言人）中，他三度召喚臺灣為「我的母親」（這呼喚必然令人想起艾青在《大堰河》中的做法），並再向這母親傾訴他的孤獨無助與對她的「深沉眷戀」，用他在給這本詩集的序文〈無聲注〉中所說的，無論是在追憶往事或是飄泊浪遊中，他「心裡只有一個中國，我是一個無可救藥的主觀民族主義者」（iii）。在這些場合裡所提到的「中國」到底有沒有把實質的「中國大陸」包括在內，他的行文並無法回答這個問題。不過不管怎麼說，我們獲悉他此時承認自己是一個民族主義者、一個愛國主義者。

到了八十年代末年，由於常常回來臺灣當報社的評審以及後來到母校政大及高雄的中山大學任客座教授，他那種鶴立雞群中的寂寞和飄泊感似乎獲得了某種程度的紓解療治。從身分認同的角度來看，在美國飄寄漫遊了二十來年，他的的確確像透了希臘的優力塞斯回到臺灣，「不再憂慮徙居／因為他回到中國（臺灣）來了」（〈中國優力塞斯〉，頁56）。由於太太及兒女都無法尾隨，故有時難免感到寂寞難遣，孤獨和清冷彷彿就是他生命的本質：「因為國，我離別了家。／我回到荒蕪陋敗的庭院……／企圖去溫熱那寒冷的衾枕」（〈臺北梅村重遇許世旭〉，頁27）。雖然他也有遇到不盡如人意的地方（譬如警察局以及稅捐單位帶給他的困擾），大體上，這時候他已不必再患得患失。從寫臺灣的季節開始，他書寫白河的荷田、高雄、旗津以至美濃和六龜，可見他是相當深入地把情懷投注在南臺灣的土地上。他在〈檳榔花開的季節〉中說：

我沒有故事，

我一生的故事，

已經決定以臺灣為結局，

並且終生不渝。

我不想唱和流浪的歌，

因為我早已疲倦於長途的跋涉。（頁119-120）

　　他的主體性或還會游移，可是就認同臺灣鄉土而言，像這樣
淺顯坦誠的剖白，難道讀者們還會質疑他的忠貞度嗎？認同臺灣
這片實質的土地，然後又在想像中圖構文化中國，像他這樣雙重
甚至多重的認同情境，本即離散文學的一大特色。相對於臺北，
高雄和美濃等這些地方一直被看作較為本土的表徵，既然他都已
「進駐」到這些根源之處，難道還會有人不接受他嗎？

　　上面這一段落裡所探討的一些詩篇以及其他一些類似文本
都收輯在一九九〇年出版的《檳榔花》這本詩集中。純就藝術表
現而言，這些牽涉到他直接或含蓄地表達他的認同以及主體的篇
章，其藝術性經營都極為優越，也就是說，他絕不會以喊口號的
方式，而都是藉由一些相關「意象」及「事件」（楊牧語）把其
積愫表達出來。前面我們已經提到，作為讀者，我們確實沒有
任何理由來質疑他對中華民國／臺灣的認同忠誠度。在給《檳榔
花》所寫的序文〈檳榔花〉中，張就曾用了很深刻而且很感性的
口吻來表達他對這片土地的關懷與熱愛。我們還是把他的話引述
如下：

　　我對臺灣的一山一水、一草一木都懷著誠懇感恩的心情去
　　認識、學習和接受。我是一個以情觀物的詩人，所以描寫

的景物正是我心情的變映，我確實把臺灣看成我的中國夢
了，就像當初歐洲移民每人懷著一個小小的美國夢，而如
何把夢變成現實，卻仍在於我之一念。（頁19）

　　雖然詩人是以多麼誠懇、謙卑、惶恐的態度來愛他的家國，
可是意想不到的事發生了，臺灣在李登輝主政之後，各式本土化
運動強烈地啟動了起來，有些基本教義派人士甚至會用極為強烈
的言論來反「外」。一九九八年這一年正好是這些變化的肇始
年，這一年張錯回政治大學並到高雄市中山大學任客座教授，尤
其在他到了臺灣南部後，對這些他應有所聽聞，甚至非常可能有
人用不太優雅、恰當的話語來質疑他的認同與主體。收輯在《檳
榔花》中的〈布袋戲〉寫的就是這種窘促經驗，說得白一些，就
是有人以政治正確（即我前頭已指出的像「出生」、「血緣」，
再加上「語言」這些種標籤）來挑逗、質疑他這個千里迢迢來歸
依的異鄉人（「外」人）的身分。在被人邊緣化之餘，他不僅感
到有種莫名的「恐怯」，也感到相當無奈：

　　　為甚麼我們要分裂中國？
　　　臺灣，為甚麼我們還要分裂？
　　　母親，為甚麼您一定要讓一生流浪
　　　歸來的兒子感到慚愧、陌生而無力？

　　　　　　　　　　　　　　　（〈布袋戲〉，頁54）

　　驟然間，這時他方才意識到，他一直所認同的中華民國／
臺灣，這個他向來所認定的「家鄉與國家，是一個巨大而不可
測的變數」（〈檳榔花〉頁19）。這一年他回到臺灣來客座，
本有投石問路之意，《檳榔花》中的〈旗津半日〉以及〈檳榔

花開的季節〉不僅寫到他在思索回國定居任教的可能性，而且寫到他擬在美濃建立一個「布衣的家園」的夢想（〈檳榔花開〉，頁116）。可是，這一切的一切，結果都因為認同問題而令他怯步；他萬萬沒有想到，認同竟會成為他一生中最大的「失敗」（〈檳榔花〉，頁20）和「挫敗」（胡衍南專訪，頁71）。

　　這麼說來，《檳榔花》這本詩集在張錯生命中確實具有鮮明的標竿意義。檳榔花／《檳榔花》不僅標示了詩人與臺灣這塊國土的臍帶關聯，而且這種含有本土文化意義的植物隱約之間竟是他的生命象徵（剛正聳立不阿）。就第一種標竿意義而言，張錯是在這一年（1985）才最具體實質而且懷著複雜的心情真正意識到，臺灣對他是有相當意義的。在臺灣，他有岳家及許多文壇學界的朋友（許烺光所說的人我關係可以用來鞏固一個完整的「自我」），而且，他的創作百分之九十以上都在這裡出版，文壇上的網絡也是經由這些而建立起來的。所以不管是實質的抑或想像的，臺灣確為其認同的一個主軸。從這個角度出發，他在此後出版的《滄桑男子》（1994）裡，四輯之中即有一輯由九首書寫臺灣的詩篇構成，並且取名〈南臺灣〉。然後就是輯三取名〈一罈心事〉，八首詩章實寫香港事態情懷，可見他這時期的情懷相當「港臺」。兩年後他在《細雪》（1996）這本詩集之中，詩作〈南臺灣補遺〉書寫佳洛水和燈塔，〈吳園憶〉企冀喚回鄭芝龍舊屬何斌夜獻要塞圖引領國姓爺襲取南臺灣成功的事蹟；〈謁五妃廟〉追憶施琅犯臺，南明寧靖王的五位妃子為王殉身的事蹟，〈春日謁延平郡王祠〉企圖再現鄭成功的事功，而〈櫻花鉤吻鮭〉牽涉到的卻是最最真實的本源的追索。我們發覺，從《檳榔花》裡的篇章經由《滄桑男子》再到《細雪》（其時間過渡約為八年，《檳榔花》裡的許多詩作都寫於1988年）裡頭的一些臺灣書寫看來，臺灣顯然已變成張錯書寫的一個重心，那是一點都不

足為怪的。

在《檳榔花》的序文中，張錯提到一九四九國府遷臺時，他父親曾一度考慮移居南臺灣發展鋼鐵業的；如果這件事成功，則他理所當然就應該是一個「在高雄長大的南臺灣人了」（頁12）。然後就應該是他在木柵盆地那四年接受中華文化薰陶的結果，然後就是釣魚臺事件的衝擊，最後一點可能就是心靈流浪所形成的無所依靠感，所有這些糾結在一起可鑄就了他認同臺灣或者「文化中國」的基石。就張錯本人而言，他在《檳榔花》的序文〈檳榔花〉裡就有如下這一段話，把他認同的來龍去脈交代得非常清楚：

> 縱觀半生的萍蹤，在美國停最久，長達二十多年，港澳為次，各為六年，臺灣最短，僅四年。然一生對家國的認定，卻以臺灣為始，在那兒我不但發現我的中國，同時更恆以臺灣的本土，作為我家鄉的歸屬，我原籍客家惠州，也曾一度與潮籍的母親回訪，但隨後發覺，惠州是父親的故鄉，對我而言，亦僅是我父親故鄉的伸延，以血緣而言，我對父親的憶愛加深我對惠州的懷戀，然以感情而言，卻甘願選擇一塊自己生長的土地，以為家鄉，猶似每人他日的故鄉！我底童年往事，雖是凜冽情懷，然而我厭惡殖民地種種的專橫跋扈，以及大不列顛的帝國優越。
>
> （頁13-14）

他對「家國的認定」是在大學那四年裡逐漸形成的：他是在臺灣發現了他的「中國」，並且認定臺灣是一個可作為他的歸屬感地「家鄉」的地方。不管是詩歌或散文的書寫，他對家國臺灣／中華民國的認同，其實都表現得相當誠摯，而且這種認同（認

同臺灣即等於認同中國）本來就是一種主體定位的過程，在一九八八年以前根本就不會是問題，而且非常政治正確地「正統」。

　　跟第一種標竿意義密切相關的是，《檳榔花》標示／揭櫫了張錯創作生命的另一個轉折：流浪變成了本質性的東西，自我心靈的放逐竟變成了他的宿命。對於一個詩人來說，這麼大的一個轉折或者逆反可萬萬不是他當初所能預料得到的，也正因此，這其間所蘊含的反諷意義就更複雜多了。在上頭提到的那首〈布袋戲〉裡，其中即有詩人對認同的思索，他的自我是纖細的，是處在擺盪之中的，其中有對歸返本土的滿足感，也隱含著血統論者對其身分的質疑以及邊緣化他的種種動作，致使他有如一隻野獸誤入陌生的森林的「恐怯」[3]；否則，他就不致在詩中提到：「母親（臺灣／中國），為甚麼您一定要讓一生流浪／歸來的兒子感到慚愧，陌生，而無力！」（頁54）[4]。根植於臺灣並以〈臺灣經驗〉作為第一首詩作的這本《檳榔花》，其中當然記載了不少一九八八到第二年夏天他在臺北和南臺灣的種種經驗，其中的歡樂得意之事我們就不提了，可作為文學研究者的我們必然會發覺，其中所鑄刻著像「清冷」、「孤獨」、「寂寞」、「流浪」和「飄泊」這些離散文學的標籤卻仍像六十年代時那麼地醒目。話說張錯到了一九八八年七月寫下〈初識高雄〉時猶在思考其身分與定居的問題，可是在比這首詩早兩個月寫成的〈中國優力塞斯——致白石嘉壽子〉裡，他卻已寫下底下這麼預示性的四行：

---

[3] 他在《檳榔花》〈序文〉中又提到他這種深沉的恐懼，又說到臺灣是「我的家鄉與國家，是一個巨大而不可預測的變數」（頁19）。

[4] 有學術界的朋友對我說，張錯在臺灣詩壇本來就未有任何瓜葛，其所以會受到本土派詩人的排擠以及去經典化，主要由於他曾化名「鄭雪」在《聯合文學》第3卷第8期上頭抨擊李魁賢的論著《臺灣詩人作品論》，說它不足以代表本土派，也沒有「中國性」，這一來他就跟這些本土派詩人對上了。我倒不覺得問題有這麼單純。既然有此一說，我就錄此以為「對證」其感懷。

一次是優力塞斯，

永遠是優力塞斯！

一次流浪，

終身流浪！（頁59）

　　我們都知曉，荷馬的史詩《奧德賽》的主人翁在征戰以及在
海上飄泊消耗掉二十年生命之後，他終就回到了故鄉綺色佳安享
晚年。可是，我們的詩人張錯在優力塞斯這個流浪與追索的原型
中看到的卻不是悠長的過程的終結，他可卻把「流浪」看成了一
種本質性的東西[5]——他可連這神話原型都改寫了！

　　總之，非常弔詭和反諷地，臺灣本來是張錯認同中國（是
文化中國或是大中華也好）的起始點，是他在海外肉體與心靈流
浪之中午夜夢迴縈繞之所繫，可是到了大約二十年後的一九八八
年這一年當中，臺灣卻把他的自我／主體戮傷了，把他的認同感
鋤碎了。檳榔花代表／象徵的本是詩人對本土的愛戀，可是在出
版了《檳榔花》這本本土性詩作最多以及本土認同最熾烈的詩集
之後，詩人說他「就確定成為一個永遠的流浪者了」（胡衍南專
訪，頁71）。我們應當相信張錯當時確實是做了這樣的認定，可
是一定要他對文化認同做表態時，他會毫不猶豫地說，他認同的
文化主體是「中華民國臺灣」，因為「從那兒成長茁壯地，那兒
就是我的母體」（〈中央與邊陲〉，頁107）。

---

[5]　大約十一二年後，張錯在一篇題為〈流浪地圖〉的文中提到他這次心靈掙扎的
　　情形，說是這次「回臺亦可說是心靈肉體的另一次流浪」（〈人間副刊〉第37
　　版），這似乎已把歸返與流浪當作一個辯證過程來看待了。他又提到當時因與友
　　人編輯出版辛笛的《手掌集》，其時湊巧地讀到辛笛的〈流浪人語〉，令他感到
　　「冥冥中似亦有離去（的）預兆」（同37版），尤其是這首詩最後兩句說「小
　　鎮不是給不生根的人住的／那麼我還不想自殺就只有再去流浪」，他覺得這可是
　　「浪人心情的最佳寫照」（同37版），其實是早就把過程當作本質來看待了。

上面提到張錯在出版了《檳榔花》之後還是寫了不少有關臺灣經驗的詩作，可其數目漸趨減少。非常有意思的是，收輯在《細雪》中的〈櫻花鉤吻鮭〉和〈有若鮭魚生與死之歌〉（兩首詩具發表於1995年）寫的雖然都是鮭魚的尋索過程，可最最本土的魚種卻讓詩人看到牠們最終變成「陸封型隔離族群／喪失（了）遷移習性」（頁104），而一般的鮭魚卻在逆流而搏的歸返路道上，雖然「聽見身邊同伴／掙扎、喘息、垂死、或失落」（頁109），可牠們並未因此而懼怕喪膽，並放棄對原鄉的追蹤／歸返。在作出這樣隱約針對歷史與現實的對比針砭之後，我覺得〈有若鮭魚〉末節這三行看似逸出本詩題旨，可卻是本文末尾所要亟力論證的：

當生命尚在新批評未被解構
所有動機均陷身在意象圈套
一生主題竟是飄泊流離！（頁111）

這三行其實已說得夠透徹了。在臺灣六七十年代還把挖發詩人創作之意圖視為禁忌時，我們的詩人竟然把自己身世的飄泊離散這一主題攤開來，並視自己一生即是這一類文學的隱喻，這又豈只是他本人當年抵達政大唸西語系時可曾預想到的嗎？

到了去年張錯出版其第十三本詩集《流浪地圖》時，離散文學的主軸「流浪」或「飄泊」不僅是詩人的代喻，而且隱隱然有圖誌／圖表化之趨向。有兩個極為顯著的演化／衍化是，他在第一本離散詩集《飄泊者》中所書寫的那種種激越情懷以及對飄泊之後的期盼（〈孤舟〉篇曰「所有的飄泊都將是歸來」，頁34）都消褪了。第二點是他已不再執意地把「流浪地圖」上的所有景點都寫成是家國之思的延伸了；雖然仍舊是他素來所奉行的情感

的投射與事件／意象的演義，可他已較能就「本土」演義「本土」，每首詩都較能寫成各該景點之人種／族群之圖誌。

　　收輯在《流浪地圖》裡的詩作，如果組詩中的數目不計，一共只有三十首，真正處理或是涉及臺灣的只有〈赤崁感懷〉、〈善導寺祭唐文標〉和〈梅雨的故事〉這三首。這第三首彷彿在訴說、演義詩人個人在臺北所經歷的「溫柔一滴」（頁92），並在過程中不忘把其主體推展開去包容眾多在流浪中的「魚族」；第一首則是詩人與臺南赤崁樓這一地景的相互主體，大敘述所見證的滄海桑田則包孕了小主體的追索（書寫澳門地標的〈龍嵩街之歌〉亦同為圖誌化策略的最佳例證）。真正話中有話甚至欲語還休的應是這第二首，詩中不僅充滿反諷和弔詭，而且提出了許許多多問號，而這些反諷和弔詭正好折射出個己主體與臺灣成長中的主體所構成的複雜交鋒。詩中以及附記裡所提及的尉天驄和徐復觀以及一九八五年逝世的唐文標一直都是「面臨挑戰的中國人」（第11行，頁10）；他們的文化認同，非常反諷地，當年即受到質疑，當今可卻又受到另一批人（即純血統論者）的挑戰。詩中提到「存活滄桑」變化莫測，例證之一就是連跟詩中主角「多年相伴相吵的徐老先生／也被兒子移靈回湖北老家了！」（第17和23-24行，頁11），這樣的主體性轉移／搬動，怎不叫人怵目驚心？這首詩倒數第四行提到尉天驄「每年依然忠誠」地到善導寺來祭拜早已仙逝的老友唐文標，這「依然忠誠」除了表示對老友之惦念，當然也暗指他本人的信仰忠貞不渝，在面對狂風巨濤的時代變化而不畏懼，這種種高潔的行為即隱約沾染上反諷，否則又何必說是「依然」呢？然後就是尉與詩人所「共同追懷」的那一段「狂狷不羈」，怎麼竟然會「早已另屬別人鄉土」？這其中所蘊含的隱晦奧義豈真的僅僅是在表示主體性的變易而已嗎？認同主體一經建構移轉，鄉土就真的跟著改變了

屬性嗎？

　　在去年出版的這本《流浪地圖》中，詩人張錯常以「浪人」、「流浪漢」或是「滄桑人」來稱呼自己而不名。這個浪人對臺灣的歌謳似真的已到了「欲語還休」的地步[6]。換言之，他的主體性與文化認同可真非游移而多元不可了。〈南洋行腳〉組詩第一首題叫〈入夜過境臺北不入〉，題目本身即叫人覺得這種行徑不太像是張錯的作風。詩中的聯想一是鄭愁予的馬蹄聲響，一是美國詩人佛洛斯特的雪夜林畔，然後在迻譯出佛氏的最後兩行詩之後即大聲呼喚：「啊！繼續飄泊！繼續流浪！」（頁49）。這種繼續流浪可以指鄭與佛在不同情境中的繼續行動，當然更可以是詩人主體飄移的折射，而「繼續」一詞更蘊含了詩人對流浪生命的深沉悟覺和無可奈何的認可。

　　中肯而言，張錯所以能把《流浪地圖》中的詩作寫成人種／族群的圖誌是跟他近年來認同觀的改變（或說是「擴大開展」吧）共表裡。從這個角度來看，他書寫臺灣經驗的文本減少了，他沸騰熾烈的情懷收斂了，這些改變就都不足為奇了。收輯在《流浪地圖》裡有〈南洋行腳〉和〈南洋詩抄〉這兩詩組各三首詩，加上〈檳榔嶼觀海〉，所以總共是七首。除了上提的〈入夜過境臺北不入〉已探討過不說，六首中有在吉隆坡觀「越界」演出雲門經典《白蛇傳》，到馬六甲觀覽峇峇之屋而順便回顧香港電影以及清朝的官窯花瓷等播散歷史，在馬六甲探訪三寶井思索歷史的弔詭，然後就是他驅車赴北馬檳榔嶼途中之所見所聞。正如我前頭在討論其〈赤崁感懷〉時所說的，這些文本之創製大體

6　其實，在十五六年前發表的一首叫做〈子夜歌〉（收在《飄泊者》）的詩作中，
　詩人即已寫說：「人到中年的生命子夜，／欲是一種欲語還休的沉默」（頁2）。
　不過在同一首詩中他又說：「讓我們推開歷史的門扉，／投入中華民族蔚藍的光
　輝（裡）」（頁3）。

上都是沿著人種誌這樣的脈絡而書寫完成的,他已不再把所有景點都寫成家國之思的延伸了。張錯近年來詩歌文本這種實質上的變革就由他本人在給〈南洋詩抄〉所寫的〈榴槤聲響〉這則附錄中透露了出來。由於這則附文修正的不僅僅是他前此較為狹隘、僵硬的文化認同感,而且涉及他對世華文學發展的觀感,我們還是把最重要的最後一段錄下來:

> 人的成長往往是一段奇異歷程,充滿謬誤與修正,探索與
> 迷途,或甚至對抗與容納。從六十年代臺灣一度堅持的大
> 中原心態,到八十年代末期孤臣孽子的飄離,我過去對馬
> (華)文學的許多觀感與期許無疑是必須修正的。現今在
> 理論上後殖民與國族的論述非常多,但是大馬華文作家近
> 年來在創作華文文學上所展現的一塊新版圖卻猶待探討肯
> 定。從勘正榴槤墜地聲響而修正自己過往對馬(華)文學
> 的謬誤,卻非始料所及了。(頁61)

一九八八年他在臺灣的一些遭遇對他是有影響的,八十年代後蓬勃冒現的後殖民、後現代論述對他又是有影響的(可他的詩作一直都未變得很後現代)。張錯自六十年代以來,所堅持所擁抱的大中原心態在當今的臺灣已被「判為」政治不正確[7]。他在一九七二年寫的那篇深具宣示作用的短文中提到自己已從「僑生」變成一個真真正正的中國人,以目前他的情況而言,國籍是

---

[7]　例如二〇〇二年五月二十日刊登於《中國時報・焦點新聞》上頭的一篇短評〈新白話文運動〉,其中在臧否當今的社會怪現象時說,「經過一連串綿密繁複的政治操作,幾乎所有朝野政治人物都已經被迫接受「臺灣/中國對立論」的教條,不敢明確說出自己的主張〔來〕了」(版2)。其實,早在一九九四年初,張錯本人在一篇討論文化母體的短文中即已對中國大陸的「中原心態」有所質疑,也認為自己在成長過程中,曾在臺灣本土找到更多的中國文化「養料」。請參〈文化的極端與異端〉,頁111。

美國，而為了學術及文學創作活動，則經常奔波於美國與中國大陸、臺灣和馬新之間，他的認同／身分必然是多重的、漂移的，其主體則會隨場所／景點而不斷改變，這顯然就是陳國賁所提及的：他已擁有世界主義華人的新身分。至於他在〈他們從來就未離開過〉提到我和王潤華、淡瑩、林綠等在當時並未經歷錐心瀝血的「自我放逐」過程，在心理和精神上我們都未曾這樣熬煎過，當然可以說，我們當時確未離開過馬來西亞，而在臺灣也未感受到有被排擠之憾。不過在當今這個地球村時代，個體搭乘飛機，幾個鐘頭就可從一個洲飛抵另一個洲，人才的楚材晉用已稀鬆平常，任何華文文學的書寫都得放在一個國際性的世華文學的秤坨上來加以評比，而這塊新版圖已正在擴展鞏固中。馬僑作家像李永平和張貴興等等俱已晉級臺灣文學的核心，張錯當然也就得在恰當的場合修正他當年某些較粗率的看法。

這篇論文寫到這邊，我隱隱約約似乎是在證實了後結構主義的一條定律：主體性和認同是建構出來的，它們像風似水那麼漂移不定。我們雖或在文化認同這樣的角度透視之下看到張錯詩歌創作的成長與轉折，卻也在楊牧所標舉的「意象、感慨、事件」看到張錯詩文本中所蘊藏的心靈掙扎。張錯確確實實是離散文學的一個特出的隱喻，而這個離散文學理論確也可以為任何想深入瞭解張錯詩文本精髓張開一個窗口。

引文書目

《大地詩刊‧發刊辭》。臺北：大地詩社，1972。1。
〈文化中國專輯〉。《青年中國》#3（1979.11.1）。
林綠。〈關於「自我放逐」〉。《中國時報‧人間（海外專欄）》
　　（1972.6.22），第12版。
周英雄和陳其南。〈文化中國的考察（代前言）〉，收入周、陳二氏編的

　　《文化中國：理念與實踐》。臺北：允晨，1994。03-10。

胡衍南。〈傾聽流浪者之歌：專訪張錯〉。《文訊》165（1999.6）：69-72

張錯。〈刀頌〉《錯誤十四行》（1981）。臺北：皇冠，1994合刊本。
　　148-151。

——。《雙玉環怨》。臺北：時報，1984。此書後來與《錯誤十四行》合輯
　　再版，只叫做《錯誤十四行》。臺北：皇冠，1994

——。《飄泊者》。臺北：爾雅，1986。

——。〈子夜歌〉。《飄泊者》，1986。1-4。

——。《春夜無聲》。臺北：漢藝色研，1987。

——。〈歌者〉和〈無聲注〉。《春夜無聲》，1987。14-20；i-iii。

——。《檳榔花》。臺北縣深坑：大雁，1990。

——。〈檳榔花〉。《檳榔花》，1990。12-23。

——。〈臺北梅村重遇許世旭〉。《檳榔花》，1990。26-27。

——。〈布袋戲〉。《檳榔花》，1990。49-55。

——。〈中國優力塞斯〉。《檳榔花》，1990。56-60。

——。〈檳榔花開的季節〉。《檳榔花》，1990。115-120。

——。《滄桑男子》。臺北：麥田，1994。

——。《錯誤十四行》。臺北：皇冠，1994。

——。〈E‧T‧恨〉。《錯誤十四行》，1994。299-301。

——。〈激盪在時間漩渦的聲音：《雙玉環怨》原序〉。《錯誤十四行》，
　　1994。156-162。

——。〈原版《錯誤十四行》後記〉。《錯誤十四行》，1994。152-153。

——。〈中央與邊陲〉。《文化脈動》。臺北：三民，1995。107-110。

——。〈文化的極端與異端〉。《文化脈動》，1995。111-113。

——。《細雪》。臺北：皇冠，1996。

——。〈櫻花鉤吻鮭〉和〈有若鮭魚生與死之歌〉。《細雪》，1996。102-
　　106；107-113。

——。《張錯詩選》。臺北：洪範，1999。

——〈流浪地圖〉。《中國時報‧人間副刊》（2000.6.6），第37版；後收
　　入《流浪地圖》為其〈後記〉，1999。97-103。

——。《流浪地圖》。臺北：河童，2001。

——。〈善導寺祭唐文標〉。《流浪地圖》，2001。10-12。

陳國賁。〈失根、尋根、重根：反思海外華人世界主義身分〉。《明報月
　　刊》34.9（1999）：16-19。

陳國賁和唐志強。〈一張臉孔，多個面具：新加坡華人的身分認同問題〉。
　　《明報月刊》34.9（1999）：20-23。

楊牧。〈劍之於詩（代序）〉。《聯合副刊》（1999.3.29），第37版；後

收入《張錯詩選》1-5。

——。〈新白話文運動〉。《中國時報・焦點新聞》（2002.5.20），第2版。

賴瑞和。〈中文作者在馬來西亞的處境〉。《中國時報・人間（海外專欄）》（1972.4.16），第12版。

鄭雪（張錯）。〈給詩評取個榮譽的名稱罷：評《臺灣詩人作品論》〉。《聯合文學》3.8（1987.6）：210-212。

翱翱（張錯）。〈剎那，眼神相遇暮春的五月〉。《過渡》。臺北：星座詩社，1966。69-70。

——。〈後記〉。《過渡》，1966。103-105。

——。〈寫在《死亡的觸角》前面〉。《死亡的觸角》。臺北：星座詩社，1967。1-5。

——。〈死亡的觸角（第一首）〉。《死亡的觸角》，1967。1-3。

——。〈讀奧登Muse des Beaux Arts後〉。《鳥叫》。臺北：創意社，1970。71-74。

——〈他們從來就未離開過〉。《中國時報・人間（海外專欄）》（1972.5.7），第12版。

Erikson, Erik H. *Identity and the Life Cycle.* New York: International UP, 1959.

Hsu, Francis L. K. "The Self in Cross-Cultural Perspective." *Culture and Self: Asian and Western Perspectives.* Ed. Anthony J. Marsella, George DeVos, and Francis L. K. Hsu. New York: Travistock, 1985. 24-55.

Tam, Kwok-kan. "Ibsenism and Ideological Constructions of the 'New Woman' in Modern Chinese Fiction." *Tamkang Review* 29.1 (1998)：95-105.

Tu, Wei-ming. "Cultural China: The Periphery as the Center." *The Living Tree: The Changing Meaning of Being Chinese Today.* Ed. Tu Wei-ming. Stanford: Stanford UP, 1994. 1-34.

Wang, Gungwu. "The Study of Chinese Identities in Southeast Asia." *Changing Identities of the Southeast Asian Chinese since World War II.* Ed. Jennifer Cushman and Wang Gungwu. Hong Kong: Hong Kong UP, 1988. 1-21.

＊本文初稿曾於2000年8月26-27日在加大聖塔芭芭拉校區杜國清主任主辦的「世華文學專題討論會」上宣讀，現已略加修訂。

柏樂傑《頓呼組曲》中的音樂與寂靜

（Music and Tranquility in E. D. Blodgett's
Recent Poetry Collection *Apostrophes*）

Edward D. Blodgett's Recent collection of poetry,
Apostrophes, for which he received Canada's Governor-
General's Award in 1996, provides us with glimpses of
reveries and realities. He fluctuates between these two
"themes." As a matter of fact, it appears that he is not so
much interested in offering specificities in his poems. Rather,
he offers us "movements" or insights of consciousness in his
life. In a highly unusual and interesting way, he describes
his understanding and outlook on life by means of a very
sophisticated method of meditation. This meditation is
constructed by primordial images of nature such as roses,
rain, trees, winds, flowers, sea, lake, etc. And these images
are wrought in a musical and flowing manner, mellifluous
to the ear. In my paper, I will analyze Blodgett's poetry by
using a phenomenological approach. As well, I will analyze
the thematics of his poetry.

如果撤除1990年出版的詩選集《達卡坡》（*Da Capo*）不

算，柏樂傑（Edward Dickinson Blodgett, 1935- ）到去年為止一共出版了六本詩集。這些詩集都各有特色和主題，一般都以沉思默想、主觀投射入物象為主；他要把加拿大俱都吞入胸壑之中，但他不像惠特曼那樣嘻皮、浪蕩大地上而高歌頌讚，赤裸、狷狂、泛愛，把美國等同於他自己，而把美國提昇為一個可供永恆頌讚的主題。柏樂傑早期較有寫實景的意味，近來則愈來愈是內省、抒情[1]；到了去年出版其第六本詩集《頓呼組曲》時，其抒情與心景、沉思融合為一，達致某種非常特殊而且有特色的詩歌沉思錄（poetic meditations）。其企圖以詩來建構某種詩觀／傳統，到此則已昭然若揭；在某種程度而言，其詩歌即是一種詩學的具體化或展示。

柏樂傑的詩歌看似平實淺顯，其實相當複雜而艱深，常在有意無意中包含了西方的兩大傳統——希伯來的和希臘的——，尤其是希臘的悲劇、神話故事、但丁和里爾克等，俱都不時在其詩中展現，讀者如果獲悉他是一位教比較文學的教授，對於他在詩中包羅西方文化傳統就不會感到驚訝了。他的詩不僅是一種創作態度的展現，更是一種特別的、深刻的人生觀照。閱讀柏樂傑的詩會令人覺得他的遣詞用字、文字指涉、章節和節奏的安排、思想的表達等等都非常精緻巧妙，巧妙到令人覺得他對文字的關注已淩駕其他一切[2]。事實上，當讀者把他去年出版的《頓呼組曲》（*Apostrophes*）讀完後，他的看法愈會得到證實。表面上看來，這本詩集跟早期出版的《測量水深》（*Soundings*，

---

[1] 在 "The Lyricism of Metamorphosis" 裡，Roy Arthur Swanson 討論的是柏樂傑詩歌中的變異主題，但因題目裡應用了「抒情」這個詞，因此，引起柏氏本人的反響，認為他往往用的是抒情詩之形式，其用意未必在抒情。參考他跟但南（Robert Dunham）的訪談 "A Sentence Like a Snake," 頁31。

[2] 柏樂傑在跟但南的訪談中曾多次談到語言的各種功能；他認為語言是可怕的工具，可卻也給吾人提供了生命（頁31）。柏樂傑詩選《達卡坡》的編者雅達生（Paul Hjartarson）在這詩選的序文中亦提及柏氏對語言的重視，請參頁xvi-xviii。

1977）和《考掘抒情》（*Arche/Elegies*，1983）一樣，都採用
組曲形式，一共是六十六首詩，重複處理一些自然景物像玫瑰、
樹木、風雨、湖泊、海洋和花朵等。那麼這些母題意象到底表達
了些什麼？有一位批評家就採用「怪異」（eccentric）這個形容
詞來暗指柏樂傑，因為他的詩既不是時事特寫、史詩或軼聞，也
不是社會動態批評[3]，那麼它們到底是什麼？

　　若從「怪異」的角度來看柏樂傑這本最新的詩作，讀者一定
會覺得怪異透了。詩歌的主標題是「頓呼」，副題是「彈鋼琴中
的女人」；換言之，收集在這本集子中的六十六首詩都是寫給一
個「他者」聆聽的，那麼他／她的邊緣性以及詩中所要探索的課
題的邊緣性可能都是一種障眼法而已，蓄意在解構和顛覆所謂正
統詩歌的言談。他在跟但南（Robert Dunham）的對談中就提
到，寫詩之難就在於不知如何開始，如何結束；在同一個脈絡
裡，他又提到他是在藉抒情的形式來顛覆抒情（頁31）。我們
覺得他這本詩集是一種幻想曲，由於是幻想，故詩中所再現或
表達的就不必一定要是自然詩的巧構形似，而應是想像力運作的
成果。

　　在一本專門用現象學理論來研究詩的幻想特質的著作《幻
想的詩學》（*The Poetics of Reverie*，1969）中，貝舍拉德
（Gaston Bachelard）認為幻想跟夢幻之不同就在於前者有意
識的干預作用在，而後者則沒有受到這種干預（頁11）；另一方
面，從心理學的觀點來看，也只有幻想才能促使我們從現實功能
（reality function）中解放出來。用貝舍拉德的話來說：

　　　詩的幻想是一種宇宙性幻想，它開向一個美麗的世界、開

---

[3]　這是瓊斯（D. G. Jones）最近對柏樂傑的詩歌所做的一個概括性評述，見其所作
　　 "Blodgett's Poetry," 頁328。

向許許多多美麗的世界。它給「我」（I）提供一個屬於我的「非我」（non-I）：亦即「我的非我」，這個「我的非我」把夢幻中的我迷住，只有詩人能幫我們分享它。對我的「我做夢者」而言，就是這個「我的非我」使我在這個世界上活出我的存有的祕密。（頁13）

　　我覺得柏樂傑的《頓呼組曲》中的詩篇都是這樣一些幻想性文本，由想像力所給出，那些不斷出現的母題意象都是詩人的意識對象（intentional object）或所經驗的物象，詩人的意識作用（intentional act）不斷意識到它們的存在；我們當然可以說，它們有象徵人的生死、愛情、宇宙的永恆、生命的有無、神的存在等意義在。總之，風雨、樹木、花草、海洋等這些流動的基型意象都是循環性的[4]，都是有一定意義的。

　　柏樂傑這本組詩集是以詩人生命中的某一個特別時刻為起點（即他看著「一個彈鋼琴中的女人」為起點）：

　　　過去我要告訴你這些：有一個坐著的女人，
　　　她的手指彷彿不屬於自己，坐越許多長長的晌午，
　　　射入房裡的陽光在變幻中，陽光
　　　在房中不斷交集在她的肌肉和空氣之間；
　　　我無法分辨我看到的是黃色抑或黃色的溫熱，
　　　但是陽光在她的皮膚上移動，而且肌肉的溫熱進入
　　　陽光中，而她坐在陽光裡，寂靜的意識和

---

[4] 本身也是詩人的文評家朱迪・費茲哲樂（Judith Fitzgerald）在一篇評鷙1996年獲得加拿大總督獎（Governor-General's Award）作家的文章中指出，柏樂傑收輯在《頓呼組曲》裡這些有板有眼的沈思錄探討的是「生命、死亡、雨水、樹木、玫瑰和愛情的循環本質」（頁E14）。

消逝的肌肉，音樂從她手指間滑落。

我要告訴你這些以及更多東西——她的姿勢以及

穿越過海洋的午後的顏色，鳥兒陸續

翱翔越過波浪。

（頁7，1-11行）

　　在詩人把這特別的一刻推展開來時，我們發覺他對物象的感受既細膩而且帶著溫熱，英文叫做sensuous。這個竊偷詩人旁白／頓呼的「你」以及彈鋼琴中的女人都是一個「他者」（the other），所以柏樂傑這本詩集顯然是書寫給一個「他者」聆聽的有關一個「他者」的種種事件。抒寫策略是，不斷開拓、挖掘「頓呼法」這個修辭策略的雙關辨證法——既直接對話且又想從對話中轉開（turn away），這當然是一種充滿張力而且有顛覆性的做法[5]，至於成就了多少可還是相當有爭議的。我覺得這第一首詩應該是這本小集子裡最具體、明確（specific）的一首，其他的六十五首可都是從這一首推展開來，它們的空間指涉性（specificity）或地點性（placeness）就可沒有這一首這樣較可稽考。

　　撇開這首詩中的確指明確性不談，我們深為感覺到詩人的意識（「寂靜的意識」不僅是「她」的而已）已在那裡運作；確指性只是其意識的起點而已。然後再看下去，我們就發現詩人的意識對象不斷移轉、重疊——顏色互相組構以至音樂：空氣和顏色互相互涉、滲透——最後是：

---

[5]　費茲哲樂曾提到柏樂傑的標題《頓呼組曲》中所蘊含的「轉開去」的書寫策略。柏樂傑在給筆者的一個電子郵件（1997.5.2）中亦提到他的書寫策略是"apostrophe"的兩個含義——對人說話以及自思想或書寫的宰制中轉開——都開拓出來。

柏樂傑《頓呼組曲》中的音樂與寂靜

135

……女人坐著。我告訴你這一點：我要張開嘴巴

變成藍色、變成黑暗，斜倚進入寂靜中，觸覺觸及觸覺。

（頁7，26-27行）

　　假使這首詩有什麼基調的話，那就是「藍色」，甚或音樂所滲透出來的藍調。假使讀者一定要追索這首詩的意義的話，我們除了點出柏樂傑非常生動感性的意識活動以及點出這種基調之外，「無所為而為」（purposiveness with a purpose）或者強調「無所事事」（emphasized the importance of the "nothing"）[6]——這些都是藝術的功能——應該就是很好的一個重點。

　　在這第一首詩中所出現的陽光、肌膚、海洋、飛鳥、波浪、樹木、音樂、花草、黑暗等等都會在其他詩篇當中重現。用容格（Carl Jung）的理論來看，它／牠們都具有原型意象的意義；可是從現象學的角度來看，它們已在時空中歷經變異，即使是同一東西，可是在意識作用的觀照底下，它們應已是「新鮮」的東西。在這種角度底下來看，每一次觀照所得都應是「絕對的真實」[7]。在這第一首詩中，那個在彈鋼琴的女人在詩人意識和想像雙重作用下，她被幻化成「永遠坐在陽光下」（第十七行），她跟她所彈奏的音樂俱已具體化為藝術美，也應是詩人與詩歌的化身。除了這種由音樂家所彈奏出來的樂音之外，在這本詩集中，我們發覺詩人柏樂傑對大自然的音樂——尤其對天籟與地籟——也非常著迷（或者說更加著迷），這種樂音生生不息，也

6　魁北克藝術記者康羅克（Ray Conlogue）提到柏樂傑「強調詩人作為的無關緊要性」，見〈范德禧擊垮吉樂獎對手榮獲總督文學獎〉，頁A14。

7　所謂「絕對的真實」採自柏樂傑《頓呼組曲》的引語，為當代法國詩人聖約翰‧波斯（St.-John Perse, 1887-1975）1960年接受諾貝爾文學獎時講詞中的一句話。

許比人間美的創作（音樂）還永恆呢。比如他在第十七首〈而今你的臉孔已衰老〉所描繪的風聲、海浪聲甚至人的說話聲；這首詩最後一行是：「我聽到宇宙呼出的氣息、你的氣息，而風勢漸弱」（第十行），這裡不只天籟、地籟，連人籟都有了。又例如第四十七首〈詠嘆曲〉提到夜闌中的樂音時說：「有關岩石、樹木和宇宙碎落的片塊的樂音／這可是再細微不過的音響」（第四至五行），這些都是吾人無以規避的音樂，它們可以內置、內化成為我們「最徹底的內在」（第七行）。而柏樂傑在這本詩集中最令吾人震驚得脊椎骨都會發麻的是第十八首〈我已遺忘了〉中赫美士（Hermes）所帶來的一陣陰風：

　　一陣我不認得的風
　　在我骨髓間吹颺（或者我即是那陣風），
　　海面上的一陣冷流，能把樹根與岩石之黑都刮裂？

（第11-13行）

　　從音樂的優美、不朽遊轉到吹枯拉朽的陰風，柏樂傑這種「即興式」[8]的主題探索毋寧是非常自然的──就像「氣息」[9]流動那樣自然。不過，為了在轉入到跟聲響／音樂有關的寂靜主題之前，我們還是再引一首有關音樂的詩來討論：

　　月亮花

---

[8]　柏樂傑在給筆者的一個電子郵件（1997-5-2）中提到他本來擬用「即興曲」來做《頓呼組曲》這本詩集的名稱。

[9]　但南在跟柏樂傑對談時已注意到，柏氏在詩中一提到風，他也就必會提及「氣息」（breath）和宇宙的精神（world-spirit），參見但南的"A Sentence Like a Snake,"頁31。我倒是覺得，柏氏《頓呼組曲》中描寫生生不息的氣息的許多片斷必然令人想到他是受到莊子的影響。

在夏天的豐饒中，空中之樂音為綻放自

海底的音樂，以棲息在草葉上。它瞬間

變化，綠色而有辟邪味，是某種音樂的瞬間，

月亮與運轉的星星俱在其呼喚之中，音樂的莊嚴

是活生生的血肉的音樂，在昇起的海洋之內

閃亮；在你立足之處，它聳立而起，

樹木在寂靜中向聲音傾斜，而在

海上天空中漂飛的鳥兒都嚇住了，流動的亮光

自你所在處隱隱然昇起，在其向空中開闊處，

那是向回潮的海洋所下的咒語。音樂即

在其旋轉中擁有不朽，謙卑中樹木的

渴望，星星非星星，而是你在夜晚中的

立足點。宇宙並非太陽，而係關於你之種種

說出月亮，在空中並沒有其他月亮升起來。

（頁59）

　　這首詩中的音樂形貌當然是詩人幻化出來的，相關之意象及動詞都非常鮮活而貼切，這些我已不擬再作仔細分析了。我要指出的是，在詩人眼裡，音樂的莊嚴在其能鮮活表達活生生的血肉生活，也就是說，「音樂即為血肉」（第十行）。在這首詩裡，音樂已不再是創作品／藝術品；它是天籟，也是人類的血肉之軀；跟藝術品一樣，它是不朽的。

　　跟音樂有關的一個主旨／主題就是寂靜；如果音樂、音響為氣息之動，那麼寂靜則為氣息之未動，為萬物之原點。柏樂傑不僅寫過一篇叫做〈揚棄：詩歌與宗教言談中的寂靜〉來探討寂靜的面向，而在這本《頓呼組曲》中，他不僅在許多片段描繪這現象，而且有好幾首根本就在探索這個玄奧的課題。那麼

寂靜到底是無還是有？它跟永恆有何關係？寂靜可以只是外觀的、形象的，比如你平和的面貌，無風吹拂的花朵，我們睡眠中的狀況，音樂的起始，籠罩萬物的寂靜狀態等；但它也可以是滲透、貫穿這些現象中更為本質的東西，這時候就是柏樂傑在第八首詩〈雨水只在我們內中降落〉所說的：「雨水降落自寂靜之所在，斜落而去，進入黑暗之中」（第二行），「寂靜就是雨水」（第四行），它是本質性的、超越性的。正如柏樂傑在〈揚棄〉中所注意到的，寂靜可以是存在之前或之後的狀態；也即是說，寂靜即是無有、死亡或死亡之所（地獄）。假若人類的氣息不通──亦即不會利用語言、文字來表達思想──，那麼我們是無法切入到「靜止」這個點的，我們所說的這個意思就是艾略特（T. S. Eliot）在《四重奏》（*Four Quartets*）〈焚毀的諸頓〉（"Burnt Norton"）中所描述的：

> 文詞和音樂只在時間之內
> 開展；但任何能活著的東西
> 都得死亡。文詞隨著言語進入
> 寂靜之中。只有藉助形式、形態
> 文詞或音樂才能切入
> 靜止點；正如一個中國古瓷瓶
> 在其靜止中仍一直在活動中。

（第五段第1-7行）

　　柏樂傑在〈揚棄〉這篇論文的第二段曾經引用了艾略特上頭這幾行詩，並且認為艾氏的觀念跟《舊約聖經》中讚美詩的想法是一致的：文詞或音樂都需要形式、型態來進入所謂的靜止點（頁208-209）。

柏樂傑《頓呼組曲》的第五首作品〈禮品〉所表達的符旨就跟上提的一些觀念有些類似（當然也有新的擴展）。我們還是把它引錄如下：

　　　寂靜在成長。除了寂靜之樹木長出蔥綠的寂靜
　　　葉子，無物源自寂靜，月亮亦非月亮，
　　　它只是寂靜回應著太陽的寂靜。我無法分辨
　　　月亮下那個佇立湖上的女人，她是否即是寂靜
　　　抑或看似女人佇立在那兒。我無法說出它如何站立，
　　　她的花呢衣服垂到腳邊，她雙腳幾未觸及湖水，
　　　靜止得似未觸及腳下的空氣，並把月亮投向空中。
　　　此即為寂靜說話之所在了。那女人的輪廓
　　　在湖面上，凝視著自己，女人的寂靜，而其樣態乃思想
　　　的樣態，冒自湖水中進入空中，此乃亮光自個兒垂落、
　　　昇起。啊，宇宙！寂靜的樣態必須不斷延展，
　　　挪動進入樹木、月亮、湖泊和女人的亮光中。
　　　我為何坐在湖岸上？我嘴唇微張，為何只有寂靜
　　　落入我耳朵之中？為何只有文詞自身化為寧靜？
　　　有何物比這地點更重要？我認為在這裡
　　　上帝是沉默的、絕對的，而且尚未形成抑或只是一道
　　　掠過天空的道路，竟未嘗在湖上留下一個漣漪，亦未在
　　　樹林中
　　　刮出颼颼聲。只有我與上帝在一起。我們要亮光，亮光四
　　　處洋溢。
　　　啊，她在那兒，她並非適合於女人的寂靜，她是一個噴
　　　泉，自她臉上
　　　滲出寂靜的光亮。我真的無法想像音樂之為物

抑或任何能逾越這個的東西，並說明其逾越之道。

（頁11）

這首詩可真是柏樂傑的論文〈揚棄〉中各種論點的具象化；可是在詩中，他必須把一個個意象／境幻化開來，想像他們為寂靜的各個層面，這就是為什麼他一開頭就說「寂靜在成長了」。前頭提到艾略特認為文詞、音樂必須在時間之內展開，而這種展開是要依靠各種型態、方式來進行的。寂靜又何嘗不一樣？除此之外，寂靜還是環中之靜止點，是萬物之源頭，是上帝。寂靜（氣息之未動）之跟音樂／響（氣息之已動）有這麼密切的關係牽扯，表面上看來可還是相當吊詭的。

在《頓呼組曲》所收輯六十六首短詩中，作為他者的「你」（you）有時候會被確指下來，譬如第十二首取名為〈我父親坐著〉中的「你」似乎應該是指「我父親」。同第一首不一樣的是，這時候的「你」可變成我意識作用所支配的主／客體。假使第一首的基調是德國詩人何德林（Friedrich Hölderlin，1770-1843）的藍調音樂，那麼這一首的基調跟第五首的一樣，還是「寂靜」；假使藍調是由音樂所釋放出來的，那麼這首詩中的寂靜則是由玫瑰與蜜蜂──「蜜蜂」是里爾克和柏樂傑的最愛──所突顯出來的。這首詩很短，我們還是把它迻譯如下：

我記得你在花園中，玫瑰綻放在空中
而蜜蜂在花瓣中囂鬧。你坐在
一張長石凳上，綠陰披肩一般披落在
你脊背上。你的靜默與玫瑰花一致。有一隻貓兒
躺在你手掌心。我無法分辨看到的到底是那隻貓兒
抑或是你在樹陰下撫摸的手掌。你是否已變成中國人

抑或死亡的相貌，眼睛趨向靈魂，玫瑰在那兒鬆懈其根莖，
無人察覺，亦一無音響？你是宇宙以及其意義。我們的星
星、太陽和雨水俱都派不上用場。除了蜜蜂，一切寂無動
靜，而牠們消失在陽光中。你無法感覺玫瑰——只有玫瑰
能感覺你呼吸中尖稜稜的污垢、你紆緩的回吸以及伴隨
著蜜蜂悄悄地歸來的無限細小的春天、無以或忘的玫瑰
芬芳。

（頁18）

連玫瑰在靈魂處鬆懈其根莖都能意識得到，你還能找出比這個更
寂靜的嗎？蜜蜂的飛動正好把「你」以及「玫瑰花」的寂默給襯
托了出來。

　　跟音樂與寂靜有相關的一個符旨即是貫穿萬物、宇宙間的氣
息；這一點我們在討論寂靜時已略為觸及。我們知道，有氣息流
動才是生命存有的開始以及保證。柏樂傑的第二十六首〈天候〉
說的本來是人類生命跟宏觀的外界的對比；這種隱喻性說法在十
七世紀以前的西方詩歌中本來就是極為普遍的寫法；可是柏氏跟
這種書寫策略有些不同之處在於，他竟利用氣息來作為催促變化
的因子。在深入討論之前，我們還是把這首詩引錄於後：

在陰暗中躺在你身旁假寐，你軀體沒有生命的跡象，
我現在無法記起那時太陽何時下了山以及
我是否睡著了或是在做夢。我們並非血肉而是生命的
天候，早發的小溪流、天空中消退的色澤、一道
永不抵達地表的亮光。鳥兒越過吾人而去尋找
塵土和睡眠。我並未看到月亮照入房裡，
只從皮膚上感覺而知道夜晚裏住了我們。

去觸碰你臉孔並順便在那裡觸摸月亮，

夜晚和肌膚都在我掌握之中，這可是那一門子的生死系

聯？沒有人會知道我們是否會醒過來並且醒覺在何處。

風進入我的呼吸，攜帶雨水、玫瑰的芳馨進入

我軀體，還有夏天、白天的亮光消逝後的湖泊

的色澤，有甚麼東西悄悄地把樹葉喚回。因此，

最微弱的氣息是吾人有所不知的儀式，它把

天空中改觀。在月亮底下躺在你身邊等你在

黑暗中張開眼睛，我發覺它們不再是眼睛；

我們是花園，空氣中只可以聽到花朵

在月亮下被吹刮，一陣花瓣飄浮在黑暗中

（頁32）

　　第三、四行裡的「我們並非血肉而是生命的／天候」即是這首詩的主題。詩中提到的「風」以及「最微弱的氣息」即是造成變化的主導力量，這種力量看似微弱，卻能進入我們的呼吸，並能帶動花卉、樹木、色澤等的變化。總之，天氣的變化即是人的生命的變化，因此，詩人最後乾脆說，「我們是花園」（第十七行）。

　　在詩人非常生動、活潑的意識活動底下，許多意象都被點亮了，在這些明亮的意象中有一個應是玫瑰與其所屬的花卉綱目。在《頓呼組曲》裡，我們發覺玫瑰／花朵可以是詩人意識活動的許多內容：玫瑰是瞎的、會做夢（第六首），玫瑰會感覺人的呼吸（第十二首），玫瑰是人的眼睛（第二十首及第二十三首），玫瑰是夢幻、生死和人之不朽（第二十七首），玫瑰是夏天、月亮（第五十九首）、玫瑰是人的手掌（第六十三首）。在這裡，我們還是引錄第二十七首〈夢是玫瑰花〉來探討，因為它的符旨

（人的朽與不朽）都跟本文所討論的虛靜與氣息有些許關聯：

夢是玫瑰花，其根莖藏在泥底下，每一朵的綻放
會刺傷空氣，而在我們睡眠時，它們的氣味
即是我們的呼吸。怎麼可能又是我再度夢見你，你的眼睛
落入玫瑰的空氣中，你音樂般的聲音再度
進入我的肌膚？夢幻中的亮光無不落自
天空中月亮劃過之處。此際看到你佇立在那兒，

月光灑落在你臉上，有一朵玫瑰自你一隻手中
昇起，根莖已除，此際開始在枯萎，我此刻想到
我亦已在枯萎。從你眼中發覺玫瑰花就枯萎在那兒，
我無法自你手中把它取走。朋友，夢幻是會死的，
我們所呼吸的樂音是血肉，而我們是天空，
有許多月亮在那兒的宇宙間掠過。那麼玫瑰花就不會逝去，

它們最終即是我們在天空下你所在處，自個兒
運行，成為月亮。我們睡眠時，玫瑰花在我們肌膚內躍動，
無人記得我們前此是何許人，眼睛張向天空，聲音
掠過許多花園降下。這就是我的玫瑰，肉身會死的
玫瑰，不管你走到何處都獻給你，我的呼吸呼出
月亮，然後自我棄絕。我的玫瑰所說者並非吾言。

這是柏樂傑《頓呼組曲》中最神祕深奧的一首，它不僅有超現實
的意味，而且相當神祕，在這裡，詩人的意識已侵入無以知論的
境地。那麼，這首詩中所再現的玫瑰花到底是什麼／代表什麼？
根據詩中的推展過程，它／它們＝人類＝人之老朽＝不朽；這樣

弔詭的推論,那麼它／它們的本質,可真完全是夢幻、是虛擬的?如果我們以最後一行所說的玫瑰花的話語並非我的真言,那麼我們這一首詩(白紙黑字)所說的、所表現出來的跟所謂的真理的關係是權宜的、不定的,這是不是也是頓呼法所蘊含的「轉開」正統論述的一種做法?

在《頓呼組曲》中,柏樂傑還探討了愛情、生死、存在、永恆、亮光與黑暗等課題,採取的都是以沉思默想、以意識觀照物體並加以轉化為主的策略,這樣的做法或許就是詩人要在這本詩集中展示、建立的一種創作模式。我們還是可以把生死、永恆等主題跟音樂、靜寂扯在一起;但是一來限於篇幅,二來我這篇短論係以氣息把音樂和寂靜擺在一起來討論,其他跟這個沒有肌膚連理的關係也就暫時擱置了。

(世新大學)

引文書目:

Bachelard, Gaston. *The Poetics of Reverie.* Trans. Daniel Russell. Boston: Beacon Press, 1971.

Hjartarson, Paul, ed. *Da Capo: The Selected Poems of E. D. Blodgett.* Edmonton: NeWest Publishers, 1990.

Blodgett, E. D. *Apostrophes: Woman at a Piano.* Ottawa: Buschek Books, 1996.

Blodgett, E. D. "Sublations: Silence in Poetic and Sacred Discourse." *Silence, the Word and the Sacred.* Ed, E. D. Blodgett and Harold Coward. Waterloo: Wilfred Laurier UP, 1989. 207-20.

Conlogue, Ray. "Vanderhaeghe Beats Giller Rival to Win G-G Award." *The Globe and Mail,* November 13, 1996. A14.

Dunham, Robert. "A Sentence Like a Snake, A Dialogue with E. D. Blodgett." *CV/II* 7.2(1983): 27-32.

Eliot, T. S. *The Complete Poems and Plays: 1909-1950.* New York: Harcourt, Brace & Company, 1958.

Fitzgerald, Judith. "In Search of Risk—Taking Poetry." The *Globe and Mail,* November 30，1996. E14.

Jones, D. G. "'Blodgett's Poetry." *Canadian Literature* 129（Summer 1991）：238-41.

Swanson, Roy Arthur. "The Lyricism of Metamorphosis." *Essays on Canadian Writing* 26（1983）：92-98.

葉維廉詩裡的身分屬性與主體性

摘要

　　拙文欲探索葉維廉詩歌中既維妙且又流動不居的認同／屬性與主體性，而此一研究係針對著臺灣文壇自上個世紀五十年代至到九十年代初期，文壇之主流從現代主義、本土論／寫實主義遞嬗至後現代主義／後資殖民主義一路而來。在聚焦探討葉老的現代詩的同時，為了比較以突顯其詩歌特色，吾人自然會觸及他所參與的《創世紀》詩社／同仁，以及略為提到與葉老他同樣來自香港而詩歌亦寫得非常優越的張錯。任何對葉維廉和張錯的現代詩有所瞭解的讀者，必然會立刻想到他們詩歌中底下這些離散特質：孤獨感、斷裂、無根、疏離感、懷鄉、去中心化、邊緣化和瀕臨滅絕等等。深入研究之後，吾人就會發覺他們的認同混雜而多元，他們的主體性可常呈流動不居。最後，拙文寫作的最後一個目的是，吾人亦期望在此意識型態衝突劇烈、一切以政治掛帥為先、不斷有人呼喚要重／改寫臺灣文學史的呼聲之中為葉氏爭取到應得的聲譽。

關鍵詞：自我、認同／屬性、主體性、混雜、離散
（英文摘要及關鍵詞請參文末）

首先，我得先澄清一下，我會採用那些理論架構來支撐撰寫我這篇論文。首先就是地域與空間的問題，也就是說，葉維廉的家鄉以及他常常寫到的地方，甚至他常賴以作成價值判斷的歷史時空性（historicity）。葉老在共產黨佔據大陸前夕逃離大陸抵達香港，並在此英國殖民地接受中學教育，後於1955年接獲保送到臺灣大學外文系唸書，並於1961年獲得臺灣師大英研所的文學碩士。在此，首先我得略為提到張振翱，他先是採用「翱翱」為筆名出版了四本詩集，之後才採用「張錯」出版了十來本詩集；他系在葡屬澳門出生，後移居香港，並在香港接受中學教育。1963年張錯赴臺灣進入政治大學西語系攻讀英美文學。事實上，葉和張在香港時即已投身文學創作；到了臺灣後當然更是如魚獲水，積極參與詩社活動，因此，我們絕不能否認他們在香港時期這種參與與淬鍊之重要性[1]。此外，由於香港之特殊位置與殖民地之壓榨本地人民的櫥窗特質，這竟可促使像葉維廉與張錯這樣忌惡如仇的詩人對她不斷宣洩其憤懣與憎惡。總之，香港是一個我們可以觀察探索其詩歌特色的一個重要座標。任何對兩岸三地以及世華文學有所認識的人都會獲悉，葉與張一直都愛把臺灣當作他們的第二故鄉，其位置甚至比其故居中山縣與澳門都更重要。然而，到了二十世紀末，葉老與張錯竟俱焦慮，深感其地位有被本土化浪潮與去中國化的浪潮所淹沒之虞[2]。

　　其次，我對自己所應用的兩個關鍵術語「認同／屬性」與

---

[1]　請參考筆者於杜國清教授8月26-27日在加州大學聖塔芭芭拉分校所主辦的「世華文學國際研討會」會議上所宣讀的論文，題作〈張錯詩歌中的文化屬性／認同與主體性〉，論文修正版後來發表在《蕉風半年刊》#492，頁102-115。

[2]　例如在〈布代戲〉這麼一首詩中，張錯即曾以簡練而戲劇性的方式回應人們質疑其對臺灣的認同，理由是他根本不懂臺灣話（《檳榔花》：頁53-54）。在散文作品與一次訪談中，他對於有人質疑他只是一個浪子而非純正的、政治正確的臺灣人的身分時，他確實深感焦慮。有關話題請參見《檳榔花》序，頁19-20以及他接受胡衍南的訪談，題作〈傾聽流浪者之歌〉：頁71-72。

「主體性」應作一些解釋。一般來說，這兩個術語基本上都跟「自我」（self）相關，西方人都會在個人存在去尋索自我，而東方人（尤其是中國人）都傾向於在個人與他人間去考慮「自我」之確立（許烺光：頁33）。譚國根曾指出，自我「是一種扯及身心關係的社會化過程」（頁96）；在心理學家艾力生（Erik H. Erikson）看來，「認同／屬性」此一概念實應包括「相同」以及「分享他人的某些特徵」在內（頁110）；此外，我還得徵引前香港大學校長王賡武對「認同」所作的權威性說法。王氏在一篇探討東南亞華人身分認同的論文中指出，東南亞華人身分認同應為多重的，其中必然包括了族群、文化、階級和國族這四種認同中的各種可能組合，他們必然是「同時擁有一種認同以上」的人（頁11），也就是說，他們的認同是多元的和游離的。新加坡學者陳國賁和唐志強近來在對新加坡人的身分認同所做的調查後指出，新加坡華人都以出生、血緣以及身體特徵作為「族群標幟」（頁20-23）。社會學家陳國賁在另一篇論文中指出，新華人的離散觀（其核心即是所謂的「四海為家」）已逐漸出現，這一種世界主義新身分的特徵有三：其一為精神依歸的多元性、其二為不同生活的融合性（hybridity）、其三為因應前二概念而生的「位置性」（positionality）（頁17及19）。至於主體性，我認為它跟認同一樣是一個隨時空飄移的概念。我在應用此一概念來論述葉維廉和張錯的文本時，主要在指出，他們的主體性是游移的、多元的；我們甚至可以議論說，他們的主體性為混雜的、策略性地確立個己之「位置」。我們探討兩位詩人的身分認同與主體性時當得與離散拉扯，尤其得跟中國人的離散湊合來檢視才有意義，這樣做不僅能展現了臺灣文壇潮流宰制的推衍（即從現代主義、鄉土文學進展到後現代／後殖民），也才能更為強化吾人對他們詩歌藝術的鑑賞與理解。

像五、六十年代許許多多海外僑生「回歸」中華民國／臺灣去接受大專教育一樣，葉維廉到了臺大和臺師大研讀並獲得了大學與研究所學位；比較不同的是，他同時跟臺灣詩壇建立起密切的關係，並逐漸建立起名望，成為海內外一位重要的詩人／批評家。在學術上，自從在普林斯頓大學獲得比較文學博士學位後，他自1967年起即在加州大學聖地牙哥分校教書，努力拚鬥而成為舉世知名的比較文學專家。如果把葉的學術與文學成就結合起來看，海外的華裔人士能有像他這種成就的人可真不多[3]。比較詳細而言，1955年，葉老到臺灣來接受了六年的大學養成教育，一邊嘗試寫前衛的現代詩，一邊翻譯西洋文學。不久之後，他就去了艾奧華大學跟Paul Angel學習而獲得藝術碩士。其實他那時已是相當著名的現代派詩人；對他而言，臺灣確是培育他逐步建立聲譽的基／寶地。《現代文學》（1954年創始）係由其小說家同學白先勇所創立，而《創世紀》（1954年創始）則是其詩友如洛夫和瘂弦等所創立，這兩個前衛的文學雜誌給葉提供了許許多多機會發表其試驗性詩作。總之，他能有這種跟同輩詩人來往、切磋的機會，這對他詩藝的成長可是異常有助益的。此外，他1961年跟同班同學廖慈美（1937- ）的結合，這正如他自己所說的，這可是「一個穩定的力量，不僅感同身受，而且在我詩中留下一些明顯的痕跡」（《三十年詩》：頁617）。我發覺所有這些都是極為重要的質素，就是因為它們的關係，葉的身分屬性與主體性才得以在不知不覺中形成。

　　葉維廉的同學像白先勇和王文興等，還有他的《創世紀》同仁如洛夫、瘂弦和張默等，自五十年代中期以來，他們都是臺灣現代主義文學狂熱的提倡、鼓吹和實踐者。毫無疑問地，現代主

---

[3]　在此，高行健應算是一個例外吧；可是就學術成就而言，我們又無法把他兩人並擺在一起來比較。

文化／文學的理論與實踐

150

義即是他們根生地固的信仰，如何把這個信仰體現即構成了他們非常鮮明的主體性。很不幸的是，在體現成為現代派詩人時，他們雖然僅僅只推動了信仰和實踐的一小部分而已，可這已被當作是一種抗拒運動，有意要跟政府在當時所主導推動的反共文藝或戰鬥文藝對抗。更致命的是，當時有一位新加坡大學英文系教授叫做關傑明的，由於他根本不瞭解葉維廉與其同夥是在偷偷地挑戰當時的主流運動以確立其主體性，僅僅從葉老的翻譯《中國現代選：1955-1965》（1970）這譯著的選詩即認定，他們的詩歌不僅缺乏中國的傳統價值觀以及我們所謂的「中國性，而且亦無法從中讀出一種堅實的社會、倫理意識來。對關傑明而言，所有這些質素才是構成好詩的根本（1972a：頁12及1972b：頁192, 197-198及199）。吾人以後見之明看來，我們不得不承認關氏對葉維廉與其同夥的攻擊，惡意雖然有之，可卻並未擊中要害，原因是關對他們這些特殊文本產生的社會與政治背景畢竟瞭解得太少了。

葉氏自從出版了第一本詩集《賦格》（1963）之後，迄今已一共出版了二十來本詩集，另加九本散文集、十本評論集、一套十本選集以及七本英文書籍（包括一本詩作、兩本學術著作和四本翻譯）。本文的重點旨在探討葉老的創作開展，自二十世紀五十年代中期起一直到二十一世紀初期，臺灣文壇的宰制數度更替，他係如何拿捏、回應臺灣社會的時代精神以及政經環境的需求。我們也只有在跨越這麼長的一段時間裡才能突顯、並充分展現其詩歌的成就。

葉氏早年的現代詩包孕了盛期現代主義的大部分特徵：例如晦澀、間斷性、疏離感、陌異、疏離感、焦慮、孤獨、不確定感、妄想症、精神分裂症、意識流以及一種非常的失落感等等（而這些特色目今都被視為離散文學的「標籤」）。為了針對其時代、

背景與不懈創作而對其作品作一同情的瞭解，吾人可中肯地說，他早年的詩早已包容了所有這些特色。例如，葉老最常受人引用的一首詩是《賦格》裡的〈河想〉（1962），這首詩有如下數行：

　　雲層下傾當鼓聲向上，白日啊

　　為什麼你逼進我的體內而釀造河流

　　為什麼當那無翼的飛騰向你

　　沒有根鬚的就站住，沒有視覺的

　　就抓住那巍峨，而兩岸

　　就因我的身軀而分開

　　進入一個內裡誰入一個中間

　　哪一個內裡哪一個中間？

《賦格：河想》：頁107，行1-8

這些極為雄渾的詩句就在說話者的意識流底下開展。毫無疑問地，在一個指向性的窺視行為底下，這些詩句都是一些有方向感、透視感、形象性，甚至超現實的意象（群）。就一方面而言，明麗的太陽象徵人的意識甚或就是時間本身，很明顯地，它是一個既能摧毀並且能把城鎮夷為平地的鉅大力量。另一方面，詩人似乎想在現象世界的變幻之中探尋某些解構性的座標或是根源。顯而易見地，說話者／詩人的主體性並非穩定，否則，何以他會要解構自己的指向性動作？

　　在緊接著的四行裡，我們讀到的是詩人在反覆思索其肉身及其誕生問題，然後緊接著而來的就是第三節如下的最後七八行：

　　自從人群引出了慶典，腳步帶來了城市

　　那高高的雲層一再下傾鼓聲一再向上

文化／文學的理論與實踐

152

海即以其無涯的顫慄承受著我們

以其無色的蔓延反叛一列列好奇的眼睛

白日啊，當你依山而盡，不識羞恥的女子

此時就以搖蕩的雙乳洗滌那些風

此時就公然以私處推出自然

《賦格：河想》：頁107-08，行13-19

我們仍然以現象學的觀點來看，詩人／詩中的說話者顯然把其意
識投射到他所觀察到的事物上頭。非常顯然地，詩人常常過度扭
曲中文的句構甚至語詞，以致它們都快要破碎成為無解，對此一
做法吾人所能理解的是，意識流似乎就是葉維廉所依持的唯一邏
輯了。據乎此，吾人就看到了批評家對葉氏的抨擊，說他晦澀、
斷裂、陌異、夢幻／憶、過度詭異、矯飾、語言謀殺等等（例
如，關傑明1972b，頁190,192,197&198）。在關喋喋不休的抨
擊之後，吾人要問的是：葉老的主體性去了哪兒？他的主體性是
穩定的嗎？還是混雜的或是流動的？也許葉老早已發覺自己會有
偏離符旨太遠的危險，故他立即採用戲劇中的旁白，給我們提供
下列四行當作壓艙物用以穩住其主體性：

人來人往

同一個人

同一個我

人來人往

《賦格：河想》：頁108，行20-23

在提供了一系列否定詞之後，詩人給我們提供了此詩的最後四行
如下：

白日啊，既然我飲不盡我自己

告訴我如何可以看進自己的眼中

如何可以不成河——

那一條，那一條不流動的洶湧的河。

《賦格：河想》：頁109，行30-33

當然，我們不可能懷疑說話者／詩人的用心，他想盡辦法要把自我與主體性保持完整，可是這最後幾行的語調卻告訴我們，他仍然未做決定，亦未想要停頓下來以達致種種決定。

　　一般而言，葉維廉早期的詩文本除了上面列舉的種種晦澀與怪異之外，有時還要比所列舉的還要多一些。他採用這些「技巧」，就他而言，本質上顯然是不可避免的。否則的話，我們只能說，這些「技藝」之普遍運用在當時的臺灣的現代主義顯然是過度挪用了。作為當時臺灣一位難解／難懂的詩人，葉之「難懂」可歸諸其技巧以及其（過度）挪用——此為過度「借用」的後果嗎？

　　有鑑於葉老詩中許許多多指涉、引用與翻譯，在此我們得指出，葉維廉當時研究的對象與挪用對象有波的萊爾（1821-67）、馬拉美（1842-98）、聖‧約翰‧波斯（1887-1975）和艾略特（1888-1965），尤其是艾略特，因為葉在臺師大英研所所寫／所提呈的碩士論文就是有關艾略特詩創作的方法學（1961）。此外，1961年他亦在《創世紀》發表了《荒原》的翻譯。假使我們剛剛探所討過的〈河想〉無法很充足地展現葉詩文本之晦澀與艱澀，那麼〈「焚毀的諾敦」之世界〉一定可以做到這一點。後提的這一首詩幾乎是艾略特〈焚毀的諾敦〉（艾略特《四重奏》的第一闋）之改寫。在詩中，葉氏相當仔細地追隨

其精神「導師」，亦同樣對時間本身反覆思索以及思索它對事物與人類所可能造成的影響，而詩文本就像艾略特的原文本那樣，其中亦布滿許多晦澀的意象。這麼一種寫法使得閱讀起來顯然相當困難。我們亦發覺，詩文本唯一逾離原詩之處係其故意寫成斷裂和晦澀式的結構，這樣一來，閱讀葉維廉的詩文本可變成一種艱苦的猜測工夫。倘使〈河想〉尚有未包括進來的離散特質，這首可都包含進來了，如孤獨無依、淒涼、焦慮、滅絕、朝向毀滅和死亡等；如要把這些質素都一概寫盡，那真可太多了。首三行即顯示，這首詩中的說話者「我」即是一個代身／面具，他思潮起伏、反覆再三地說：「在一陣視而不見的／無盡之伸展中／我似乎無法攫住任何東西」（《賦格》：頁61／行1-3）。

倘若艾略特寫《荒原》的旨意係為批判某一大都會（譬如說倫敦）的荒涼狀態、精神空虛感以及社會倫理之分崩離析，那麼葉維廉的〈城望〉即可當作對某個東方大都會（例如臺北市或是香港）的抨擊。這首詩中的「我」可以是某個漫遊者、流浪漢甚至是一個旅客，藉由其心鏡，過往的情境和記憶以及現今都市的萬花筒／概貌都叫攝錄下來。城裡的居民過著形屍走肉的日子，沮喪、充滿焦慮，就像一些在陰間遊蕩的稻草人。我們可以在這首詩中找到如下離散文學作品的特徵：漫蕩、焦慮、疏離感、漫無目的、無根和失落感等。或許最最能擊中讀者心坎的應該是他那麼鉅大的焦慮感，那個在現在這個時代之中的「我們」一般所時時經驗到的焦慮以及我們特別在人群之中經驗到的焦慮。自第二節中摘錄下來的九行既可彰顯且又可預示即將登場者：

焦慮的生命
在焦急的人們中；

在焦急的時代下

有群獸支持馬戲班主的一生：

代替整個世界的展露，

牠們解釋了親嘴謀害的方法

表演我們從未看過的技藝。

《賦格：城望》：頁4-5，行27-33

　　現代社會中的人被看成「野獸」，而在馬戲團裡表演這些
絕技的團員卻被目為全世界人類之縮影。但是，這首詩最最震撼
我們的應是代名詞「我們」，此一代名詞直指詩人的主體依然處
於一種永在浪蕩而仍未找到任何標的境態之中。就像在《賦格》
以及葉老其他一些詩文本中，我們發覺葉發動攻擊，攻擊短視的
學究以及中國文化的一些渣滓。如果把葉老的《賦格》與洛夫的
《石室的死亡》（1965）做一比較，我們就會發覺，《石室的
死亡》充斥著各類深奧難解的東西和超現實的矯飾，而我的瞭解
是，葉的《賦格》尚不致那麼無解和不堪一讀。佔據本詩集主導
地位的僅只有後列這些題旨：都市的髒亂、陰鷙、荒涼、人們身
上所背馱的時間和歷史的壓力、本土文化的脫序與枯萎，而所有
這些多多少少都可以用來詮釋荒原這個大敘述。吾人若欲指出葉
老現代主義時期詩中的離散特徵並不太困難，可是如果吾人真欲
把其身分屬性與主體性鎖住／釘住，這個可就不是那麼簡單的一
件事，這就正如我們可以在張錯以及其他一些年輕的海外華人詩
人身上所看到的那麼樣，葉維廉的這些屬性仍然在搖擺之中。作
為一位大學本科生／研究生，這時他卻還在磨練其技藝並且還在
建構他的自我天地中。

　　《愁渡》（1969）是葉維廉的第二本詩集（其中約有一半
作品乃取自其第一本詩集《賦格》），這本詩集可視為其創作

過程中的某種「跨越」[4]。新增的文本如〈白色之死〉、〈遊子意〉和〈曼哈頓〉等，不管從語調或是技巧而言，它們都依循他的舊軌創作；〈愁渡〉（係由五闋文本構成）也許可算是唯一的例外，因為它們每一闋的句子除了都較為簡短而淺顯以外，節奏亦較為明快，這即展現了某種改變的開始。接著而來，我們即在葉老的第三本詩集《醒之邊緣》中看到了一個新的葉詩人。他已排除了吾人前此提到的那些盛期現代主義的晦澀與矯飾，相對的，他可已從中國古典詩那裡學到了放任與自然──那些古典畫的潑墨與自然詩的技巧。這種「新」模式／形態可由後頭這兩點加以說明：第一、葉老詩歌創作的自然成長，而這種成長係由於他在尋索和創始中國現代詩的道家美學過程中而獲得；第二、這跟他對當時臺灣的社會、政治與經濟改變的回應有關。葉氏的第一個努力實際上是一種整合性成果：並置意象以及讓意象自然演出（此即為他從研究唐詩中的山水詩時所學到的蒙太奇技巧），以及把力量和快速而且充滿活力的節奏投射到詩句中去（這種技巧係他從奧森（Charles Olson, 1910-1970）和克裡（Robert Creeley, 1926- ）的投射詩中學習得來的）（丁：頁2-4及15-18）。至於第二種因素，這可跟他在六十年代與詩社同僚一起引領臺灣的現代詩運動不同，這次他只是跟鄉土文學運動站在同一陣線上而已（這個運動係發生在七十年代初期，係為針對臺灣當時政治上的一些重大挫折而產生的）。我們當時有一醒覺，不想只像早期的詩人只管寫些意象模糊而隱晦的詩；我們要寫出一些有自己鮮明的聲音或是有堅定的主體性的詩歌，而且這些詩歌都要涉及餵養吾人的土地及其人民。處此情境底下，我們不得不面對一個極為尷尬的境況：挑戰主流／宰制，亦即挑戰由當時的主

---

[4] 在《中國現代詩選：1955-1965》中，葉維廉自己就把這個標題翻譯成「跨越／The Crossing」：頁90。

導性詩刊如《創世紀》和《藍星詩刊》所提倡、所刊登的蒼白、逃避型的詩歌。

葉維廉第三本詩集《醒之邊緣》（1971）所輯入的詩大都是為了即興演出，即為搭配音樂或是作為多媒體演出。這種糾集詩人與作曲家、畫家和舞蹈家一起在舞臺上即性演出確實是一種大膽而且開創性的作法，至於要不要考慮這種跨文化的多媒體演出是否成功可就踰越了這篇論文的範疇。在這裡我所要強調的是，或許由於受到本土化的衝擊，葉維廉開始寫像〈永樂町變奏〉這樣的詩；這首詩係由四首短詩組成，書寫臺北市最古老、沿著淡水河北岸這一個區域的沿革史；藉由詩人混雜著其對臺灣這片土地的認同視境，糅合著歷史的風景就很清晰地在吾人眼前演出。詩人把這片地景設想為一個「她」、一個「母親」，就正如底下這三行詩句所展示的，詩中的「孩童」係一個個世代之後都可以很親切地認同的這個「母親」：

母親啊母親
一切的風浪都給河口堵住了
我們已經停在好軟軟的胸懷裡……
《醒之邊緣：永樂町變奏》：頁54，行24-26

永樂町既係臺北市最早開發的區域，亦為葉維廉夫人之出身地，葉老習慣上就把它當作認同的地方；我們的讀者亦可從詩中感受到它是如何安穩地將詩人的認同繫住。總而言之，臺灣（尤其是臺北市）可說是葉的第二故鄉。慢慢地我們就會發覺，比較起葉維廉對其原鄉廣東省中山縣來，其實他對臺灣的認同較為親切、深刻而且穩定。

緊隨著《醒之邊緣》而來的是，七十年代的葉維廉又出

版了兩本詩集：《野花的故事》（1975）和《花開的聲音》（1977）。事實上，我們可以略去《花開的聲音》不談，因為這本詩集實際上只是葉老用了不同的書名把前兩本集子「合輯在一起而已」（見書後頁的說明）。《野花的故事》雖然亦從前揭之兩本詩集抽取了八首詩（五首為旅遊詩以及三首為表演詩），可是不管從詩句的長度或是從節奏之較舒緩而言，它都較能配合得上這當子葉老在風格上所獲致的發展勢頭，而這種風格也是當時主流文壇流行的時尚。我後頭對葉老三幾首詩文本所作的討論即是針對著這兩個座標而進行的，目的無非是要突顯他這個階段詩作的主要特色。

　　由於涉及當時臺灣現代詩的發展，我們不得不承認當時在臺灣掀起的所謂鄉土文學運動對於導人一個新的文學平臺確實起著關鍵性作用，也惟有在此情境底下，一種類「新寫實主義」的創作方法才能冒出來攻擊現代主義並起而代之，形成七十年代後半期的新宰制風格／潮。從此一視角來看，倘若我們剛剛探討過的葉維廉早期的〈永樂町變奏〉已預示了他創作模式的可能改變，那麼後頭輯入《野花的故事》中的〈暖暖礦區的夕暮〉和〈布袋鎮的早晨〉這兩首詩即可以更完整地展現葉氏趨向運用短句以及創作節奏更為明快的詩文本[5]。更重要的是，我們不得不強調的是，葉氏已改朝書寫得更加寫實的方向走。表面上看來，這兩首詩可能會給讀者一個印象是，它們只是兩首景物詩而已，一首寫北臺灣位於基隆南方的一個多雨的礦區，另一首寫臺灣西南部

5　葉維廉本人曾給自己趨向採用短句與更為簡練的意象提供了一個「心理理據」。在一次訪談中，他曾提及六十年代末他自己的大部分胃部經已切除；他覺得自己會感染上胃疾的原因應該是緣於自己對當時臺海兩岸的社會、政治的不穩定感到過度憂慮與「心理困惑」有關。自從此次住院診療之後，他就開始多花時間鬆懈心態，甚至自此改變自己的詩歌風格。請參1987年梁、覃與小克的訪談〈與葉廉談現代詩的傳統和語言〉：頁564。

一個以出產農產品和食用鹽著名的樸實鄉野。可是一旦往深處挖掘，我們就會挖出這兩首詩作更深沉的意義。一旦把它們與其創作的時代以及當時流行的文學趨勢對著看時，我們就會說，詩人創作兩首詩的主要用意就是要彰顯詩人對臺灣南北部勞苦大眾的關懷，而展現這種誠摯的關懷可是葉維廉從未嘗試過的。假若不是由於鄉土文學運動的冒現，他可能根本就不會受到激勵去寫這種詩歌的。在此脈絡底下，我們可以輕而易舉地說，葉氏可真是受到當時所謂的「新寫實主義」所宰制。用寫實主義的方式書寫可說是臺灣七十年代後期的風潮，葉氏根本無法規避而不仿效寫一寫[6]。

具體言之，〈暖暖礦區的夕暮〉係以類戲劇獨白寫成，詩中的隱指讀者（implied reader）受引導去見證那些經常降臨到礦區區民身上的悲劇故事，讀者一定會被一種縈繞於人們心懷的死亡意識所震驚，而詩人則是以後頭這種二元對立的意象把這種死亡意識突顯出來：黑夜對黎明、黑暗對月光、霉味而潮濕的空氣對明亮的春天等等。換言之，縈繞於礦工頭頂上的是他們命中註定的命運：暗黑而一無亮光或是希望的生命、甚至連一丁點期望都沒有的生命。這就是詩中的「我」在被問到，他有沒有可能期待歡迎某種短暫而充滿霉味的天亮底蒞臨，或是想要到某個著名的湖區去旅遊的期望，這個說話者「我」似乎誤解了問題，即刻回問：「曙光？春天？是多麼的遙遠啊！」（頁94，行20）。最後被問到他們對太太的摯愛和兒女的關懷時（「這些」都是極為日常與實際的問題），說話人先是提到他們的親屬從來不曾因為「她們是甚麼宏大輝煌的字眼？」而感到鼓舞歡欣，亦不曾／

6　除此兩首詩作之外，讀者亦會發覺《野花的故事》（1975）中的〈1973年晚春客次中國人的香港〉、〈香港素描三首〉和〈大溪老人最後的事蹟〉也屬於臺灣七十代年出現的「寫實詩」，而這類詩之出現實為回應當時出現的鄉土文學運動而來。

會讓人覺得是「像甚麼宏大輝煌甚麼休止符倚在鍵盤上？」（頁95，行26-27），然後繼而敲擊下底下這則尾聲：

> 這我不懂，我只知道
> 悠長的黑色的湧復的氣流裡
> 在無法計算無從抗拒的
> 爆炸、塌陷、埋葬的夾縫之間
> 她們是我唯一的一點夢的材料
> 她們默默的等待
> 是我們全部的歷史和詩
> 如果詩，如你所說的，真是甚麼偉大崇高的話！
> 客人來了，阿春，上菜！
> 來來，試試我們自醃製的乾魚和菜脯！
>
> 《野花的故事：暖暖礦區的夕暮》：頁95，行28-37

在八十年代初期臺灣經濟起飛之前，對居住在臺灣東北部山區的大部分居民而言，他們唯一能從事的職業就是投入深不見底且又濕熱的坑道去挖掘煤礦。葉氏在這些詩句所挖發的就是這一大群生活在死亡的陰影之下的人的困境與苦難處境。硬是把他們的困苦境遇跟他們的樸實與殷勤糅合在一起無非是要賺取讀者的同情，同時亦要展現詩人對臺灣人民的深切關懷與繫鏈。當然，我們絕不可能懷疑葉維廉在這首詩作中所刻劃的對這些樸素的人們的認同為虛假。

除了上提的特別意義之外，我還得強調這兩首詩作在詩人的生涯中所具有的事序上、發展上和開拓上的特殊意義，而這主要還得歸諸於它們很早就收輯入《野花的故事》裡（都在1975年）。由於這種關係，它們可看作是葉維廉創作生涯裡新開發的

一組詩作之先鋒：主要側重在描繪臺灣的稻田和農家、山水、村鎮風光等等，尤其是描繪中國大陸同樣的景觀[7]。在嚴格的意義上來說，這組詩作（而事實上是很大的一組）在術語上可視為葉維廉全部詩作中的「自然詩」。從表面意義上來說，這些詩作係為前頭所探討過的兩首詩之自然的發展。然而，一旦吾人深入探索，吾人會立刻發覺，這些自然詩具都給賦予了多一些東西：它們都是內在情愫的外在化，或是說，它們經由自然意象排演出道的真實本質。毫無疑問地，詩人在創作這些詩章時，他一定是受到電影攝影術中蒙太奇的導引，經由這種蒙太奇（並置）技巧，並置意象的首要目的就是要讓這些意象自動演出而又不受到任何觀念的干擾。詩人把這些意象提升到這麼高的層次時，符具（意象）即可跟符旨併合，而此一作法的目的純粹是為了要塗消人與自然的界限。緊隨而來的是，如果我們仍然要藉由這些特殊的葉維廉風格且又富於道家風格的「自然詩」來指證並且確認詩人的自我和主體性的話，我們立即就會發覺，自我與主體性要不是太隱藏於自然意象中那就是太黏附著意象，這不儘會挑戰甚至可能會完全消解了這種種努力[8]。這麼看來，吾人若欲深入分析與詮

---

[7] 葉老致力於描述臺灣景物的詩一共有17首之多，它們構成詩人第六本取名為《松鳥的傳說》（1982）這本詩集中的第二與第三組；其他三組也屬於景物詩，寫的是有關多倫多、尼加拉瓜瀑布與京都之種種。葉氏16首描述中國大陸的文本亦屬於景物詩，它們都收入同一年出版的詩集《驚馳》之中。它們都屬於所謂的旅遊詩（英文叫做travelogues），是詩人在離開家鄉32年之後，於1981年5月獲准回鄉探親的收穫吧。

[8] 葉維廉道家美學「自然詩」的「發現／開拓」以及他主張符意與意旨應密切關聯的看法大體上源自於費諾羅薩（E. F. Fenollosa, 1853-1908）長期研究中文表意文字的發現和葉本人研究艾森斯坦（Sergei Eisenstein, 1898-1948）電影蒙太奇理論的結合。這一結果應源自1967年他在普林斯頓大學完成的博士論文（該論文兩年後由普大出版社出版，標題叫作《龐德的〈國泰集〉》）。也斯曾非常深入地分析過葉維廉的一首題作〈簫孔裡的流泉〉的詩（此詩收入《野花的故事》），他認為該詩的意象與符旨密切關聯而未做論述性的推論，因此總結說，葉維廉不致因為他應用了所謂的「純粹經驗」而被此一方法所窒塞／窒息，若真有此一現象發生，他必會轉而採用其他恰適的技巧來解困。若為參考需要，請參也斯發表在臺

釋葉氏的自然詩時那可得另撰一兩篇文，在論文之中，我們根本就不必探討自我與主體性的接合問題。

在尚未進行探討《野花的故事》中兩首描繪香港的詩之前，我們可得先討論一首叫做〈大溪老人最後的事蹟〉的詩文本，在這個集子中，這首詩很特別而且可說相當關鍵。它顯然是為了刻劃一個正在消失中的年代而創作的。有鑑於這個緣故，我覺得它可說是詩人針對八十萬由蔣介石老總統於1949年帶來臺灣的官兵的惆悵描述。這個大溪老軍人的形象看起來雖說有些模糊，可他的最終使命可卻相當矛盾而且富有象徵性，他就像艾略特《荒原》中的那個魚王，向天祈求能給夏天荒蕪的土地降下一陣甘霖以使植物界能復活過來。詩作中非常繁雜的修辭問句最終聚焦在他的使命上頭，而詩中的節奏與力道即快速配合著這個咒語而進展到最後這九行：

> 大溪老人啊
>
> 你瘦削成
>
> 狹長的廢街
>
> 一條稀薄的黑影
>
> 在月當頭的死寂裡
>
> 斷斷續續的拍動
>
> 如折翼的蝙蝠
>
> 依著細弱的聲響
>
> 向那髏髏的波動的山頭摸索。
>
> 《野花的故事：暖暖的礦區的夕暮》：頁199，行11-19

灣《聯合報副刊》的大作（1977年7月6日）。

如果讀者能在這些咒語般的詩句中細細地讀，他必定可以讀出這個老兵最後這個舉動所隱含的意義：那即是一種象徵性追尋，探尋給他的同胞帶來新生命與福祉。同樣地，讀者也應該可以感覺到，詩人係用這麼一個老軍人來表達他對臺灣同袍的深切關懷。在此我們也應該可以很恰確地說，葉老對臺灣的深切關懷與愛護真的是很真誠的；他本人甚至要以臺灣當作他的「第一」故鄉[9]，用以取代他原來的故鄉——廣東省中山縣。艾力克生（Erickson）給「認同」所下的定義在葉老自己所作的聲明中找到一個再恰當不過的例證，主要緣由當然就在於葉老對臺灣的深切熱愛，亦即上頭這首詩中所描繪的種種深度關懷。

　　作為上面提及葉氏對臺灣的深切關懷的必然推論與補充，吾人不得不探究他在書寫他的第二故鄉香港的二十五首文本中所展現的認同與主體。收集在《野花的故事》中的〈一九七三年晚春客次中國人的香港〉和〈香港素描三首〉是這二十五首中的第一、二首。在詩中，葉氏對其第二故鄉香港的態度相當模棱兩可，這可不須太多說明。其真正關鍵也許應該是這樣的：在針對著其自我與主體性而言，他的態度是怎麼樣模棱兩可？

　　首先，任何讀過葉老全部詩作的敏銳讀者必然會感到訝異，葉氏何以會把他對其第二故鄉的敵意與幾乎變態的憎惡公諸於世，這個尤其是在閱讀到他首次把這種感覺寫在創作年表裡，附錄在他的第五本詩集《花開的聲音》（1977）後頭。他針對這個位於中國東南方一度是英國殖民地／堡壘的香港曾寫下最毒惡的文字：「提到香港，我沒有什麼好說的。中國人奴役中國

---

[9]　葉氏曾經很熱情地提到他對臺灣的深切關懷與熱愛。他非常珍惜每年暑假都能「返回」臺灣，也曾經比喻自己回臺灣就像一個離開臺灣好久好久的水手返回家鄉那麼樣可貴。據我所知，這是葉老唯一一次提到／宣稱臺灣是他的第二、甚至「第一」故鄉（括弧係其自己所提供的）。有關這則訊息，讀者可參閱他的《驚馳：序文》：頁2。

人。中國人欺騙中國人……對於香港我有什麼好說的呢？」（頁
199）。緊接下來的三個長句由於是贅語而且內涵隱晦就被我刪
除了，而是從類似的情境找到底下幾個較嚴謹的句子來作說明：

> （香港是一個）人吃人的社會，假中國人專整真中國人的
> 地方，燃燒的目光，中風似的驚呆，不安傳透人們器官、
> 血脈、毛孔、趾尖……那時啊，確是看著都酸楚傷愁。
> （《驚馳》：頁2-3）

　　在1984年香港交還給中國大陸之前，葉維廉在香港所見識到
的事物都叫人憐憫，而他對這個大都會的感情可說相當複雜。首
先，他把香港人稱呼為「同胞」即已明顯地顯示了他對中個人的
認同。然而，除了一小部分「勇敢的新中國人」孜孜不息地為一
個「中國良心」和未來的突破而盡心盡力以外，他那時（1982）
所見到的大部分香港人仍舊生活在一個「扭曲的社會」，一點都
沒有「中國的」的民族主義思想（全見《驚馳》：頁3）[10]。他們
早已完全被一個物質所壟斷的社會所疏離久矣。最後，葉老上頭
所作的觀察所得係由他離開中國三十多年之後較早一年回國去開
拓一個業物行程時順便所作的！
　　葉維廉寫香港最早的一首詩題作〈一九七三年晚春客次中國
人的香港〉，我們姑且不理會這首詩題目中鮮明地宣佈了他的自
我，詩人故意把這個描寫香港城市地景的詩文本以冷凝的語調寫
出。也許由於這個祕密的有意操作，讀者能從這首詩中看到的只
是相當表面的一堆意象──把旅客置入高聳的摩天樓之背景中。

---

[10] 葉維廉的《驚馳》第三輯共收錄了26首詩，只有7首註明係寫於香港。除了上面討
論過的〈晨安！香港〉，其餘六首之中，只有最後那一首涉及香港；這首詩提到
邊境故意設置關卡，把香港人和大陸人隔開。

整首詩所迷漫著的只是灰黑色澤以及一種堵塞的意識，圖繪出來這些無非是要針對著這殘存的殖民地發出抗議與抨擊的聲音。同樣寫於1973年的〈香港素描三首〉運用相同的語調，可這次他利用的可是戲劇性技巧，他巧妙地把用於第一闋中的第三人稱擱置一旁，然後在另外兩首中啟用第一與第二人稱。非常明顯地，這三闋素描係用來暴露香港的黑暗面。編製入第一首詩中有的是糞便的意象、到處亂丟而隨時可以派上用場的通俗小報、底下階層民眾臉色疲倦而又蒼白等等，與這些形象相對比的是第二首詩，它所要戲劇化的是把世上最世俗化與最精神性的事物交織在一起加以嘲弄；至於第三首，它是一則嘲弄式的演義，書寫一個現代維吉爾（Virgil）帶領一個現代但丁（Dante）穿越一個深陷的坑穴（香港也），其書寫之用意無非是要給被圍困而瘋狂的群眾展現親情與亮光。總之，這四首短詩所要彰顯的無非是詩人對這個他所謂的第二故鄉的不滿、憤懣，甚至感到「痛心」（《野花的故事》：頁88）。或許由於這些原因，詩人的自我、認同與主體性都是潛藏到幾乎「不存在」的程度。

其他廿一首寫於1980·81年的詩作見證的是七、八年匆匆而過，期間葉詩人並未寫任何有關香港的詩作。大體上，這廿一首大都可稱為風景詩。其中三份之一首（其中包括題作〈驚馳〉的六首和〈晨安！香港〉這一首）似乎都採用到我們在前頭四首詩中所討論到的特色，而特別編織入其中的是如下這樣一種離散的意識：失落、哀傷、孤獨、流蕩、悲觀、黑暗、滅絕與死亡。〈晨安！香港〉之題旨這首詩最能配合前頭對四首詩的討論：

呆鈍的
早晨
隨著一杯

熱烘烘的

咖啡和

一份報紙

攤開來

讓隔宿的情殺

和性多樣式的展示

調調

這淡得不能再淡的

火腿通心粉

自身的滋味嗎

反正

習慣了死亡的人

仍舊每天

為死亡化裝

為的是

簡單兩個字

度日

《驚馳》：頁131-132

即使我們不管最後第二行中「簡單」這個詞所含有的晦澀意
義，可這首詩中所執意建構出來的語調與情景卻是帶著嘲諷的味
道。在上個世紀八十年代初期，香港「早晨」所能歡迎客人（讀
者）的不可能是甚麼可以感到「興奮的東西」，因此當然不可能
有令人感到「舒服」的東西，例如像「活力」、「生命力」、
「歡鬧」，或是「跨國性事物」；相反地，他／她所能感覺到的
只有後提的這些事物：呆滯、謀殺、色相展示、甚至死亡。把所
有這些聳人耳目的東西都呼喚出來確實很能配合上葉維廉一向以

來對香港這個英國殖民地的批判。因此，我們可以這麼說，一旦一提到香港英國殖民地，葉氏對它的批判一定會最先冒出，而他的主體性和對它的認同竟都默然或是潛藏起來。

　　一九八零至一九八二年，葉維廉在香港待了兩年，1981年他逮到一個職業行程回去中國故鄉，而這一趟特別行程的收穫是寫了廿一首詩以構成《驚馳》的第四組。這些詩作正好可以用來跟他的香港詩作比較，以便展現詩人對其第二故鄉和原籍中山縣時流露出來的主體性和認同。正如他的香港詩所顯露的，這些詩的主軸依然是風景線。那種非常強烈地籠罩著大部分香港詩的離散意識似已退居幕後，取而代之的是一種夢魘似的時代錯誤、一種糾集在「馬克斯式的」愛與恨的歷史漩渦、夢幻與現實糾集在一起的活生生的經驗，作為一個中國人的情操和使命感以及種種突然冒現的新思想可又往往不幸地被干預與拖延。潛藏於所有這些主題之下隱約冒現的正好就是葉維廉對中國事物的深厚關懷甚至是其混雜的主體性。他第一首寫有關中國大陸的詩題名〈深夜抵廣州某區〉，他大筆輕輕一揮，底下這幾行的意涵就非常深遠：

　　　春天是遲來了
　　　我們彷佛可以聽見
　　　足音抖抖的
　　　在空氣裡斷續的響起
　　　無可奈何的歷史
　　　像那久久未被整理的古池
　　　等待一隻青蛙
　　　撲通一聲飛入？

《驚馳》：頁149-150，行8-15

大約卅年後詩人回到故鄉，從他描繪故鄉的第一個印象的這首詩的三份之一中，我們還是可以感覺到他對廣州事物的觀感，他是相當自我約束的。然而，他對改革的熱望己在上引詩的前四行中已逐漸曝露出來，尤其在第一行即已提到「春天」之「遲來（到）」。然後在後四行之中，他先提及「無可奈何的歷史」，然後提到「古池」。任何機警的讀者應該會立即抓到詩人所提供的線索，亦即真正「無奈的」未必是中國的「歷史」，而是中國的人民，因為共黨政權給他們帶來的只有折磨、迫害、甚至屠殺。自此角度觀察之，中國的歷史自二十世紀五十年代以迄七十年代似乎都被停頓了下來，那還談得上叫作「歷史」！

　　若我們擬略為再追索，吾人得要立即追問的是：是那哪類歷史？誰的歷史？毫無疑問地，那些可怕的權力鬥爭、殺戮、派系鬥爭、謀殺、流血殘殺等等的歷史雖已隱約消失，可卻依舊迴響在空中。換言之，歷史深深鏤刻在旁觀者（我們）的心靈卻是毫無疑問的；春天的蒞臨雖然晚了些，可它確定會給人類提供希望。然後就是我們剛剛提到的第二個問題：誰的歷史？除了上頭所提及的「我們」之外，緊隨著而來的兩行詩（「我」猶記得，這古舊。這樸實／似曾相識……）可以很貼切地確認我們的論旨：詩人的主體性若非潛藏即為依附在他的視境之中。既然如此，那麼有關清算鬥爭以及血洗的種種「無故」的歷史即是包括葉詩人在內的每一個中國人的歷史！

　　除了詩人對中國人的深切關懷之外，有一件無法逃避眼光敏銳的讀者的事就是，詩人在書寫這些非景物詩時都洋溢著他對歷史深刻的批評，而且都是採用譏諷的方式來呈現。例如採自〈黃埔江頭〉的下列九行詩即可當作很好的例症：

黃埔江啊！

憤怒地滾吧！

憤怒地流吧！

因為每一波

都曾是我們的血

每一波

都曾帶著我們的羞恥和悲傷

每一波

可也　是我們的無可奈何嗎？

《驚馳》：頁193-194，行35-43

在詩行中，詩人對洶湧滾動的黃埔江的認同以及其對中國人民隱約的依附是非常明顯的。他尤其令人感到譏諷的是這一點：既然說話者已能隨著江水對著恥辱和封閉／塞怒吼，那麼我們要問的是，何以這些怒吼還得以「無助／無可奈何」的方式來進行？我所能爭論的是，這種奇特的操作可是詩人針對當今事物的批判所採取的一種嘲諷式的策略：上海人為了促銷旅遊，他們幾已忘記了過往父摯輩與親友所遭受到外國人的差辱與犧牲。而這可就是歷史對他們的嘲弄，尤其像葉詩人所批判的那種種。

中國大陸那種緊張而令人窒息的氣氛迄今已逐漸讓位給開放政策，尤其在恐怖的天安門事件之後，他們統稱這個開放政策叫做「自由市場」，這樣一來，葉維廉就有更多的機會回故鄉去探訪。葉維廉在性格上雖然已變得較為溫和、溫厚和隨和，可他敏於觀察和批評尖銳一點都沒有減弱。有一絲絲的「智性轉折」似已在他腦中發生：葉老現在似乎變得更加懷鄉，懷念那些過去與現今發生在其故鄉的種種事件。收入《冰河的超越》（2000年）第四輯中的四首詩作即已包孕了上提所有這些素質。〈再見故國〉這一輯尤能展現他的認同心：這是他第二次與其故鄉相見。

就表面而言，這四首詩除了是他第二次回到中國大陸的收穫之外，「再見故國」這個標題亦預示了更多新的東西會出現。他那濃得化不開的思鄉且又附加上一種失落情懷，然後就是他把尖銳的批評轉向現今非常流行的針對國際環保問題所做的批評，這就是上面提及的兩則最顯著的「新事項」。在還未切入細節之前，我們得先指出，這四首詩之中有三首是所謂的「派樂地／滑稽性模仿作品」，其所嘲仿對象兩次是李白、一次是崔顥。我為了仔細評騭，首先得從〈朝辭白帝「城」〉最後十九行著手，讀者請看這些詩：

是「皇天」怎樣不純之命啊

讓他們路斷橋斷

那樣決絕地

投入盲流

到遠方

在三峽迷霧的盡頭

在暴發的資本主義市場

和暴施的極權制度的狹縫間

去追尋

些許

剩餘的

金黃的將來？沉重的船

搖晃在沒有猿聲的兩岸間

在氣蕭森的巫山下

在江間波浪兼天湧的峽道上

裝載著的

是你說的三峽山川的壯麗

是我心中的人世的蒼涼？

《冰河的超越》：頁96-98，行58-76

　　在尚未進入細節探討之前，我要指出，「朝辭白帝」以及其他那兩首滑稽性模仿文本所具體含蘊的主題，它們都是詩人前此所書寫的廿一首詩中的主題之延續挖發。跟葉詩人大部分滑稽性模仿詩不同，因為那些詩通常嘲弄模仿的都是早期標的大部分特徵，而這三個派樂地僅只嘲弄早期詩作中的某些標題、詩句及意象。這可見他的主要目的並非是要把東西弄顛倒，而是要抨擊社會。顯而易見，它們都只是被用來當作某種出發點而已。這首詩的重點是「盲流」，那些從鄉村盲目地湧向大城市去尋找工作的純樸而無業的年輕人，他們主要是要到像北京、上海或是廣州這樣的大都會去找一份工作做。他們不屈不撓的決心是不可逆轉的，看來他們的唯一的救贖就是投入盲流之中，根本就不曾考慮到會遇見可能的（雙重）剝削以及其他嚴重後果。在這種情境底下，詩人對雄渾風景的欣賞與中國人民的痛苦根本不成比例。實際上，詩人的主體性毫無疑問地是依附在這麼一大群命運淒苦的工人身上的。

　　雖然未寫上創作日期，輯入《冰河的超越》這四首詩應該是寫於1998年中，因為那時葉詩人受邀到北京大學去參與北大創校一百周年所舉行的學術研討會[11]。過了四年到2002年8月，葉老又受邀到北京與其他四個城市去做演講和詩歌朗誦；他自這一趟旅程的收穫是輯入《雨的味道》（2006年）中的十二首詩，輯目叫做「尋找中國」，它們構成他書寫故鄉的第二大輯詩作。這個輯目標題再次清晰地展現了他對自我的尋索。

---

[11] 在《雨的味道》所附的〈年表〉中，葉曾記下這個特別機緣以及他特別到採石磯（牛渚）遊覽以便向李白致敬等。請參《雨的味道》：頁276。

有如我在前頭提及的，二十世紀末，葉老的情懷已轉變為溫和與純厚。這十二首詩即可再次印證我上頭所所作的觀察。在看似純情景與節奏較為快速的糖衣掩蓋之下，也在出乎意料之外地，詩人繼續抨擊資本主義在中國各地的運作／發展。我們發覺，在意象群的包蘊底下的是徹徹底底的扭曲的人性，例如底下這六行刻劃的是人們在非常炎熱的北京的一景，可這典型的一景就充斥著譏諷與對中國資本主義的作為的批判：

> 迷茫濃濁的空氣裡
>
> 聳天墓碑的跨國商廈
>
> 魑魅魍魎的幢影
>
> 把千斤重的雕樑玉砌
>
> 千斤重的記憶
>
> 環環圍住

《雨的味道》〈八月北京〉：頁143，行17-22

　　在北京建立這麼多高聳入雲霄的大樓，毫無疑問地，「墓碑的」這個詞要不只表達了人們「拒絕」接受它們，要不就是「攻擊」，因為這麼多高樓除了像豎立在墳場間的墓碑之外，它們根本無法讓人覺得它們很對稱或是很美。此外，喚起視覺性與嗅覺性的綜合性意象群僅僅只能喚起人們的反胃而非吸引力。最後，溪流與山精之出現除了跟故宮的環境格格不入之外，那就更不要提及它們怪異地環繞住雕琢精緻的樑柱以及人們的記憶了。在此我所要強調的是，詩人所採取的並不是甚麼能激發我們去注意北京城景之美以及它無價之寶的故宮的策略，而是運用了一種陌異法來挑戰我們參觀北京時通常所帶著的種種慣性期待。這就是詩人的關鍵所在了，他的特別意圖就是要激發我們去注意北京採

取資本主義的發展所帶來的醜陋面貌。緊隨著上提的六行詩句之後，我們緊跟著被帶到另一個文化中心去經歷一國境外詩人所曾面對的苦難，他是一個剛剛自境外回國的浪子、一個被廢棄「武功」的年輕詩人，他所經歷的災難都受調整、展示在北京叫人窒息的氛圍中。葉維廉若非對其故鄉有深厚的感情關懷，他根本就不必費筋四處去抨擊那些怪異情境。

在這十二個文本中，〈雨中駐思——侵華日軍南京大屠殺遇難同胞南京紀念館〉最能凸顯葉詩人的功力與認同感。他把暴露日本軍人殺害南京居民當作「他的責任」來看待，在這次惡劣、瘋狂的大屠殺中，一共有卅三十餘萬人死在日軍的刀鎗底下。此詩顯然有自傳色彩；它絕對是經驗之記錄。詩人以見證人的身分（因為他係於1937年誕生在廣州省南部的一個小鎮，而這一年正是日本戰爭販子發動侵略中國的日子），把這次大屠殺的所有劣跡寫了出來，這包括了屠殺、強姦、折磨、大批活埋以及生化悶死等等。他採取類似招魂的方法把所有那些被屠殺的人的魂魄都招引到他的面前，然後對著他／她們宣稱：「你們所有被壓制、禁閉、埋葬的憤怒與劇痛／今天要在雨淚的下午裡全然釋放……」（〈雨中駐思〉：行24-25）。「血的呼喚」（〈雨中駐思〉：行47）顯然是葉老的顯著特點，它可是混和著暴怒與喧哮一起發出來的[12]。

在結束這篇論文時，我可要請讀者注意到收錄在《雨的味道》（2006）這同一本集子中一首題為〈早安，臺北！〉的詩，詩中散發的主要是他平穩的意識和情懷。我們得特別注意的應是後列的這兩行：「而第一次感覺到心的躍動／和步履的結實在地」（行22-23），兩行詩充滿了他回到臺灣的歡愉之情以及他

---

[12] 請參上引注：頁277-278。

對土地的鍾愛，這種情懷可是他對這個第二故鄉最最難能可貴的表現[13]。這兩行詩深深地表達出他所認同的臺灣是一個他可以找到可以「回鄉」的感覺的地方，一個可以喚起他長遠而且很溫馨的記憶的地方，而且還有他的戀愛。這種穩定性（亦即他所說的「定力」，見《雨的味道》：頁65及67）以及他的伴侶／夫人在結婚後給他帶來的真愛實非他處可找到。毫無疑問的，這些種情懷的緊密結合確可穩住他對臺灣的認同。然而，倘若吾人若欲強把其認同與主體繫聯住某一固定的地域確實會強人之所難；我們所能說的是，在詩人從一個地方移居另一個地方，其認同和主體性常會是流動的，或者是混雜的。他個別的詩文本所展示的是精湛的技藝，如此足矣。在臺灣，無論我們從何角度來看他，在當今或是未來，他都應該算是三五個大詩人中的一個。我們可是不要忘記了，他在中國大陸亦已非常著名，在2004年，他十卷本的全集即已由安徽教育出版社出版。

二〇〇九·三·二 礁溪寓所

引用書目

陳國賁（1999）。〈失根、尋根、重根——反思海外華人世界主義新身分〉《明報月刊》#34.9：頁16-19。

陳國賁與唐志強（1999）。〈一張臉孔、多個面具——新加坡華人身分認同問題〉《明報月刊》#34.9：頁20-23。

陳鵬翔（2005）。〈張錯詩歌中的文化屬性／認同與主體性〉《蕉風半年刊》第492期：頁102-115。

丁善雄（1992）。〈美國投射詩與中國現代詩〉，收入《從影響研究到中國

---

[13] 有關葉維廉的剖白，訴說他往往像一位急要歸航返家的水手一般，請參〈境會物遊與愛〉《憂鬱的鐵路》：頁8；他對故舊的珍惜，可參〈為友情繫舟〉：前引注，頁67-84；至於他對返鄉的情感、對故舊的感懷和他夫人所賜於他的隱定力等項，請參見《雨的味道》：頁58、57、59以及頁66-68。

文學》。陳鵬翔與張靜二合編。臺北市：書林。頁1-20。

艾略特（T. S. Eliot, 1952）。〈荒原〉和〈四重奏〉，收入《詩歌與戲劇全集：1909-1950》。紐約：Harcourt, Brace & Co. 頁37-55以及115-145。

艾力生（Erik H. Erikson / 1959）。《認同與生命循環》。紐約：國際大學出版社。

許烺光（Francis L.K. Hsu / 1985）〈跨文化視角下之自我〉《亞洲與西方視角下的文化與自我》。Anthony J. Marsella, George De Vos與許烺光合編。紐約：Travistock Publications.頁24-55。

胡衍南（1999）。〈傾聽流浪者之歌──專訪張錯〉《文訊》#165：頁69-72。

關傑明（John Kwan-Terry / 1972a）。〈現代詩的困境〉《中國時報》。2月28-29：頁12。

＿＿（1972b）.〈近日某些中國詩中的現代主義與傳統〉《淡江評論》。第3卷第2期：頁189-202。

梁新怡、覃權和小克（1987訪談）。〈與葉維廉談現代的傳統和語言〉，收入葉著《三十年詩》。臺北市：東大。頁559-577。

譚國根（1998）。〈現代中國小說中「新女性」之易卜生主義與意識形態的塑造〉《淡江評論》。第29卷第1期：頁95-105。

王賡武（1988）。〈東南亞華人身分屬性／認同之探討〉，收入Jennifer Cushman與王賡武合編之《二次世界大戰以來東南亞華人身分認同之變化》。香港：香港大學出版社。

也斯（梁炳鈞）（1977）。〈簫孔裡的流泉〉《聯合報》副刊。7月6日。

葉維廉（1963）。〈河想〉與〈城望〉，收入《賦格》。臺北市：現代文學社。頁105-109和頁1-9。

葉維廉（1969）。〈愁渡〉，收入《愁渡》。臺北市：仙人掌。頁99-111。

──，譯者（1970）。〈愁渡〉，收入《現代中國詩1955-1965》。愛奧華大學出版社。頁90-95。

──（1971）。〈永樂町變奏〉《醒之邊緣》。臺北市：環宇。頁53-58。

──（1975）。《野花的故事》。臺北市：中外文學出版社。

──（1982）。《驚馳》。臺北市：遠景。

──（1984）。《憂鬱的鐵路》。臺北市：正中。

──（1987）。《三十年詩》。臺北市：東大。

──（2000）。《冰河的超越》。臺北市：三民。

──（2006）。《雨的味道》。臺北市：爾雅。

張錯（1990）。〈布袋戲〉和〈檳榔花〉，收入《檳榔花》。臺北市：大雁。頁49-55和頁12-23。

This paper intends to study the rather intricate and shifting embodiment / deployment of identity and subjectivity in the poety of Wai-lim Yip（1937-）. In addition to evidencing the shift of dominance — from modernism, grass-rooted localism to post-modernism / post-colonialism, his poetry discloses most of the features of Chinese diaspora: loneliness, discontinuity, rootlessness, alienation, nostalgia, decentering, marginality, veering towards extinction, etc. His hybridized identities and multiple / fluid subjectities seem to be a key, a knife to cut through the parameter of his diaspora in this era of post（-isms）. This paper also wants to advocate that Wai-lim Yip should be given his due status amidst the din of ideological classes, political correctedness, the re-writing of literary history, etc.

Key Words：self, identity, subjectivity, hybrid（ity）, diaspora

葉維廉詩裡的身分屬性與主體性

第三輯

當代文學理論的應用與操作舉例

論羅門的詩歌理論

羅門的詩歌和理論，在許多方面來說，都是一個銅幣的兩面，它們有相輔互成、相得益彰的效用，所以我相信，假使我們研究者能把兩套文本相互闡發、印證，收穫必然非常豐富。當然也有一些理念，例如他對感物悟物的心靈的重視、不斷提論，這當然無法在他的詩歌中找對襯和對應；又例如他對心靈的轉化力、想像力的討論，這當然也不太可能在詩歌中找到同樣的發揮。羅門在論文中談論美、談論現代人的悲劇性、甚至縱論第三自然，其實這些理念多少都可在他詩中找到對應或者具體化。我僅在此提及這些相輔對應，但它們的論證並非本文的重心。本文要討論的只是羅門詩論中的三個重心：心靈、現代人的悲劇精神和第三自然，這三個座標未必相互牽連，但是某種指涉仍然是有的。

羅門龐沛的心胸氣概、健談甚至好爭論，在臺灣現代詩壇是甚為有名的，因為他開口心靈、閉口上帝，早有「心靈大學的校長」的暱稱。羅寫有《心靈訪問記》（一九六九）一書，[1] 強調「心靈內景的開放」，[2] 更在一九七七至七九年間寫了四篇《心靈訪問記》續稿及在一九七一至七二年間寫了上中下三篇〈追索

---

[1] 這本論文集雖然取名《訪問記》，實際上，真正採取對話形式的只有第一篇取名〈心靈訪問記〉的文章；即使在這篇文章裡，採訪他的並非甚麼人而是他的「影子」。

[2] 〈心靈內景的開放〉是《心靈訪問記》書中第七篇文章的題目。

的心靈〉（具見《時空的回聲》），這兩部分合起來即已超過一三〇頁，篇幅不可謂不大。此外，羅門還在一九八四和一九八五年寫了兩篇〈心靈訪問記〉續稿（具見《詩眼看世界》），可見「心靈」確是詩人羅門縈繞於懷的一個命題。問題是：什麼叫心靈？在英文裡，mind是屬於比較知性、比較抽象的一環，它與比較感性的heart構成對比，我聽羅門縱論詩歌二十幾年，能不聽到他談「心靈」可還是天下間的奇事；現在加上我仔細研究他的著作後，我所能理解的是，他所謂的心靈並未超過一般我們對「心靈」此詞的理解，他的「心靈」即是「內心」，即是非常富於感受性的心智狀態，即是對於美好事物的細微感受。他在「心靈訪問記」初稿劈門見山就說：

> 藝術在我看來，它已成為一切完美事物的鏡子……將詩與藝術從人類生命的裡邊放逐出去，那便等於將花朵殺害，然後來尋找春天的定義……。」這些話，便是我從事詩創作與進入人類精神內在去探索，十多年來所確定下來的觀感。同時我覺得詩已構成心靈同一切在交通時最佳且有效的交通線——使完美的世界與心靈之間的距離，拉攏到沒有。（頁二至三）

羅門在這裡三度提到「心靈」一詞，抽繹之後，我們可以這麼說，只有美的心靈才能賦藝術以生機和生命，心靈的運作即是詩歌創作的完成，由於心靈的運作，詩人便能進入人類精神內在去探索。在此我們也必須指出，羅門並未把心靈局限在對美的感受上，心靈的開放是創作的先決而且是必要條件，因此，心靈當然也會知覺到醜、戰慄、人生的黑暗面等等。羅門在上引這段文字之後不久即提到愛上詩歌創作所帶給他的「永恆性快樂」的痛

苦，然後他又說：

> 我的精神便是在這被驅使的神祕的傾向上，將那被「美」
> 與「沉痛」追擊的心靈，投入那全然開放的無限時空之
> 中，去找出「自我」及一切存在的其確位置。（頁四）

心靈當然必須全方位向宇宙開放，但是任何對羅門詩歌有研究者
都會感覺到，他對「美」對「沉痛」特別敏感、鍾愛：美幾乎等
於詩，悲痛幾乎成為他的精髓（這即是我在本文中段所要探討的
現代人的悲劇精神）。

在〈追索的心靈〉（中）裡，有人問羅門「究竟對『心靈』
做何樣的解釋呢？」他舉了貝多芬的交響樂的無比征服力來說明：

> 這一偉大的感動力，便是來自心靈與歸向心靈，一個藝術
> 或任何一個作家如果不去注視心靈的深入世界，我確信他
> 的作品絕對會缺乏深度，也難於找到真正偉大感人的東
> 西。（頁三四五）

一個藝術家心靈不夠深厚，感受不夠深入，則他的作品必然缺乏
深度，既然缺乏深度，那它當然無法感動人，像這樣的說法都是
非常淺顯的，我想像這位發問者所要求的恐怕不僅僅於此。心靈
究竟是鏡子還是燈？（借用阿伯拉罕姆語）外物會在心鏡上留下
甚麼樣的痕跡？我想這些問題都跟「深入挖發」一樣重要，卻很
少見到更深入的探討。

羅門曾經用過一些比較具象的比喻來描述心靈，最早他用
到「心靈的內景」（〈心靈訪問記〉，頁二十二）、在〈現代人
的悲劇精神與現代詩人〉中提到心靈變成「一個萬感交集的思想

之海」（頁一〇〇）、〈現代人的悲劇精神〉提到現代人逃離心靈的舊園，流落在物質文明的異域（頁三〇）的種種窘相，在其他地方他又用過「內在的聽境」（〈追索的心靈（中）〉，頁三一九）、「內在世界」（〈追索的心靈（下）〉，頁三八四）和「心象世界」（〈心靈訪問記（舊稿）〉，頁一七六），不過，最具象而具體地陳述心靈運作的程序莫如他於一九八八年應邀赴臺北市立美術館談藝術之後寫成的〈詩與藝術美的轉化與造型能力〉這一篇文章。在這篇論文中，他提到心靈感物應物的整個過程為「觀察」→「體認」→「感受」，然後達到「轉化」與「昇華」美感意象，呈現有內涵的「造型世界」來，我們雖然可能對他提到的「體認」與「感受」的順序感到懷疑，也可能無法非常精確地瞭解他所謂的「造型世界」為何，可對他能把整個過程視覺化成底下這麼一個圖感到興趣：

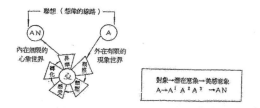

依據這張圖所展示以及詩人的論述，則心靈應是一盞燈泡，轉化折射變形，表現出現象世界。

　　我在論文開頭即已提到，羅門詩歌理論中的一些概念可在他詩中找到對應表現，這樣一來，這些游離不定可用不同媒介／文類襯托出來的意念才是他創作的某一些真正文本。心靈太抽象了，也太複雜了，但是羅門的悲劇觀或概念種子可在他的某一些詩中找到體現。我們還是從他的第一本詩集《曙光》中來找，在這本處女詩集中，我們當然可以找到詩人對美、對藝術獻身的憧憬（例如〈曙光〉一詩即是），我們也可以找到詩人的浪漫、抒

情等等這些屬於少年情懷的素質光彩，我們也在〈啊！生命〉和〈啊！過去〉這兩首詠嘆，甚至為邱翁度生日所寫的〈加力布露斯〉中發覺，詩人對人生的變幻莫測，對時間給人類所帶來的巨壓感到戰慄、無奈而產生的悲感已非常顯著、強烈。例如，他的〈啊！過去〉第二段這樣寫道：

> 你！過去，我底往日的遊地呵！
> 你雖刻刻向我閃著戀人的美目，
> 使我如流放異邦，復又欣然憶及故國花開的時日，
> 而我畢竟是集結世上的財富也不足去訪你了。
> 年月橫在我們中間，你秒秒飛著逃遁，
> 誰也無力使你返轉，如能把天際的風雲駐留，
> 我知道在不同向的追路上，昨日是你，明天是我，
> 唯有時間的重量才能把我推倒後帶回你的領地，
> 而那時我是陷在長久與夢的沉睡之中，心是一無所感了。
>
> （頁一二至一三）

　　羅門後來詩中往往冒出來的語調——蒼老、沉重——已全包含在這段詩中，而羅門這時只有二十六歲！美景、情愛只能成追憶，世上再多的財富都不足以把消逝的時光買回來，詩人的悲鬱、憂傷具溢於言表。這個時間母題也在他給《曙光》寫的〈前言〉第一段給拋了出來：在時間的巨廳外，四周圍繞著「無邊的墳海，我們隨時都可能沉入其中，那些永逝的年華與景象，在我心上經過，沉鬱中含有美的感動」（頁二）。在寫出這些恐怖的時間意象之後，詩人感到「時間茫茫，空間茫茫，人間也茫茫，生命！你將往何處去停泊？」這些感受，幾乎是〈古詩十九首〉中「生年不滿百，常懷千歲憂」，以及一些魏晉南北朝時的詠懷

詩的再版。羅門後來不斷強調的現代人的悲劇精神應該在此處找到萌芽。

羅門詩裡的悲劇精神絕非亞里斯多德《詩學》中所論述的那一套，他的觀念應是結合了尼采的觀念與存在主義的存在觀點。尼采在《悲劇的誕生》裡說：「希臘人尖銳地意識到生存的恐怖；為了能生活下去，他們得把奧林匹斯山頭眾神綺麗的幻想擺在眼前」（頁二十九至三〇），他甚至貿然說：「為了能生存下去，他們得創製出這些神祇來」（頁三〇），而且「眾神為了給人類生活辯護就自己先生活一遍」（頁三〇）。神祇們扮演的種種腳本是人類生存憧憬的外射。在另外一個場合，尼采又非常肯定神話對一個民族文化和想像力的重要性。在他的理論系統中，神話與悲劇相互依存——悲劇推演的神話故事可是人類生活與想像的外爍與昇華。羅門的第一層悲劇觀大體上是從這裡推展而來[3]。他在〈現代人的悲劇精神與現代詩人〉[4]一文中劈頭就說：「作為一個人確是不易與沉重的」，因為他所指稱的人必須「具備靈性、自覺性與悲劇內容」。然後他又強調，「當上述這些內容失去，我筆下的『人』便亦立即死去」（頁八十九）。

---

[3] 羅門應該讀過尼采的著作《悲劇的誕生》（*The Birth of Tragedy*），因為他在〈現代人的悲劇精神與現代詩人〉（一九六三）提到「尼采的不斷躍上」（頁九十一）；在〈羅門訪問記〉（一九七五）裡提到，從一九五四至五八年間，他「或多或少地含有尼采與貝多芬強調生命超越性的精神色彩」（頁二四三）；也在〈詩人對人類精神世界的塑造〉（一九六四）裡，他把尼采與沙特做了比較（頁七至九），並且說：「尼采高超的精神確像一條奔進的河流，在阿坡羅（Apollo）理性的默想與戴歐尼索斯（Dionysus）感性的律動之兩岸間通過，激起生命壯麗的浪花，人內在的田園因而得到良好的灌溉」（頁六）。他這些隱喻式的說法正好都是《悲劇的誕生》中的一些內容。在〈談現代詩的特質與藝術觀〉（一九六九）裡更提到「古希臘『由無到有』的悲劇精神」（頁七十七），這即是《悲劇的誕生》一再讚揚希臘人偉大之處。

[4] 羅門這篇論文發表於《創世紀》第三十七期（一九七四，七月）；後收入《羅門自選集》（一九七五，十二月），為〈代序〉，可見詩人對這篇論文之重視；然後又收入《時空的回聲》（一九八一），這次卻把提到文章緣起（occasion）的最後第二段刪除了，並把最後一段由三行擴充為六行的字數。

在這裡，我們可以發覺，羅門要探討的可是本體性、形而上的問題。據他說來，任何有靈性、有自覺性的人天生必然痛苦，悲劇內容根本就是天生地植根在人的精髓中。他所謂的「悲劇內容」就是尼采所宣示的「生存的恐怖」，只要你張開眼睛注視人生的爭鬥殘缺、思考生老病死的問題，尤其在正面面對時間的壓力時，你必然會感到驚慌。尼采在討論到漢姆雷特和戴奧尼斯式的人時說：「人一旦瞭解到真理後，他即處處意識到生存的恐怖荒謬狀況，瞭解到奧菲麗（Ophelia）的命運的象徵意義以及木精賽勒尼斯（Silenus）的智慧：反嘔侵襲了他」（頁五十一至五十二）。羅門所認為的現代人的悲劇是他「對生命一無所知」（〈現代人的悲劇精神與現代詩人〉，頁九〇），因此，他的精神是空洞的。

羅門認為現代人的悲劇是逐漸同理想、希望與神祇遠離，現代型的悲劇係由二十世紀的物質文明與戰爭所造成的非常深沉的虛無感與幻滅感；他們甚麼也抓不住、抓不穩，「他們對付『虛無』所使用的武器仍是『虛無』」（同上引，頁九十一）。在我不斷引用的這篇論文中，詩人甚至給「現代的悲劇精神」作界定，說它：

> 便是現代人在虛無與死亡的追視下，逐漸對先驗的本質世界及未來的理想世界，失去信心，精神也因此從形而上的靈魂跌入形而下的物界，去抓住生命在最後唯一可把持的事物——那事物便是沙特所呼叫的「生存」，除了生存，其他的東西，皆可說是次要的點綴物。（頁九十二）

在這篇文章的中段他還特地點出造成現代悲劇精神的另一個因素：不可抗拒的時空所形成的壓力（頁一〇四）。從羅門這裡所

提到的兩個來源來看，其實，我們也很難說它們到底是受到尼采還是沙特或其他存在主義哲學家的影響更多一些。我們或者可以這麼說：羅門的存在悲劇係結合了尼采的某些觀念和存在主義對生存境況的探索。

　　羅門的人類悲劇理論跟尼采的理論有一個大分歧：尼采的悲劇觀結合了酒神戴奧尼斯的狂暴特質與太陽神阿波羅的清澄和知性特質，而羅門的觀念則是從尼采縱論人的生存孤絕境況處出發。我們在拜讀了像〈現代人的悲劇精神與現代詩人〉（收入《第九日的底流》）以及〈現代作家與人類精神面臨的困境〉（收入〈心靈訪問記〉）等這樣的文章之後發覺，羅門雖然曾經討論過知性，可是他並不像尼采那樣，大力抨擊蘇格拉底式的知性詭辯對悲劇此一文類的戕害。尼采強調華格納式的音樂對振興德國民族文化魂的重要，羅門雖然也非常崇拜貝多芬的交響樂對其創作的影響，可卻未像尼采那樣把音樂與悲劇結合在一起來討論，並且賦予它這麼龐大的力量。尼采對以德（id）中的利必多（libido）諸多肯定，並對壓抑生命蓬勃生機的倫理和基督宗教諸多抨擊（《悲劇的誕生》，頁一〇至一一），可是羅門卻對現代社會的性慾橫流常痛加伐笞，從這個角度來看，他的道德意識似乎比尼采強多了，而且他有相當強烈的宗教式禁慾傾向。他對人們崇拜物質主義感到無奈，更對人們崇拜本能軀體、屈服於物慾感到驚恐，這些趨勢也是他所指稱的悲劇──這應是悲劇性的另一個意義：比較形而下的意義。

　　我們從以上對悲劇精神的探討可以得到一個結論：那就是，對生存的恐怖境況的討論是比較接近尼采的精髓的，至於一般人之傾向物界、物慾以及精神空洞等，這跟人類生存本體性的探討已不一樣。一個是本體性的探討，一個是現象性的描述，悲劇性精神與可悲的現象應不太一樣。當然，在論述過程中，羅門並未

論羅門的詩歌理論

1
8
7

知覺到它們之間的差異，他豐沛的、綿延的文字把精神與現實攪拌在一起，令我們讀者嘆為觀止。如果還要說明他的悲劇精神觀與對悲劇性現象的陳述的話，我們可以這麼說，悲劇性精神係為貫穿他的論述正文、創作文本的主軸，對悲劇性／可悲的現象的描述可為他許許多多首詩的軀體（他詩中所潛藏的壓抑和慾望可另文討論，茲不涉及），譬如〈第九日的底流〉、〈都市之死〉甚至〈麥堅利堡〉等等。在做了這樣的區分之後，我還要抽引一段他把人性跟悲劇精神牽扯在一起的文字，加以分析說明，羅門雖然寫了不少有關創作美學的著作，但他畢竟還不是位嚴謹的哲學家。

在《第九日的底流》的〈後記〉裡，羅門曾給他早期的創作經驗做了簡述，他的結論是：「一個成功與傑出的藝術作品（尤其是現代作品）往往便是由『智慧、人性→美』三種力量所構成一個具有磁性、沉醉性與戰慄性的精神宇宙」（頁一二〇），他為甚麼不說成功的藝術品是「人生閱歷＋想像＋技巧」的結晶品，這裡姑且不論，我只想指出他重視「人性」此一事實。在〈現代人的悲劇精神與現代詩人〉快結尾處，他說：

> 「人性」的活動顯然已成為現代人悲劇精神活動的基本發動力，一個作品如果呼吸不到人性，便是等於摸不到悲劇精神的範圍，摸不到，作品雖不致全部落空，但作品對於人尤其是現代人內在所施的襲擊力，確為微弱了，顯然的，「人性」是存在人類生命內邊永遠不朽的河流，吸納與反應著生存界的一切景象，在藝術世界裡它是看不見的空氣，養活著在作品內活動的一切，詩人與藝術家便正是利用它來點亮「自我」之燈，去發現世界、征服世界與展開創作的。（頁一一五）

人性是相當本能的物質性的東西，論者謂它可善可惡可為中性等等，不一而定，描述這些跟現代人的悲劇精神吧！因為這才包括了正視生命企圖瞭解自己、正視生命在時間的壓力下的積極作為以昇華自己、正視生命自種種現象背後探尋生存的樂趣（尼采《悲劇的誕生》頁一〇二）。羅門這篇探討現代人的悲劇精神的論文以及略為修訂簡約了的〈現代人的悲劇精神〉具都發表於六十年代初期，那時臺灣正籠罩在存在主義的氛氳底下，談存在主義情境一來能趕上西方學術界的「存在主義熱」的尾巴，二來也可宣洩政治窺伺下的鬱悶情緒。把羅門討論現代人的悲劇精神的論文納入歷史的視角下來看，我們發覺它們確也很能「反映」當時的情境的。

羅門的第三自然觀在觀念上顯然是自相矛盾的，這一點後頭會談到；他這理論跟早期的悲劇觀牽扯越來越弱，這表示他已逐漸從尼采和沙特等存在主義者的陰影下走出來，搭接上當代文學理論的一些枝椏。上一段提到成功的藝術品必定是「一個具有磁性、沉醉性與戰慄性的精神宇宙」這一句話即隱約是他第三自然藝術殿堂的雛形，可是明眼人一看，他這時應用的「沉醉性、戰慄性」這些詞彙，顯然都跟尼采所彰顯的戴奧尼斯藝術特質密切相關。羅門的第三自然觀顯然受到施友忠教授的「二度和諧」（the Second Harmony）的觀念的影響，張錯已在一篇文章〈夢遣情〉裡提到（頁五十三），我也在給拙編《從影響研究到中國文學》寫的序文中指陳過（頁vi）。

羅門在〈詩人與藝術家創造了存在的「第三自然」〉裡，他所謂的「第一自然」其實就是自然界、自然景物等田園詩的境界，「第二自然」就是人為建構的都市社會。他只用了不超過三百字一段的文字來討論區分這兩種自然，然後說：「第一與第二自然的存在層面，是人類生存的兩大『現實性』」的主要

空間，任何人甚至內心活動超凡的詩人與藝術家，也不能超離它（們）」（頁六十九）。其實，這兩者都是吾人的生存空間，硬性區分它們並沒有太大的實質意義（除非他能像康德那樣區別它們），因此，他所謂的詩與藝術為我們打開的那個無限展延的世界應是「第二自然」（這一用詞已跟施友忠的「二度和諧」不一樣，何懼之有？），「第三自然」其實是觀念的自相矛盾。不管怎麼說，在往後的論列裡，我們將會發現，羅門這個自七十年代中期提出來的「第三自然」可是一個不斷發展中相當豐富的隱喻。

　　有關第三自然的理念依序見於〈詩人與藝術家創造了存在的「第三自然」〉（一九七四）、〈代序：打開我創作世界的五扇門〉（一九八八）、〈我兩項最基本的創作觀：「第三自然」與「現代感」〉（一九八九）、〈從我的「第三自然螺旋型架構」看後現代情況〉（一九八九）和〈「第三自然螺旋架構」的創作理念〉（一九九二）這些論文中。概括而言，羅門的第三自然是比第一和第二自然「更為龐大與無限壯闊的自然」（一九七四：頁七〇），是一個超越的「存在之境」、「上帝的視境」（一九七四：頁七〇）、「內心的天國」、「那個無限地容納『美』的境界」（一九七四：頁七十一）、「人類精神活動的佳境」（一九七四：頁七十六），且又是一個永恆的靜止的且又不朽的骨灰罈、一種「無限地展開的內心境界」（一九九二，頁一八二）。在這裡，我們發覺它既是主體的又是現象的，是內在的且又是超越的，是藝術的且又是本體的（上帝的、存在的），是藝術境界（poetic world）且又是藝術品本身，周偉民和唐玲玲教授說「它是由作者心靈與客觀融化而創造的具有藝術力量的意境，是藝術和詩所建立的形象的王國」（頁一八二），[5]這種只注意到羅

5　羅門詩歌理論中的第三自然觀與康德、公木二位的觀念異同探討，請參考周偉民和唐玲玲，頁一八一至一八五。必須指出的是，周教授並未提及羅門是否受到康

門的藝術隱喻境界的說法還是不太完整的，因為它忽略了羅門這個理論的進展以及裡面的糾葛，而這一點，我們在底下對比羅門的第三自然與施友忠的二度和諧時將會加以呈現、澄清。

施友忠主張的二度和諧是指一種人生磨練後所獲致的平和清澄的心境以及這一類詩人作品中的風格和特質，他的初度和諧指「嬰兒原始的天真」境界（頁六十八），從初度和諧進展到二度和諧之間的經歷、鍛鍊與洗滌才是關鍵之所在。沒有經歷此一過程，當然不會有這種境界；但是，有此一經歷過程也未必能達到這種渾然無物我扞格、平和清澄的境界。施本人在提到初二度和諧的差別時就說過：

> 二度和諧很像初度和諧，但又超越了它。說它像，因為也同初度和諧一樣，是素樸、真純、自然的。說它是超越的，因為它已超入悟境，恬靜圓通，不再因人世的滄桑，有動於衷了。（頁七十五）

施教授在英文版論文中，一開頭就說到二度和諧這種心智狀態是超越的，可卻又是內存的（immanent），能表現這麼一種相當特殊的心智狀態的詩篇並不很多，要條分縷析論述這一特質更非易事。施教授在中英文論文中已舉了不少例子來論證它的存在，最後還得承認它並非一個放諸四海而皆準的圭臬。「它最適用的範圍，不出抒情詩，而且還要限於閒適妙悟一類的抒情詩。至於敘事說理等等，怕不大適用」（頁一〇三）。施教授所欲論證的這種二度和諧特質雖然有些不易捕捉，可他的說明論證卻是非常清晰流暢的。

德以及公木是否受到羅門的影響。

相對於施友忠的理論，羅門的第三自然有許多地方是在挪用（appropriate）前者的理論，譬如施提到「人須經過千錘百鍊，才能達到自然境界」（頁八十五），羅門則說詩人與藝術家必須掙脫第一與第二自然的限制而探索「更為龐大與無限壯闊的自然」（一九七四：頁七〇）；又譬如施提到人必須經歷鍛鍊與洗滌才能「達到最後了澈圓通、無掛無礙的境界。……超凡入聖，不再受一切知見的束縛」（頁六十六），羅門則比擬他的第三自然為超越與昇華了的一種「物我兩忘的化境」（一九七四：頁七〇）。更重要的一點是，羅門把施所彰顯的能臻至二度和諧的詩都收編納入他的永恆的無限開放的藝術殿堂中，僅就這一點而言，我們就可以發覺羅門作為一位美學家的熔鑄力量。

　　羅門關於第三自然的理論，其重點其實大都在一九七四年發表的那篇〈詩人與藝術家創造了存在的「第三自然」〉即已點出，其後發表的論文論點大都為此一文章的拼湊及發揮，但這並不表示他以後就一無進展，最大的進展應有兩點，那就是：第一，他把非常具象的螺旋架構跟第三自然觀結合起來；第二，結合後的「第三自然螺旋架構」理論談的已是創作過程，例如：

> 第三自然緣自「觀察」→「體驗」→「感受」→「轉化」→「昇華」的思想運作過程，這之間，因「轉化」與「昇華」的潛在形態，含有迴旋的變化「圓形」，也含有向頂端玄昇的「直展形」，便在互動中溶合成為一螺旋塔的空間造型世界。（〈看後現代情況〉，頁四十七）

　　從第一篇論文裡不斷提到第三自然為詩人與藝術家所創造的佳境世界，到本體的且又是超越的美妙內心天國（一九七四，頁五十七，六十二和六十八），一直到晚近包含有創作過程的空間

文化／文學的理論與實踐 ▓▓▓ 192

造型世界，這未嘗不能說羅門這個理論是在開放發展之中。

我在前頭說羅門的第三自然理論挪用了施友忠所提倡的二度和諧，這並不表示羅門的理論就一無價值。理論是要旅行的、擴展的，挪用和消化就表示某種進展。根據這樣的說法，我們發覺，羅門在最近發表的〈從我的「第三自然」螺旋型架構看後現代情況〉和〈「第三自然螺旋架構」的創作理念〉這兩篇論文中，他就有意以他的第三自然理念來批判巴特的零度空間書寫（zero-degree writing）和詹明信的後現代後資本主義理論。根據巴特的說法，零度書寫（ecriture）是中性的、無色彩的；它是文學自殺後的極度匱乏（頁五、七十六至七十八），而且可能是解決文學語言崩潰的一種辦法。在排除任何優雅和修飾後，它應該就是一種新聞報導性文字（頁七十六）。羅門在討論這種零度書寫時根本就未瞭解到巴特是在討論語言、風格與書寫這三種「形式」（form）的關聯，他是在為羅伯‧傅立葉（Robbe-Grillet）、卡繆、白朗梭（Blanchot）和卡侯（Cayrol）等所創立的，排除了所有隱喻的書寫做鼓吹，他當然更沒想到巴特的零度書寫概念並未在他往後的文學研究中扮演重要的角色（宋妲，頁xvii）。相反的，他注意到的只是當今後結構／後現代主義時代的一些情況，例如，排除「主體」、「重心」與「內在本質性存在」的創作；又例如人們為了快速便捷的交接而不顧「歷史感」、「永恆感」，甚至也不驚動「心靈」。在針對後現代的情境時，他只注意到詹明信所提的各種媒介中的拼貼現象而不及於他另外所提到的一個非常重要的症狀：精神分裂症。在他非常感性的、直觀的理解下，他當然無法認可這些情境為「人類在在永遠持信的導向與真理」（〈看後現代情況〉，頁四十五），而且他相信，患了後現代膚淺幼稚病的人，只要送到他所建構的第三自然藝術殿堂／故鄉裡去診療，他們一定能恢復其精神的形而上

的昇力與活動（前引文，頁四十五）。

　　羅門是一位熔鑄力相當強的人，其詩歌美學理論非常豐富，自從他於一九五八年出版處女詩集《曙光》以來，他往後所推展出來的一些理念和主題——例如對悲劇精神的探討，對心靈世界的謳歌和對詩歌與音樂的密切關注等等——其實都可以在早期這本詩集中找到端倪。也就是說，羅門雖然出版了大約十本詩集和五本論文集，抽繹出來之後，我們當會發覺他所攻擊捕捉的文本並不致太多。即使是這麼樣，研究者要深入探討這些文本可還非常不易。我覺得他理論中還有一些主題如現代感、本體性、詩歌的特質、寫實與超現實主義的糾葛，甚至他詩歌中的浪漫質素，抒晴傾向、原型意象、解構傾向、慾望與壓抑等等，這些都是值得我們深入且仔細研究探討的。

引用書目

周偉民、唐玲玲。《日月的雙軌——羅門、蓉子創作世界評介》。臺北：文
　　史哲，一九九一。

施友忠。《二度如諧及其他》。臺北：聯經，一九七六。

陳鵬翔。序《從影響研究到中國文學》。臺北：書林，一九九二，頁i至
　　viii。

張錯。〈夢遺情〉《聯合文學》七卷十二期（一九九一）：頁五十二至六
　　十一。

羅門。《曙光》。臺北：藍星，一九五八。

羅門。〈前言〉《曙光》。頁一至五。

羅門。〈啊，過去〉《曙光》。頁一二至一三。

羅門。〈後記〉《第九日的底流》。臺北：藍星，一九六三，頁一一九至一
　　二〇。

羅門。〈現代人的悲劇精神與現代詩人〉《第九日的底流》。臺北：藍星，
　　一九六三，頁八十九至一一八。

羅門。〈詩人對人類精神世界的塑造〉《現代人的悲劇精神與現代詩人》。
　　臺北：藍星，一九六四，頁三至一五。

羅門。〈現代人的悲劇精神〉《現代人的悲劇精神與現代詩人》。頁一六至三十四。

羅門。《心靈訪問記》。臺北：藍星，一九六九。

羅門。〈心靈訪問記〉《心靈訪問記》，頁一至二十三。

羅門。〈談現代詩的特質與藝術觀〉《心靈訪問記》。頁七十四至八十八。

羅門。〈詩人與藝術家創造了存在的「第三自然」〉《創世紀》第三十七期（一九七四）：六十九至七十七。

羅門。《羅門自選集》。臺北：黎明，一九七五。

羅門。《時空的回聲》。臺北：德華，一九八一。

羅門。〈追索的心靈（中）〉《時空的回聲》，頁三一八至三五三。

羅門。〈追索的心靈（下）〉《時空的回聲》，頁三五四至三九二。

羅門。〈代序：打開我創作世界的五扇門〉《整個世界停止呼吸在起跑線上》。臺北：光復，一九八八，頁七至三十一。

羅門。《詩眼看世界》。臺北：師大書苑，一九八九。

羅門。〈我兩項最基本的創作觀〉：〈「第一自然」與「現代感」〉《詩眼看世界》，頁一一九。

羅門。〈從我的「第三自然螺旋型架構」看後現代情況〉《詩眼看世界》，頁三十七至五〇。

羅門。〈詩與藝術美的轉化與造型能力〉《詩眼看世界》，頁五十一至六〇。

羅門。〈心靈訪問記〉（續稿）《詩眼看世界》，頁一七四至一八五。

羅門。〈「第三自然螺旋架構」的創作理念〉，收入陳鵬翔與張靜二編《從影響研究到中國文學》。臺北：書林，一九九二，頁一八一至二一四。

Barthes, Roland. *Writing Degree Zero*. Trans. Annette Lavers and Colin Smith. New York: Noonday Press, 1968.

Nietzsche, Friedrich. *The Birth of Tragedy* and *The Genealogy of Morals*. Trans. Francis Golffing. Rpt. Taipei: Caves, 1967.

Shih, Vincent. "The Second Harmony." *Tamkang Review* 6.2-7.1 (October 1975-April 1976)：31-42.

Sontag, Susan. Preface to *Writing Degree Zero*. vii-xxi.

當代文學理論的眾聲喧譁

有人說20世紀八、九十年代是一個電腦時代、資訊爆發的時代，我們未嘗不可以說它是一個（文學）理論時代（我特別用括弧把文學一詞括起來，以表示不僅僅文學，其他學科如社會學和政治學等的理論也非常蓬勃地出籠），對於這樣一個勃蓬的現象中的理論介紹和應用，我們的學術界現在已經沒有任何落後的現象，但是對一般不懂得外文的大眾來說，他們可真無法比較系統而且深入地去瞭解這些眾聲齊唱的理論，更不要說去感受這些理論出現全後對學術界那種鮮活的沖擊。

西方應是比較早能預知這股理論潮流的到來，設在英國倫敦的Methuen公司早在1979-80年間，首先推出一套十二冊「新韻」（New Accents）叢書，這第一套十二冊之中，霍氏本人的《結構與記號學》[1]和伊蘭的《劇場與戲劇記號學》等，目前都已成為經典之作，而往後推出的叢書中，其中如赫魯伯的《接受美學理論》、弗洛恩的《讀者反應理論》、諾利斯的《解構理論與實踐》和沃芙的《後設小說》等也都非常受到肯定。這套叢書既然稱為「新韻」，其編輯用意當然是在介紹文學研究的新觀念、新分析法，而這些新東西，其發源地未必都是英美；霍氏說他這套叢書是要積極「誘發而非抗拒變革」，是要「擴展」而非僅僅是「增援」目前文學研究的範圍（頁vii）。自Methuen

---

[1] 此書後改名為 *The Structuralist Controversy*, ed. Richard Macksey and Eugenio Donato (Baltimore: Johns Hopkins P, 1972)。

公司這套叢書面世以來，英美的著名大學出版社如劍橋、牛津、芝加哥、康乃爾和哈佛等固然受到沖擊，其他如明尼蘇達、杜克、印第安娜，甚至紐約和喬治亞大學等都積極跟進，出版了不少非常優越的理論書籍。至於一般出版社，美國的諾頓、Sage和Vintage固然非常積極地展開出書，英國的Routledge、Blackwell、Polity和Verso等等所推出的理論書籍，其積極和前衛，更是叫人目不暇給，買不勝買。簡而言之，從概括性對一流派一方法的介紹，到對個別論題的深論到各種會議論文專集，可說應有盡有，而這些只是一本一本的書籍，尚不也括許許多多發表在學術刊物學報上的專論，任何人只要對這種排山倒海而湧來的出版物有一些了然，他必然會同意我的說法，八、九十年代確可稱為一個道地的「理論的年代」。相對於西方這種勃蓬的理論發展，國內對理論的反應、介紹、甚至翻譯，都可說非常貧乏，今設在板橋市的駱駝出版社有意先將「新韻」的部分論著以及其他出版社的一些經典，委請兩岸、香港、新加坡學者翻譯出版，以填補我們對西方理論的渴求，大家實在應感額手稱慶。

提到這二十來年西方文學理論的興發一定得給1968年記上一筆。這一年，從法國的巴黎到美國的柏克萊所掀起的學運，其最具體而深遠的影響即是新觀念因它而受到了肯定。就歐美理論的溝通流通而言，則1966年更具有標竿意義，因為這一年美國的霍浦金斯大學召開了一次題為「文學批評的語言與人類科學」的研討會，歐洲一些重要的結構主義理論家像巴特、托鐸洛夫、拉崗和雅克慎都與會。但更重要的是，德希達的第一篇英文論文〈人文科學言談中的結構、符號與遊戲〉即藉由這次會議而正式進入英美世界。從這次會議的論文以及與會者的討論中，我們發覺他們不僅無法對結構主義尋得一致的見解，而事實上，是在宣佈它的死亡，後結構時代的到臨。另一方面，在這次會議之前、英美

對歐陸人文學理論的接受情形猶在迎拒不定之際，自此之後，才大量翻譯、推介及挪用歐陸的各種理論，其中最典型的例子就是米樂、德曼與布魯姆等耶魯四人幫藉助德氏的理念創立了解構理論。差不多在此同時，美國的女性主義者開始大量出書，為他們打入學術界鋪路，當時最著名而且影響力最大的一本書（米勒特的《性別政治》）即在1969年出版，此書至今仍對男性文化造成摧朽作用。在英國，另一群人以詹森（Richard Johnson）和霍爾（Stuart Hall）為首，在布明罕大學推動目前氣勢非常隆盛的文化研究。我這一段敘述僅在說明一點，當今的理論興發實應推溯到六十年代年輕人打倒偶像另尋理論典範的作為上頭。

到了八十年代，英美及在歐洲推出的理論書籍可真是琳瑯滿目，目不暇給，其取向和重點紛紜雜陳，甚至相互抵抑，真是一片眾聲喧譁。先是解構論、記號學、詮釋學、拉崗心理學、新馬克斯主義和讀者反應理論當道，到了八十年代末期九十年代初期，後殖民和後現代論述、女性主義和文化研究批評似又成為顯勢，真要為這麼多種理論繪製圖譜，每一種方法／流派都得寫成一巨冊，由於文獻相繼湧現，這種工作絕非一個人窮一生的精力就可以做到的，故當今搞理論的學者常有疏於閱讀原典文本之憾。

要仔細論述當代文論雖有其實際上的困難，可是我們仍可以在這盤根錯節交接與不交接之間找到一些特色，其舉舉大端者應有底下這幾點：

第一，當代理論的紛紜、解除中心趨向，都跟梭緒爾質疑符號中符具與符旨的契合有關。梭氏認為符具與符旨的關係都是武斷的、偶然的、後天的，因此，符號的應用者儘管非常竭力，想以各種符號來攫住經驗中的真實，其用心都得打了折扣。解構論和後現代主義都據此找到了思想的根源。作為解構論的祖師，德

希違即認為，書頁上的文字都只是一些符號或痕跡（marks or traces），它們都是殘缺的工具，所能攫住的都是疏離的、間隔的、游移的意義，而由讀者再對這些符號加以還原以求理解，則其所獲得的將是間隔又間隔、游移又游移的意義。後現代主義理論家承襲這種看法，他們認為文學創作根本只是一種語言（符具）遊戲，對意義的追求只算是捲入一場無限延緩的天羅地網之中。

第二，文本觀念的確立代表讀者的誕生。在巴特和克利斯提娃等於七十年代初期提出「文本」（text）的觀念以取代「作品」（work）的觀念之前，文學批評都環繞著作者與作品的關係大作文章，作品為作者的產品（product），任何探討都得對「作者」這一環予以尊重，因為作品永遠都是屬於這一個創作者。1968年巴特宣佈「作者的死亡」之後，文學研究已逐漸改觀，作者的「死亡」代表讀者的誕生。一個作家一輩子可能寫了不少作品，可這許多作品可能只是一兩個文本的變異；而且，根據巴特和克利斯提娃的說法，文本是游移的、衍生的，無法加以框住釘死，是讀者閱讀時創造出來的場域。文本觀跟作品觀念的最大不同是，作品是作者的產品，而文本所強調的則是讀者的參與生產，所以是生產（production）或生產力（productivity）。在當代文學理論中，不管是讀者反應理論、記號學或是解構論還是詮釋學，無不強調讀者閱讀過程的重要性；後設小說更強調讀者參與創造的重要性。這樣一來，意義都是讀者創造出來的，沒有讀者就沒有了文本。

第三、對典律／典範的顛覆。女性主義者固然要全面性質疑、顛覆、改寫所有由男性文化體系中衍生出來的種種規範、典律，後殖民論述、後現代主義也要對宰制和體制加以挑戰。在殖民社會裡，女性受到的是雙重宰制：父權與殖民主共謀、男性又

與治權共謀，所以女性到處都受到宰制、壓迫、征服、操縱，是徹徹底底被控制的一群。在現今，女性主義結合了弱勢論述和解構論，對所謂實證性的現實和未經驗證過的男性歷史都採取質疑態度；她們要揭開的是久經壓抑、掩藏的軀體，無意識以及文化、語言中的深層慾望，在此情形下，在父權社會體制下所樹立的典律／典範等都是她們所要顛覆、推翻的。至於後現代主義所推崇的符具的游離、意義的模稜性和歷史的斷裂等等，也許是蠻能吻合某些女性主義者的口味的。

　　除了上列這三個特色之外，當代理論的另一特質應是科際整合。早期的結構主義理論固然結合了並時語言學、比較神話學和人類學等學科知識來求索各種言談中的深層結構；當今的女性主義大體上係結合了語言學結構主義理論、馬克斯主義、心理分析和解構論；文化批評更結合了政治經濟和社會學理論和媒體傳播、電影技術等，其面相以及跟社會脈搏相依持，更是任誰都無庸置疑的。

1994年5月18日於師大英語文中心

初論我的文學觀

文學經驗自剖（上）

　　最近中國大陸南京大學出版社擬編纂出版一部〈臺港澳與海外華人作家辭典〉，特致函臺北我任教的大學，要我提供詳盡的傳記資料。我把這封信擱置了半個餘月，原因無他，一來窮忙，二來想到自己又不是什麼了不起的大文豪，何必去填這一類辭典的篇幅，其實最令我猶豫再三的是，其中有一條要「較為詳盡地介紹一下您的文學生涯，特別是您的文學觀的形成、演變、發展的過程」。我的文學生涯？我從十幾歲迄今，所創作的一些散文和新詩，一直都在一種即興的、自然的、無所為而為的情況下寫成，為的也只是把心中的塊壘、一時的感觸、衝動表達出來，從未想到把寫作當作糊口的手段，也從未想到用文字來推動促進甚麼。因此，我從未想到過去迄今的塗鴉可算是一種「生涯」，這不是我謙虛，我覺得「文學生涯」應指那些以賣文為生，以文字當作一項神聖的事業來從事的人的。更令我忐忑不安的是我的「文學觀」，我真的已有一套文學觀了嗎？一些即興感懷塗下來的心靈記錄也可作為我的「文學觀」來看待嗎？

　　前頭這個緣起觸發我內省，我在過去寫的一些箚記、評論中是否真的已發展出一套堅定（？）的理念，由於這一觸機，我真的開始翻箱倒櫃，翻檔案，找尋各種收輯我的文章的選集合集，

終於找到三個頗能表達我的文學觀的過去資料，下面即依時間順序把以前的文字抄錄下來，並加以詮釋（甚至加以解構（？））一番，在詮釋過程中，大家一定可以發覺，我已從一個徹頭徹尾的新批評信仰者，現代主義者進入到詮釋學和解構思想者，我似乎已從堅信文學萬能趨向認識到文字的詭譎，我似乎已從相對客觀邁向相對主觀。

一九七〇年二月中旬到三月中旬，我給張默和管管主編的《從深淵出發》（一三六至一五一頁）寫了十一則詩箋，內中有一則談到文字（學）與模擬的關係，有一則談到自由心靈與創作的關聯的問題，我覺得這兩則箋記頗能表達我的文學理念。一九七〇年三月十四日我寫那一則箋記，主要想到文學從模擬到反映甚至到批評人生，它到底反映了多少人生？我當時這麼寫：

> 我們若想回答這問題，至少我們必須搞清楚，文字是否真能恰切完整地表達人的思想情感。依據中國古代人的看法，八卦洪範乃取象自然界的河圖洛書，文字乃來自自然界，這種觀念跟西方以為文字乃為摹倣自然景物而創造出來的不同[1]。但是，我們可以肯定的是，文字乃人類心性的表徵，比結繩和畫畫進步，而且更能圓滿地表達人類的思想情感。在初創時期，文字多為一字一義，可是在歷

---

[1] 我這個句子是有點問題的，我不應該把八卦洪範九疇並擺，因為《易繫辭》和《尚書》「洪範」明明指出，八卦乃為模擬自然而作（所以大體上是象形的），是包犧氏（人類）有所為而產生的，而洪範九疇乃天帝為了幫助禹（人類）規範而賜給他的，此當然可以說來自於自然（天），而這種觀念有點類似西方聖經上所傳示的，文字典範等等乃為體現神、自然（一個大寫的Word）的表徵。至於西方文字，如以今在希臘克里特島（Crete）上所發掘的來看，那是象形的，這跟後來西方人所用的抽象字母截然不同；早期的西方文字乃為模擬自然，以後則為規範、瞭解自然而作。今西方還有人以為，文字應由具象進入抽象的階段是種偏見或神話（？）。

史演進過程中，有些字獲得了多種意義，有些字卻被閒置起來。為了更圓滿地表達人類的思想情感，新字乃被源源創造出來。不可否認地，文學乃為最能真切地表達人類的思想情感的工具，因為我們唯有依靠文字才能認識前人以及同時代人的各種活動，但是，我們仍有一點必須搞清楚，文字表達的是事物的普通意義（所謂共相），比如，「人」這個字乃為「理性的動物」或「萬物之靈」的同義詞，並不是所有具有四肢的哺乳類動物都可稱為「人」，因此，我們稱失去人性的人為「衣冠禽獸」。可是在文學創作上，我們要求的是字字能精確地表達作者的意思，同時又要它們能產生各種聯想。一言以蔽之，文學上用的是情緒的語言，跟哲學（包括學術）討論上用的敘述性語言，字字要界定去蕪不同，原因是希望獲得更豐富的聯想效果。在文學裡，歧義（ambiguity）和朦朧都是一種美，可是在學術討論上卻絕對不允許這些素質存在。（一四九至一五〇頁）

　　我當時會寫下這一段文字主要是有感於一般人對文字的本質、起源和功能的理解不甚了了，因此想記下我當時的思考。現在看起來，發現這段將近二十年前寫的文字隱埋了不少盲點。既然要探索文字的本質，我實在應該在文字與其模擬對象之間的關係多加探討，而不必急於跳到功能上去，但另一方面，我也感到有一點點得意，那就是我二十年前即已注意到文字的武斷性、不穩定性，雖然我很堅持，認為文字「乃為最能真切地表達人類的思想情感的工具」，而且我們也「唯有依靠文字才能認識前人以及同時代人的各種活動」。坦白講，我現在可不再這樣堅持了。這一、二十年來，視聽媒體愈來愈趨精緻，也許有一天，大家一

手一架攝放映機就能把外界萬象拍攝儲存，隨時放映「視聽」，免去我們爬格子打字記錄任何心智活動之苦。

現在再回到文字的局限性和不穩定性這個問題來，這是最近十來年西方熱烈討論的一個關鍵性問題。我們現在一般都同意，任何言談（discourse）都建立在一種假設上：即我們利用文字來記錄一個略為感覺到是內在的又有點飄浮在外的所謂「我」的知覺以及利用這個知覺中樞去感受到的外界。我這個「我」是相對的絕對，是處在不斷游移之中，任何的言談就是要把這個「我」突顯出來，以成為言談的焦點或成為知覺宇宙的起點。文字就是任何言談的記錄符號（sign），這些符號就是模擬「我」以及模擬「我」感知外界的媒介，任何想討論文學的模擬功能的人都得先瞭解，這些符號的特質以及這些符號的表意過程（signification）所牽涉到的一些問題。

在任何一套語言系統（langue）裡，符號（象形符號也許除外）中符具（signifier）和符旨（signified）的結合都是武斷、不穩定的，這種話本來也不必要等到二十世紀初年才由語言學結構主義的奠基人梭緒爾（F. de Saussure, 1857-1913）才特別加以強調，莊子兩千多年前即已注意到指（符具）與所指（符旨）之間的詭譎關係，兩者之間無法百分之百的契合，因此我們在造碼（encoding）和解碼（decoding）的過程中都會產生流失的現象。更不必說思考與書寫配合不及所可能造成的更多流失的現象。這種現象不僅是莊子早已覺察到，比莊子還早一些的《易繫辭傳》的作者也說過「書不盡言，言不盡意」（《易經集註》，頁一〇四）的話。由於這種「意」（即符旨）通常無法用文字（即符具）百分之百加以攫住表達，因此，《易繫辭傳》的作者即主張以「立象」、「設卦」的輔助性手段來達致詳盡透徹地表達情意。很弔詭的是，如果文字都無法準確詳盡地把情意表達出

來而要依賴圖象意味非常濃重的象卦（即象徵符號）來引申來象徵[2]，這不就明確說明文字作為表情達意的工具確實是有其局限性的嗎？文字的武斷性特質在西方語文裡最明顯。例如「貓」這個字，它左旁的「豸」部首告訴我們牠是屬於貓虎類動物，《說文》不收（《說文》只收了一個俗叫野貓的「貍」字），但這不表示它是一晚起字，因為比《說文》還早的《詩經》「大雅」「韓奕」已有「有熊有羆，有貓有虎」之句，《禮記》「郊特牲」也有「迎貓，為其食田鼠也」之句，可見馴服貓以助農耕應是很早的事。貓字甲文金文闕，小篆作貓，從豸苗聲，至於「苗聲」是由於模擬貓喵喵叫抑或由於牠能捕鼠而去「苗」之害而得聲，使得這個字有曰為形聲字有曰為會意字，則不得而知。總之，對我而言，中文「貓」這個符具跟其符旨的契合，比起其他語文來說，比較沒那麼武斷牽強。英文裡「貓」叫做cat，法文作le chat，馬來文作kucing，不管那一種語文裡，在未約定俗成流通以前，這些字字母的組合都是未定的、武斷的。cat叫做pat或tat等等可以不可以？在這些字未獲得現有的含意前，任何一個都可以取代cat而擁有「貓」的含意。從這裡，我們可以發覺，cat這個符具跟它的符旨的關係的建立是武斷的，而一旦建立了關係，我們又無法把它取消。

由於我對文字有了上提這種認知，所以對於文學是否能百分之百地模擬或反映人生，我一直抱持謹慎的態度。「謹慎」不表示我懷疑文學創作的功能，這只表示我覺得

---

[2]　臺北文化書局出版的《易經集註》，不知何許人所注者也，其對「子曰：書不盡言」這一段有底下這樣的注釋：「言之所傳者淺，象之所示者深，觀奇耦二畫，包含變化，無有窮盡，則可見矣」（一〇四頁），則明顯可見，卦象所象徵者，足以補充文學所傳達者之不盡也。

文學的描述是有其局限的、有其盲點的，雖然包含著這些局限和盲點，我認為它們仍舊是我們認識「我」以及宇宙一種相當可靠的辦法。我在一九七〇年三月十四日同一則箚記裡提到，我們創作文學作品是「希望藉此扣住心靈在時間之流上的瞬息變化」；我也覺得，「文學的功效不比其他藝術差，相反的，文學是人類瞭解人文現象的最佳工具」（一五〇頁）。在這則箚記的最後一段，我說：

　　除非我們不用語言來表達思想情感則已，否則，文學是必需品。至於其可靠性，那就像我們對心靈的瞭解一樣，可絕對沒問題，但我們卻無從恰切地指出其可靠的程度。而且，讀者與作者之間這道鴻溝必須用經驗填補起來。作者撒的是文字的網，捕到的是活生生的魚；讀者如想捕到相同的魚的話，他必須有捕魚的經驗，至少，他要能聯想到捕魚的雀喜和痛苦。（一五一頁）

在這段文字裡，我提到讀者的閱讀和反應，那時，我當然尚未接觸到詮釋學的理論，所以只能一再強調經驗在閱讀過程中的重要性，而不會用詮釋之環、部分與全體的辯證等觀念來說明。

　　在討論過文學與模擬、文學反映社會的可靠性等以後，我想得在此提到一個相關的課題：那就是文學創作與自由心靈的關係。我在前面談到文學能模擬、反映以及批判人生時，我都是建立在底下這個前提下來說的：那就是作家的心靈是自由的。假使沒有自由的心靈，則文學作品所提供的只是一幅扭曲了改造了的現實圖，這樣一幅現實圖，它能引起多少人的共鳴是很值得懷疑的。很湊巧地，在一九七〇年二月十九日我留下了底下這段文字：

自由心靈是產生詩的首要因素，因此，詩人之心除了是赤誠外，便是不結盟的（unaffiliated），自由遨遊在有形和無形的物體之上。他所創造和肯定的是他的立法，他所關注的是人性，非神性、非獸性！（一四〇頁）

我那時想到的「自由心靈」是沙特式的、存在主義式的，亦即是處在極端危險之中所能攫住的那麼一點點思維空間，而這一點點短暫的、危機四伏的自由思維對一個知識份子來說是多麼重要。

文學經驗自剖（下）

　　因此，我想到一個詩人的赤誠固然重要，可是，如果他連坐下來或躲起來自由思索、自由書寫的空間都沒有，文學創作已遭受到很大的戕害，那來文學的真誠和可靠性？當然，我這則簡記未提到所謂指導式、脖子被栓住的創作，但我已提到「不結盟」的問題，也就是說，創作得無所為而為，在這樣的情況底下，作家寫出的作品才能真正徹底地展現他的思想狀態，他的思想才不會受到質疑。心靈的自由可說是傑出創作的先決條件，沒有這個條件來配合，他的模擬、反映或指導等都是不太真實的，都要大打折扣的。

　　在一九七六年年初前後，我又有兩次機會讓我略略寫出我的「詩觀」，這兩次機緣我沒記下準確的時間，故無法確定那一個居先，那一個在後，不過可以確定的是，時間相去不遠。記得那時蕭蕭和沙靈在為大昇編完《現代詩三百首》後，特為詩友發了一份「中國當代詩人資料表」，要大家填寫，內有「詩觀」一項，根據影印存檔資料，茲將我填寫的「詩觀」抄錄於後：

> 詩是內容與形式的最佳安排，好的詩都是言簡意賅、結構
> 嚴謹、部分與整體有機的結合。
> 詩未必全為表達大道理而作，有時三言兩語，確能勾勒出
> 一幅輕靈的畫，構成一自足之小千，惟偉大的詩必有開闊
> 之氣魄，處理的是人類最根本而又偉大的主題。
> 詩應能提升人類之靈魂。

　　在一塊長方形空間裡，我能寫的大概也只有這麼兩三句

話，不過從這一百左右個字中，讀者一定可以發覺，我相當同意新批評家的一些說詞，認為詩歌應該簡短、詩歌應為一有機結構；但很矛盾地，我又隱約認可浪漫主義古代的源頭朗吉納斯（Longinus，?‑273）的想法，強調氣魄雄渾（Sublimity is the echo of a great soul），認為文學能有潛移默化的功能。

在瘂弦和洛夫等編的《八十年代詩選》裡，我又銜命寫下如下的「詩觀」：

> 文學藝術就像其他藝術形式一樣，是內在經驗的外在化和客觀化，在這種內在經驗外在化之過程中，由於個人環境、習性以及所處時空感覺強調不同，作品就顯示出對外界感應之深淺不同。
> 詩反映現實是重要的，惟比這更重要的是想像力之運作。給客觀世界作忠實之反映，而不會把主觀意識投射到客體事物上，這樣的客觀反映只是膚淺的寫實，毫無深度與意義可言。詩應是心靈之觀照，在此觀照下，外界景物必起了變化以適應主觀之要求，因此藝術品永遠都是比外在自然更美妙的創造。文學作品若不能給外在世界染上想像力之色澤，那麼這樣的作品跟照相毫無差別可言。文學作品應是一盞四射的燈，吸收光熱然後放射出光亮來。（二四〇頁）

在這兩段「詩觀」中，我非常強調想像力的重要，認為藝術都應給外界染上色彩，尤其最後一句，認為文學創作（心靈）應是一盞四射的燈，任何對現代文學理論稍微有所涉獵的人，都應知曉這是艾伯拉姆斯（M. H. Abrams）在《鏡與燈》（*The Mirror and the Lamp*，*1953*）裡所提的看法：浪漫的心智就像一盞

燈，四處吸收四處照射。

在給兩個「詩觀」略做說明後，我發覺我自己在七十年代的觀念，不管是主張用想像力結合、塑造、迸射甚至作超現實的遨遊，還是高唱試驗各種技巧。基本上，我所設想的文學作品結構還是連貫的、穩定的、向心的，我還未想到破罅、盲點、離心等概念也可納入成為結構的一部分。總之，我沒有辦法確定，如果還有人要我書寫整百個字的「詩觀」，我是否還會寫出像上面所抄錄的那兩段話？現在我常常覺得，在書寫過程中，不說別人是不是會改寫重寫我的意念觀點，我自己本人都有「書不盡言，言不盡意」、寫了就想塗銷、重寫或改寫的感覺。任何書寫都是一種不得已的權宜作法、溝通方式，在給出、成長甚至消失。

秀威經典　　　　　　　語言文學類　PG1908　新視野50

文化／文學的理論與實踐

作　　　者／陳鵬翔
責任編輯／林昕平
圖文排版／周妤靜
封面設計／蔡瑋筠

出版策劃／秀威經典
發 行 人／宋政坤
法律顧問／毛國樑　律師
印製發行／秀威資訊科技股份有限公司
　　　　　114台北市內湖區瑞光路76巷65號1樓
　　　　　電話：+886-2-2796-3638　傳真：+886-2-2796-1377
　　　　　http://www.showwe.com.tw
劃撥帳號／19563868　戶名：秀威資訊科技股份有限公司
　　　　　讀者服務信箱：service@showwe.com.tw
展售門市／國家書店（松江門市）
　　　　　104台北市中山區松江路209號1樓
　　　　　電話：+886-2-2518-0207　傳真：+886-2-2518-0778
網路訂購／秀威網路書店：https://store.showwe.tw
　　　　　國家網路書店：https://www.govbooks.com.tw

2018年5月　BOD一版
定價：280元
版權所有　翻印必究
本書如有缺頁、破損或裝訂錯誤，請寄回更換

國家圖書館出版品預行編目

文化/文學的理論與實踐 / 陳鵬翔著. -- 一版. --
  臺北市 : 秀威經典, 2018.05
    面 ;   公分. -- (語言文學類) (新視野 ; 50)
  BOD版
  ISBN 978-986-96186-2-5(平裝)

819.07   107004886

讀者回函卡

感謝您購買本書，為提升服務品質，請填妥以下資料，將讀者回函卡直接寄回或傳真本公司，收到您的寶貴意見後，我們會收藏記錄及檢討，謝謝！如您需要了解本公司最新出版書目、購書優惠或企劃活動，歡迎您上網查詢或下載相關資料：http:// www.showwe.com.tw

您購買的書名：＿＿＿＿＿＿＿＿＿＿＿＿＿＿＿＿＿＿＿＿＿＿＿

出生日期：＿＿＿＿＿年＿＿＿＿＿月＿＿＿＿＿日

學歷：□高中 (含) 以下　　□大專　　□研究所 (含) 以上

職業：□製造業　□金融業　□資訊業　□軍警　□傳播業　□自由業
　　　□服務業　□公務員　□教職　　□學生　□家管　□其它＿＿＿

購書地點：□網路書店　□實體書店　□書展　□郵購　□贈閱　□其他

您從何得知本書的消息？

　□網路書店　□實體書店　□網路搜尋　□電子報　□書訊　□雜誌
　□傳播媒體　□親友推薦　□網站推薦　□部落格　□其他＿＿＿＿＿

您對本書的評價：（請填代號　1.非常滿意　2.滿意　3.尚可　4.再改進）

　封面設計＿＿＿　版面編排＿＿＿　內容＿＿＿　文／譯筆＿＿＿　價格＿＿＿

讀完書後您覺得：

　□很有收穫　□有收穫　□收穫不多　□沒收穫

對我們的建議：＿＿＿＿＿＿＿＿＿＿＿＿＿＿＿＿＿＿＿＿＿＿＿

＿＿＿＿＿＿＿＿＿＿＿＿＿＿＿＿＿＿＿＿＿＿＿＿＿＿＿＿＿＿

＿＿＿＿＿＿＿＿＿＿＿＿＿＿＿＿＿＿＿＿＿＿＿＿＿＿＿＿＿＿

＿＿＿＿＿＿＿＿＿＿＿＿＿＿＿＿＿＿＿＿＿＿＿＿＿＿＿＿＿＿

11466
台北市內湖區瑞光路 76 巷 65 號 1 樓
秀威資訊科技股份有限公司　　收
BOD 數位出版事業部

....

（請沿線對折寄回，謝謝！）

姓　　名：＿＿＿＿＿＿＿＿＿　年齡：＿＿＿＿　性別：□女　□男

郵遞區號：□□□□□

地　　址：＿＿＿＿＿＿＿＿＿＿＿＿＿＿＿＿＿＿＿＿＿

聯絡電話：(日)＿＿＿＿＿＿＿＿＿　(夜)＿＿＿＿＿＿＿＿＿

E - m a i l：＿＿＿＿＿＿＿＿＿＿＿＿＿＿＿＿＿＿